U0449808

有爱的青春陪伴者

轻叙 著

以过客之名

江苏凤凰文艺出版社
JIANGSU PHOENIX LITERATURE AND ART PUBLISHING

图书在版编目（CIP）数据

以过客之名 / 轻叙著. -- 南京：江苏凤凰文艺出版社, 2024.3
ISBN 978-7-5594-7950-1

Ⅰ.①以… Ⅱ.①轻… Ⅲ.①长篇小说-中国-当代 Ⅳ.①I247.5

中国国家版本馆CIP数据核字(2023)第158576号

以过客之名

轻叙 著

责任编辑	王昕宁
特约编辑	廖唯佳 雪 人
出版发行	江苏凤凰文艺出版社
	南京市中央路165号，邮编：210009
网 址	http://www.jswenyi.com
印 刷	长沙鸿发印务实业有限公司
开 本	880mm×1230mm 1/32
印 张	9.5
字 数	283千字
版 次	2024年3月第1版
印 次	2024年3月第1次印刷
书 号	ISBN 978-7-5594-7950-1
定 价	42.80元

江苏凤凰文艺版图书凡印刷、装订错误，可向出版社调换，联系电话025-83280257

目录

第一章
/ 扉页 /
前男友纪司北 - 001

第二章
/ 暗涌 /
门牌号 2706 - 024

第三章
/ 裂纹 /
程安之，你真了不起 - 049

第四章
/ 微光 /
真相不重要了 - 077

第五章
/ 试探 /
你眼中的纪司北 - 096

第六章
/ 热潮 /
那你追我吧 - 133

目录
Contents

第七章
/ 旧梦 /
背道而驰的两家人 - 161

第八章
/ 冷水 /
相爱不作数，
变成眼前的陌路 - 190

第九章
/ 涟漪 /
我的十一年，没有办法忘 - 220

第十章
/ 靠岸 /
你是这个世界上
最可爱的姑娘 - 250

番外一
/ 她不知道的事 / - 288

番外二
/ 执子之手 / - 292

番外三
/ 三口之家 / - 296

第一章 / 扉页
前男友纪司北

◆

1

夜雪忽至,澜城温度极低。

程安之冒着风雪赶至打了烊的"暮色",去找一份被同事不小心弄丢的重要工作文件。

推开餐厅大门,暖气模糊了镜片。餐厅老板梁云暮坐在靠窗的第三张餐桌前,把玩一支旧钢笔,手边堆放一沓崭新的白色请柬,请柬封面印有"wedding(婚礼)"的字样。

一个小时前,程安之接到电话,说同事弄丢的文件被餐厅服务生拾到,听闻餐厅是"暮色",她心想还真巧,但着实没想到产业颇多的梁公子会亲自来做招领人。

程安之靠近后才看清,梁云暮所用的钢笔是当年她送给初恋男友纪司北的恋爱纪念礼物。

笔是一对,她跟纪司北各一支,笔身刻有两个人名字的英文缩写。

梁云暮跟纪司北年少时一起玩乐,长大后一起留美,情谊深厚。纪司北跟程安之恋爱的那几年,梁云暮是最重要的见证人。

这支钢笔会在梁云暮这里,程安之不解又唏嘘。

"好久不见。"

梁云暮细致打量程安之一番,黑色及膝羽绒服笼着一副清瘦的身体,肤色冷白,不施粉黛,乌黑的齐肩发随意扎了个低马尾,耳边的碎发被绕脖的米白色围巾鼓出些许弧度。

寡淡、过于安静。

或许是被镜片遮住，昔日她明亮眼眸里的机灵劲儿如今折了大半。

"好久不见。"程安之微微颔首，眉目平静，"我来取文件。"

梁云暮把文件袋推至程安之面前："怎么想起来做婚礼策划了？"

程安之毕业于知名学府 T 大的美术学院，是纪司北的小学妹。她从小热爱绘画，曾一心想往美术界发展，奈何后来人生陡变，没能遂愿。

两年前，她机缘巧合被"特招"进知名杂志《慕心》旗下的"爱慕婚礼纪"，阴错阳差做了个婚礼策划师。

程安之只是淡笑。片刻后，她凝视桌上的请柬："要结婚了吗？恭喜。"

梁云暮顺手把那沓请柬最上面的一张递给她。

程安之接过请柬，纸质和设计都很有质感，打开一看，受邀人的姓名已然用钢笔填好了她的名字，而新郎那一栏，上面的名字却不是梁云暮，而是——纪司北。

记忆陡然回到那个燥热的夏夜。

彼时还没褪去少年桀骜的纪司北躺在纪家阁楼的地板上，不经意地问她："从小到大，你最难过的事情是什么？"

月光洒在少年深邃的眼眸里，他的眼底弥漫开一片不易捕捉的温柔。

程安之没忍住心动，低头吻了他的脸颊一下，说："以前没有特别难过的事情，以后最难过的事情是——将来纪司北没有娶我，娶了别人。"

少年听后，肆意地笑。

阁楼燥热难耐，怕她再动手动脚，他用手掌遮住她灵动又深情的眼睛："程安之，你规矩点儿。"

大雪让冬夜充满故事感。

道路对面，程安之站在漫天风雪中等车，身影孤单却坚定。

梁云暮收回视线，问坐在副驾上沉默寡言的男人："有五年了？"

他问的是他们分手的时间。

男人穿一件深灰色高领毛衣，低头把玩一个红包，棱角分明的下颌藏了一半在衣领里，深潭一般的眼睛没有任何波动。

红包是程安之临走时,托梁云暮感谢那位捡到文件的服务生的。红包的设计很可爱,主图是一只蓝绿色的插画小蜥蜴,旁边小小的金色印章里写着"之未出品"。

"好像不止五年了吧,司北,你有没有觉得安之变了……"梁云暮又道。

"开车。"纪司北音色低醇,透着怠懒,他把红包扔回手套箱,"困了。"

说完他合上眼皮,幽淡路灯照进车窗,高挺的鼻梁把他俊朗的面庞分出明暗,却看不出情绪的冷暖。

对面的白色越野车短暂停靠后又离开,整条街只剩下程安之一个人。

打车软件提示司机还有三分钟到达,她呵着白气,把手藏回羽绒服口袋里。

忽然,她又把手伸出来,从文件袋里取出那张白色请柬。

路灯之下,雪花之中,新娘的名字沉浸在圣洁的氛围里——

陈夕纯。

程安之对这个名字并不陌生。

陈夕纯也曾就读于 T 大,她个性冷傲、特立独行,跟纪司北在本科时期并无交集。他们开始熟识,是一同去 Princeton(普林斯顿)读研之后。

有一回,纪司北正在跟程安之越洋视频,陈夕纯突然气冲冲地闯进纪司北的公寓,红着脸,大骂梁云暮是呆子。

看见纪司北在跟女朋友视频聊天,她尴尬地耸一下肩膀,用扑克脸跟屏幕里的程安之卖了个萌。

程安之对她印象深刻。

分手后,程安之不曾想过纪司北未来会娶什么样的姑娘,也不敢想。如今他跟陈夕纯结成连理,这大概就是世人所说的天作之合。

程安之握请柬的手指冻得失去了知觉,身体的另一处也是。

她仰面凝视这雪夜,不知这份酸涩情绪算不算得上是难过。

出租车在大雪中呼啸穿过寂静街道,经过城市 CBD 时,高楼之间交错着广告牌散发出来的绚丽光芒。

其中一块硕大的广告牌，切换成某男性杂志年度十大人物特刊封面。

程安之抬眸，以互联网科技新贵当选的纪司北，像一颗远星，遥不可及。

翌日清晨。

程安之走出房门，跟她合租的老同学兼闺蜜简乐悠手拿请柬问她："这个纪司北……是我曾经认识的，你的前男友纪司北？"

程安之点点头，淡然走进洗手间洗漱。

隔着水流声，听见简乐悠又问她："这请柬是纪司北给你的？你们俩见过面了？"

程安之没吱声，提醒简乐悠道："再不走你要迟到了。"

简乐悠边换鞋边飞快地在手机上打字："安之，校友群里没人知道纪学长结婚的消息哎！咦，新娘是咱们学姐？"

"快走吧姑奶奶。"程安之把简乐悠的车钥匙扔给她。

"宝贝别难过哈，晚上我早点回来陪你吃饭。"简乐悠又指指程安之的眼睛，"记得去复诊。"

程安之的眼睛发炎有一段时间了，上午请了一个小时的假，去医院眼科复诊。

看完检查单据，医生叮嘱她道："眼表的炎症没完全消，近期继续戴框架眼镜吧。你挺漂亮的，别担心戴框架眼镜影响颜值。"

程安之乖巧地笑笑："好的。"

"妆也尽量别化。"

"好嘞。"

走出医生办公室，迎面遇见一对年轻情侣。女孩喋喋不休，嗔怪男朋友不爱惜自己的眼睛。

程安之的脑中赫然蹦出一句话——

"学习要讲究方法，你这种学法只会让你变成近视眼……"

当时说这句话的纪司北已经是T大计算机学院的风云人物，而程安之还是个为了考上T大正苦读的悲催高中生。

"那你帮我补习吧。"十八岁的程安之撒娇卖萌,"等我考上T大,会好好报答你的。"

"你打算拿什么报答我?"纪司北开玩笑。

程安之正儿八经道:"我做你女朋友。"

纪司北一听,嗤笑出声,英气逼人的一张脸直视程安之狡黠的眼睛:"程安之,这比你考上T大还难。"

"难不难的,等你帮我考上后再说吧。"程安之轻轻扯住他的衣袖,湖水般的眼睛里注满真诚,"学长,你就帮帮我吧,求求你了。"

…………

回到工作室,部门经理正领着一位气质颇佳的女客户参观,见程安之回来,冲她招招手:"安之,过来一下。"

"您好。"程安之走过去,先跟客户颔首致意。

年轻女子转过身,顾盼生辉,程安之一眼认出她。

"安之,陈小姐想要找我们做婚礼策划,你给她介绍一下我们的案例。"经理引荐道。

"陈夕纯。"陈夕纯朝程安之伸出手,"辛苦了。"

程安之淡定地对上陈夕纯的眼睛,莞尔一笑:"陈小姐客气了。"

"叫我学姐吧。"陈夕纯也露出笑眼。

"……好。"一句"学姐",让程安之知晓她是有备而来。

经理一听二人有渊源,喜不自胜。

片刻后,两位女士去到会客区。

程安之开门见山:"学姐,昨天我碰巧知晓了你的婚期,现在重做婚礼策划,时间上会不会太赶了?"

"不是重做。"陈夕纯纠正她,"我们一开始没计划这部分,是临时起意的。我要求不多,你尽力而为就行。"

"好。"

"你眼睛发炎了?"陈夕纯看出来,轻微蹙眉。

程安之点点头:"快好了。"

陈夕纯抿唇,想起多年前,纪司北书桌上的那张照片。

那会儿梁云暮指着照片上的程安之问她:"你觉得这姑娘怎么样?"

她抱着胳膊看向一旁的纪司北："眼光不错，你女朋友的眼睛会说话。"

程安之的这双眼睛，她记住了好多年。

"学姐，你比较期待什么风格的婚礼？有没有心仪的案例？"程安之细致询问。

陈夕纯收回思绪："我没什么想法。具体的，我让我未婚夫跟你聊吧。"

程安之失语了，还没完全反应过来，陈夕纯又道："我们先加个微信，我再把他的名片推给你。"

一分钟后，程安之收到一个名片推荐。

昵称用的是他的真名，头像是陈夕纯的侧影。

程安之没有添加好友，沉默许久后，跟陈夕纯表明心迹："学姐，想必你是知道……"

她话还没说完，陈夕纯便表态："不碍事，你跟他熟悉是最好不过的了。纪司北这个人难搞得很，一般的策划我还怕他让人家为难。"

程安之思虑再三，提出一个于她而言更妥当的方案。

"学姐，微信沟通效率低下，找个你们二位都不忙的时间，我们三个人当面讨论吧。"

陈夕纯抬了抬眉梢，定定地看了程安之一眼："那就今晚吧，我发你地址。"

"好。"

陈夕纯走后，程安之被经理叫进办公室。

新郎新娘都是有头有脸的人物，这场策划带来的佣金很是可观。程安之料想经理是为了提点她。

经理却另有目的。

"安之，陈小姐的未婚夫纪司北刚回国，风头正盛，总部一直想敲他的合作，奈何他是单身人设，跟杂志风格不符，而且他非常难约。现在倒好，他以备婚状态送上门来，我瞧你跟陈小姐交情匪浅，要是你能说动他们俩拍摄《慕心》下一期的封面，那咱们'爱慕'就在总部长脸了。"

程安之不知如何作答。

经理又道:"这个案子我多给你百分之二十的提成,封面要是谈妥,月薪涨百分之三十。我知道你想出国深造,正努力存钱呢,你好好考虑一下。"

"我试试吧。"程安之垂眸,"多谢经理。"

走出办公室,情绪还未转圜,昨日弄丢文件的同事迎上来致歉:"不好意思啊安之,昨天大半夜还麻烦你跑了一趟。"

"下次千万别再弄丢工作文件了。另外,手稿的部分一定要记得备份。"程安之叮嘱道。

"好的好的,我肯定不会再出错了。"同事挽住程安之的胳膊,"安之,其实我还挺好奇的,你说文件明明是被餐厅的服务生捡到,怎么最后联系我们的却是'暮色'的老板啊,你跟梁老板是旧相识吗?"

程安之也想知道为什么。要不是闹这一出,她根本收不到前男友的结婚请柬,也做不成前男友的婚礼策划。

跟纪司北分手之后,她开始畏惧生活带来的戏剧感。

"以前认识。"程安之轻描淡写,拍拍同事的胳膊,"走吧,我们把上一个案子再过一遍。"

兰时公馆。

程安之第二次来这个地方。

雪停了之后,城市笼上一股萧瑟之感,冬夜寒风大张旗鼓地凉进心里。

"2706"这个门牌号,让程安之心中的戏剧感加重。

9月27日是她的生日,11月6日是纪司北的生日。纪司北的手机密码曾一度是这四个数字。

电梯上升的过程中,程安之几乎快要被心跳声淹没。电梯门打开,她极力逼自己找回工作状态。

但她没想到,来开门的会是纪司北本人。

男人倚在门上,高挺的身姿无比松弛,眉梢轻挑,看着来客,深邃眼瞳平静如水。

他穿着黑色衬衣和灰色西裤,衬衣袖口卷至手肘,线条紧实的手臂扶住门框,并不是迎客姿态。

程安之的视线落在他的锁骨处,声线稳定:"我跟陈学姐约好了,来做初接。"

纪司北一言不发,目光清幽地扫过她的眼睛,拿出手机打给陈夕纯。

"有意思吗?"他侧对程安之站着,对着电话里的人轻笑一声。

程安之见状,往走廊上避开几步,留给他打电话的空间。

纪司北又说:"你约的人,你自个儿看着办。"

话落,门被关上。

程安之一回头,纪司北像一场幻觉,消失于门后。

做婚礼策划之后,程安之遇到过不少尴尬的时刻,例如婚期将至新娘反悔,又或者是婚宴上两家人大打出手,眼下这样的情形算是刷新了她的职业尴尬体验。

给前男友做婚礼策划,被拒之于门外。讽刺但合理。

因为他们不是和平分手,不再是朋友。

程安之在楼下遇见匆匆赶来的陈夕纯。

"不好意思,我事先没跟这家伙讲清楚。"陈夕纯搂住程安之,"外面冷,上去说。"

"学姐。"程安之止步,"不如我为你们推荐更好的策划师吧。"

"我喜欢你做的案子,我只要你。"

陈夕纯重新将程安之带上楼。

门是指纹密码锁,陈夕纯既没有指纹也没有密码,只能按下门铃,等纪司北来开。

纪司北换了套行头,行李箱置于鞋柜旁,像是要出差。再见着程安之,他视若无睹,也不理会陈夕纯。

"准备出差?"陈夕纯问,又感叹,"怎么这么突然啊?"

纪司北戴好腕表,穿上大衣:"梁云暮一会儿就到。"

"你让他来做什么?"陈夕纯眉心一皱。

纪司北懒得搭腔,绕开空气一般的程安之,将行李箱挪至门外后,他站定回头:"我这儿有香薰,不知道适不适合孕妇久待,你们看着办。"

孕妇?

程安之下意识看向陈夕纯平坦的小腹。

陈夕纯抓住程安之的目光，朝纪司北的方向歪一下头："已经三个半月了，所以急着办婚礼。"

纪司北仰面抿唇，回了头，目光逼仄地看向陈夕纯。

他刚要开口，陈夕纯把程安之往前推了一步："既然你要出差，今儿也聊不成了。天气冷，你送安之回去吧。"

"你的客人，你负责到底。"纪司北冷着脸推箱离开。

"喂！"陈夕纯叉腰大叫。

程安之吞下满腔的怪诞情绪，笑着对陈夕纯说道："学姐有小宝宝了，婚礼上难免要辛苦了。"

陈夕纯扶额叹气："你跟这家伙在一起那么多年，以前你是怎么忍受他这个臭脾气的。"

程安之没作声。

"安之，今天你先回去吧。"

"好。"

凛风拂面，程安之越走越慢。

她戴着耳机，不想被回忆绊住，走着走着，却还是想起了从前。

纪司北出国前，她送给他一枚戒指，要他日日戴着，防止被异性搭讪。他瞧着她在饰品店随便挑的这个小玩意不够郑重，第二天买了对像模像样的婚戒，摆到她面前。

"你做什么？"程安之惊呆了。

纪司北调出她手机里的录音功能，按下"录制"，说："纪司北研究生毕业后就回来娶程安之。"

三秒钟，一句承诺。

录制结束，他放给她听，说："你有这个，我跑不掉的。"

又开始下雪了。

程安之停下脚步，手指触到藏在脖颈里的戒指，把做成项链的戒指摘下来，放进包里。

她没有理由再戴着了。

他如今即将为人夫为人父。她连后悔的资格也没有了。

这时，一辆黑色迈巴赫缓行在程安之身侧。

009

程安之这才意识到自己走错方向,与地铁站背道而驰。

纪司北按下车窗,程安之侧过头。

两人在夹杂着雪花的夜色中对视。

刚走出往事,程安之如鲠在喉,先别开视线。

纪司北像审视一个陌生的路人,眼底渗出冷意。

"恭喜啊。"程安之挺直脊背,坚定的声音飘进车窗。

瞧着她唇角的微笑,纪司北回给她一个疏离的笑容。

"再见。"程安之已经下定决心不再接这个案子。她会跟陈夕纯好好沟通此事。

"程安之。"纪司北叫住她。

程安之微微愣住,回了头。他念她的名字总是与旁人不同。

纪司北面若冰霜,屈起修长的手指点了点自己的太阳穴:"动动脑子。"

程安之不明就里。

车窗升上,纪司北驱车离开,车影很快消失在茫然的冬夜。

梁云暮收起了纪司北家所有的香薰,把他的钢笔放回原位。

陈夕纯点开头像是"蜥蜴"的一个微信联络人,将他重新拉进群。

梁云暮瞧见后,摊手道:"昨晚我诓他去我那儿,见到安之以后,他把我拉黑了。"

陈夕纯努努嘴:"我怎么觉得程安之一点也不像是你描述中的那个姑娘。"

"这都多少年了,人总是会变的。"

"纪司北就没变,还是一样的讨人厌。如今连绅士风度也没了。"

梁云暮乐出声来。

陈夕纯重复一遍纪司北先前的那句话——"有意思吗"。

梁云暮摇头:"没意思。司北这人也太没劲了。"

陈夕纯耸耸肩膀:"可是程姑娘案子做得漂亮,我想继续用她。"

2

听闻程安之今日的经历之后,简乐悠朝她鼓掌:"你可真勇,还敢主动提见面。"

程安之无奈道:"拜托,这种情况下,我还跟他私聊,也太没边界感了吧。"

"那倒也是。他见到你什么反应?"

"一个过客,能有什么反应。"

"过客……"简乐悠细细品了品这个词,问她,"为什么校友群里没人知道他结婚的消息?"

"我怎么知道。"程安之把包里的那枚戒指取出来,放进抽屉里。

"我说了他们还不相信,还好你有请柬……"

程安之走到窗户边去喂养她的爱宠"酸奶"。"酸奶"是一只蓝绿色的小型宠物蜥蜴,名字是当年纪司北取的,因为程安之喜欢喝酸奶。

"安之,下周校庆你去不去啊?"简乐悠又在屋外喊。

"不去。"

一周后,T大百年校庆。

纪司北作为荣誉校友,受邀在庆典上发言。

二十八岁的男人已然成为行业翘楚,当他穿着校庆纪念款黑色卫衣,意气风发地站在舞台中央时,有不少旧朋友想起了他桀骜不羁的学生时代。

曾经的纪司北,少年天才,恃才傲物;如今的纪司北,依然敛不住耀眼锋芒。

他笑言:"T大不仅给予我财富,还带给我真爱。"

台下校友窃窃私语,称他好事相近,女朋友陈夕纯出身书香名门,本科也就读于T大。

"真的假的?"

"当然是真的,有一个校友群里发了他的结婚请柬。"

又有人低声理论——

"他初恋也是我们学校的,不是现在这位。"

"谁呀?"

"美院的,好像也姓陈,还是程来着,我忘了。"

"美院有这号人物？听说当年纪司北很难追的。"

……

程安之坐在最后几排，隔着茫茫人海遥望曾经只属于她的少年。

那时候的纪司北的确很难追，她从高中毕业追到大学，从十八岁追到二十岁，他都不为所动，于是她故意嫌累，开始三天打鱼两天晒网，最后策略成功，纪司北心浮气躁地找上门："程安之，像你这种没定性的人，注定一事无成。"

一别经年，他前程似锦，而她除了与他的那段初恋，一事无成。

看他佳人在侧，婚期将至，她唯有以过客之名，祝他岁岁平安。

风荷大厦，以纪司北的母亲纪风荷的名字命名，是纪司北的外公当年送给爱女而立之年的生日贺礼。

云端咖啡馆位于风荷大厦顶楼，是梁云暮的又一私产。

程安之坐在咖啡馆二楼等陈夕纯，从玻璃窗往外看，对面大楼的广告牌每隔三分钟就会出现"来之科技"这四个字。

"风荷大厦本来就是纪家的产业，纪司北这个人上个月又买了对面大厦的十层楼。"陈夕纯款款落座。

今日倒巧，两位女士都穿高领羊绒衫，一黑一白，气质一静一雅，坐在一起颇有些吸睛。

程安之的工作效率很高，接洽一周之后，初版策划案便出炉。她用笔记本电脑展示给陈夕纯看。

陈夕纯是典型的工科生，自称没有太多浪漫想法，审美方面全权交与程安之定夺。

"安之，你上次提出来的那个动画幻灯片，我挺感兴趣的，现在开始做这一部分来得及吗？"

把新娘和新郎的爱情故事以动画的方式展现出来，达到的效果比真人照片做出来的幻灯片更好。过往案例中，有不少新人对这个形式动心，但是耗资不小，大部分都最终放弃。

但陈夕纯是不缺钱的新娘，她想要任何昂贵的形式，程安之都可以满足。且预算越高，程安之得到的佣金就越多。

"应该来得及。回头我出预算给你。"

"好。"

程安之拿出 iPad Pro 和笔，说："学姐，那我们现在来讨论故事梗概？"

"从哪一部分开始讲比较好？"

程安之敛眸："从动心开始吧。"

阳光漫进咖啡馆，陈夕纯无名指上的求婚戒指闪烁晶莹剔透的光芒。

在陈夕纯的讲述中，她的爱情里，新郎是主动的那一个。

研二开始，他们租赁同一栋楼的两间公寓，成为邻居，开始一起上学一起回家一起创业。某一天午夜，他们喝得酩酊大醉，在公寓楼下，新郎挡住她回家的路……

程安之在绘图软件里快速记录着，听到关键时刻，手上的动作会慢下来，心里的情绪会翻云覆雨。

陈夕纯口中的纪司北，对她而言是陌生的。

或许人都会变，昔日需要她苦心追逐的骄傲少年，终有一天，也会变成对心爱的姑娘俯首称臣的谦卑模样。

程安之第一次见纪司北，是在爷爷的寿宴上。程家在政界有一定威望，观礼宾客大多非富即贵。

纪家长辈携外孙纪司北到场时，程安之的堂姐程静之捏捏她的掌心，同她低声介绍道："他叫纪司北，长得不赖吧？是 T 大出了名的高冷学霸，好多女生在他那儿碰壁，包括顾家那位。"

程静之比程安之大一岁，心气颇高，很少把哪位男生放在眼里。她有些兴奋，是因为她所指的顾家那位，是她从小到大的死对头顾斯宜。

顾斯宜对纪司北穷追猛打，屡屡受挫，程静之很乐意做个看客。

程安之没太听进去程静之的话，隔着七八米远，她的目光停在十九岁的纪司北身上。

少年浓眉如墨，星眸流转，青松一般的气质，白玉一般的面庞，立于一众在寿宴上做资源置换的现实的大人之中，像一抹夏夜中清朗且无尘的月光。

程安之看出他的冷峻，也看出他的乖张。她鼓鼓唇，朝他微微颔首。

少年隐隐牵唇，目光清远疏淡。

三天后，程安之第 N 次想起纪司北这张脸时，笃定地对程静之说："姐姐，我对纪司北有点感兴趣。"

没过多久，程安之的父亲程文卿再婚，购置了一套与纪家相邻的婚房。自此两家人越走越近，程安之对纪司北的追逐游戏也正式开始上演。

程安之的文化课成绩比上不足比下有余，名校八成是考不上，程文卿又不肯松口让她做美术生。

她倒是挺有上进心，动了些许小心思，趁着暑假来临，央求跟纪风荷私交甚好的继母耿慧洁牵线，托资优生纪司北帮她补习。

纪司北不肯答允，暑假一到，就跟几个发小跑去关西度假。

半个月后，他回国，程安之堂而皇之地出现在纪家的书房里，穿一身戏服，唱丑旦，逗得纪老爷子和老太太捧腹大笑。

程安之小时候因太过顽皮，被爷爷送去挚友那儿学过几年京戏，她生得娇俏，学小旦，后来不学了，微弱的童子功倒是没丢。

纪司北进门时，老太太正取笑程安之："还好你学艺不精，早早放弃，否则咱们好好的国粹都要被你给糟蹋了。"

程安之乐呵呵地听着，一回头，对上纪司北似笑非笑的眼睛。

纪司北打量着她的猴屁股脸和花里胡哨的发髻，绷住唇角，偏过清冷的一张脸。

这时，纪老爷子开了口："司北既然回来了，就抓紧时间给安之补习吧。"

纪司北这才意识到，他不在的这段时间，程安之不仅跟纪家长辈混熟了，还深得他们欢心。小丫头片子颇有些心眼。

这天，约定补习的时间到了，程安之梳好发型换上新裙子，还偷偷用了点耿慧洁的香水。

但她没料到，她并没有等来纪司北，而是等来了纪司北花重金为她请的某位高考名师。

她不是任性的姑娘，想着学习时间不能耽误，乖巧地听老师讲完这堂课后，才去纪家找纪司北"算账"。

纪司北不在家，打听到他在风荷大厦的顶楼后，程安之赶了过去。

纪司北在这里"招兵买马",建了个网络数据库。程安之想这位小少爷大概是在为自己的理想奠定基石,生出些许钦佩之意。

谁承想,她又往里走了走,竟看到一双白皙的没有包裹的长腿妖娆地晃到纪司北所坐的沙发边上,女生弯腰,海藻一般的发丝几乎快要铺在纪司北的腿上。

程安之不敢再往前走,屏气凝神愣在原地。

"进来。"

程安之怔住。

"程安之。"纪司北叫她的名字。

程安之急促开口:"那个……我不是有意的,你们继续。"

说完,她转身想走。

"进来。"纪司北这一句语气加重了些。

程安之咬唇纠结了片刻,走了进去。

纪司北穿着一件纯白的T恤,抱着笔记本电脑慵懒地窝在沙发里,见着程安之,寒潭一般的眼睛里涌上几分清浅笑意。

旁边的女生正是顾斯宜,此刻已经正襟危坐。

两人衣衫规整,没有任何暧昧痕迹。程安之想顾斯宜算是熟人,先冲她挥挥手:"顾姐姐好。"

"你约的人?"顾斯宜问纪司北。

纪司北没吱声。

未免尴尬,程安之装作是来参观的,踱步去了一边。

"过来坐。"纪司北竟招呼起程安之。

程安之愣愣神后,坐在了离纪司北三米远的空位上。

顾斯宜识趣地走了,临走时还不忘提点程安之一句:"安之你过两个月才满十八岁吧。"

程安之笑容甜美,说:"生日那天,我会让我姐姐邀请顾姐姐来玩的。"

顾斯宜一噎。

一句"过来坐"之后,纪司北再无其他话对程安之说。

程安之知道他方才是拿自己做挡箭牌。瞧他沉浸在自己的世界,她安静地坐了一会儿后就离开了。

她走的时候纪司北没有任何反应。

接连一周,程安之每天补习完之后都来纪司北这儿坐一会儿,她也不烦他,坐得离他远远的,今天带漫画书和速写本,明天带游戏机,自得其乐。

顾斯宜跟纪司北的流言传出来的这一天,程安之正在纪司北这里画画。程静之发短信给她,她立刻回复:屁咧,那天纪司北没碰她。

没过多久,纪司北也收到了风声,是纪老爷子打来的斥责电话。

程安之无意偷听了一耳朵,不忍纪司北被误解,待他挂电话后,抬手指了指角落的监控:"自证清白呀纪司北。"

她语气有些急,直呼其名。

纪司北"扑哧"一声,头一回对她露了个真切的笑容,说:"认真画你的画吧。"

第二天一早,或许是收到了监控视频,顾斯宜主动出来辟谣。

程静之冷笑着跟程安之说:"她脸真够大的,说纪司北亲她的是她自己,这会儿又跳出来说是个误会。"

程安之碎碎念道:"美人计和名誉威胁对纪司北都没有用,这家伙软硬不吃呀。"

又过了一周,程安之大病了一场。起因是纪司北给她请的那位名师重感冒,感冒病毒传给了她。

纪家对此事心怀愧疚。纪司北上门探望时,程安之拖着病躯装出一副"累死也要搞学习考T大"的刻苦样子。

当天晚上,两家人一起吃饭。饭桌上,纪司北拿出程安之落在他工作室里的两张画,对程文卿说:"安之功底不错,也有天赋,让她考T大美院吧。"

…………

陈夕纯的故事讲完,程安之也从自己的回忆中抽离出来。

"中午一起吃饭吧,下午我们接着聊。"

程安之跟随陈夕纯来到对面的"来之科技"。

两人在前台等接待的时候,陈夕纯指着招牌默默念道:"来之科技,既来之则安之……纪,来之,则,安之。"

程安之低头不语。旧故事只能存在于回忆里。

只因这个名字在分手前就注册好，否则他不会让这个名字跟他远大的理想有牵连。

"纪总正在接受专访，请你们二位跟我进去。"秘书小姐走过来带路。

程安之跟陈夕纯来到一间会议室门外。

一身休闲装扮的纪司北气定神闲地坐在落地窗前，某刊物的主编正在亲自提问。

这时手机响动，程安之走远去接听。

主编问纪司北："您在T大校庆庆典上提到真爱，又有传闻说您好事相近，请问您将要迎娶的是否是这位真爱呢？"

纪司北眼尾带笑："真爱是指现在我所热爱的这份事业。"

主编又问："那您的感情状况是怎么样呢？"

"单身。"

程安之回到会议室门外，采访刚好结束。

纪司北的助理替他送主编及工作人员出来，经过程安之时，目光在她脸上稍作停留。

程安之往里走，陈夕纯不见了踪影。纪司北倚在桌沿接电话，长腿交叠，微微仰面，风流雅致往周遭倾泻。

前段时间，某主流媒体在网络平台上发文，拉出科技圈的三位大佬横向纵向对比。提到纪司北，称他是异类。

他鲜出席公开活动，几乎不跟媒体打交道，不混资本圈，行事作风跟资本家不沾边，但要说他是个朴实低调的理想家，他又极具野心和攻击性。

分手多年，程安之的眼睛，如今只敢长久地留在这个男人的背影上。

倏然间，纪司北回了头，疏离的目光落在程安之的脸上，淡而无味的情绪涌上眼尾。

程安之匆匆收回视线，寒霜一般的冷意笼住心口。

这时陈夕纯回来，打破僵局。她快速看了眼纪司北，扭头问程安之："安之，你想吃什么？"

程安之镇定地开口："我在三楼餐厅订了位置，中午我想请二位吃饭。"

她在陈夕纯提议带她来找纪司北时就下了这个决定,既然要见面,那就顺便谈一谈正事。

"在纪司北的地盘上,轮不到你请。"陈夕纯朝纪司北耸一下肩,"嗯?"

"签我的单。"纪司北越过程安之和陈夕纯往外走,不打算跟她们吃这顿饭。

"纪先生。"程安之果断地叫住他。

纪先生……

陈夕纯忍住笑意,玩味地看向纪司北。

纪司北站定,没有回头。高挺的侧影投递在玻璃窗上,下颌隐隐往里收了收。

"我有件事情想跟二位商量。"程安之言辞恳切,"还请纪先生赏个光。"

"安之,你不会又不想做我的策划人了吧,动画影片的事情我们还没敲定呢。"

校庆之前,程安之推托过一次,是陈夕纯耐心说服,她才打消念头。

"学姐,放心,我不会再临阵脱逃了。我会尽我所能帮二位实现一场完美的婚礼……"

"程安之,我让你动点脑子,你听不懂吗?"纪司北回了头,打断她的话,寒潭般的眼眸里注入几分怒气。

只是此刻程安之深陷在自己的怪圈中,她目光坚定地回视纪司北,说:"于我而言,只是在完成一项重要工作。我难得遇到你们这样的优质客户,不想错过一次锻炼工作能力的机会。"

纪司北失语了,审视程安之的目光从凌厉变为唏嘘。

打量二人一番后,陈夕纯急忙开口道:"安之,你想跟我们商量什么?"

程安之调整了一下语气,缓声说道:"趁二位大婚之际,《慕心》杂志想邀请你们夫妇为年度特刊拍摄封面……"

纪司北还未听完,拂袖而去。

3

夜幕低垂。

纷繁都市看不见冬夜晚星,唯有凛冽寒风拂面。

程安之跟简乐悠泡在家门口的小酒馆,老板娘为她们送上新研制的特调。

"这杯叫'再见前任'。"一杯深蓝与粉白相间的酒被推到程安之的面前。

简乐悠对老板娘竖起大拇指:"相当点题。"

"不过意思是跟前任告别,还是再一次见到前任呢?"她又问。

"怎么理解都行。"老板娘拍拍程安之的肩膀,"慢用。"

程安之尝了一口酒,碰了碰简乐悠的酒杯:"还不错。"

简乐悠喷声说道:"明明拒绝做这个策划案就好了,你偏要跑去找虐,现在还邀请人家合体拍封面……程安之,你脑子的确不太好。"

程安之鼓了鼓脸:"帮你接点私活不好吗?"

婚礼动画部分的制作,程安之交与动画专业毕业的简乐悠去剪辑,算是给了她一个肥差。

简乐悠问:"那画师你准备找谁?"

"我自己画吧。"

"服了。"简乐悠抱拳,"你这前任当得可真称职。"

"像以前一样,你帮我开发票。"程安之自己做自己找的外包,多赚公司一份钱。

"成,再见前任,你好人民币。这单做完,你明年留学来回的机票钱就赚回来了。"

程安之捧着酒杯看向窗外,酒精带来的潮热升腾上脸颊,心头的寒意却丝毫未被驱散。

那双看向她时冷意彻骨的眼睛,就像这杯酒的名字一样,为这一年的寒冬点题。

今晚纪家小辈在"暮色"聚会,商讨下个月老太太的八十大寿该如何举办。

宴席散时,纪司北被梁云暮叫住。

纪司北不想搭理这人，径直往停车场走。

梁云暮跟过去，钻进他的车："听说你今儿又失了绅士风度。请二位女士吃顿饭怎么了？我们夕纯还是个孕妇呢。"

"知道自己是孕妇，就该好好养胎，少折腾。"纪司北沉下脸来，"好玩吗？"

"好玩啊。我就喜欢看痴男怨女回忆过去，剪不断理还乱，多有意思。"梁云暮在纪司北的眼前打了个响指，"别人不知道，我还能不知道吗，'程安之'这三个字，是你心头的蚊子血……"

"下车。"纪司北厉声道。

梁云暮不以为意，继续说道："夕纯这么一试，安之也露了怯。"

"下去。"纪司北利落地开了车门，毫不留情地把梁云暮推了出去。

车子驶上主路后，纪司北误入左转道，偏离了回家的方向。他干脆一路往南开。

方才在席间，表哥表嫂又提为他介绍女朋友的事情，他以茶代酒答谢好意，依然用那番陈词滥调作为理由推辞。

他不会再与任何人进入一场亲密关系。在哪里跌倒，他起身后，便不会再走那样的路。

那日翻修书房，纪风荷从旧书柜里翻出一张程安之当年所画的纪司北，轻描淡写地对儿子说："也不知道安之现在有没有变成大画家。"

纪司北没作声，视线落在画纸上。

事后，他把这张画随一堆旧物放进了几年才踏足一次的阁楼。

当初大家问分手的原因，猜来猜去，最终归结在两人异地和他难搞的臭脾气上。

他不屑辩解，自此，担了个分手因他而起的虚名。

半个小时后，车停在T大附近的某栋老公寓楼下。

熄了火，纪司北的侧脸浸在从窗外弥漫进来的路灯灯光之下，暖色中，短暂地丢了人前的清冷，染上一抹俗世柔软。

简乐悠扶稳微醺的程安之，晃晃悠悠地往公寓大门走。

路边的迈巴赫过于显眼，简乐悠戳戳程安之的脸："你说我什么时候能买得起这样的车？"

程安之拍拍自己的手掌，醉话连篇："想当年我是买得起的。"

"哈哈哈……"

冷风中传来女孩们的嬉笑声。

心酸往事在笑闹声中无痕划过。

纪司北升起车窗，拨通了程安之的手机号码。

"喂？"程安之茫然接听。

"把'酸奶'拿下来。"

程安之赫然回头，看向停在路边的车，几秒钟后，她独自走了过来。

车窗被敲响，纪司北抿着唇，再次按下车窗。

程安之的鹅蛋脸通红，神色迷离地冲着纪司北浅笑："你跑来做什么？那我顺便再说一句恭喜吧，纪司北，恭喜你呀，很荣幸能亲自为你策划婚礼……"

"'酸奶'，拿下来给我。"纪司北打断她的醉话。

"纪司北，祝你幸福……"程安之继续鸡同鸭讲，胡乱说了一通之后，换了副面孔，皱着眉头拍了下自己的胸口，"'酸奶'是我的。"

纪司北看着她的醉态，决定不再浪费口舌。

正要升上车窗，程安之又说："纪司北，对学姐好一点，做妈妈很辛苦的。"

话落，她转身离开。

纪司北看着她单薄的背影消失在转角，荒诞之感变成躁意，悄无声息地攀上眉心。

陈夕纯正式拒绝了拍摄《慕心》封面的邀请。

程安之欣然接受这个结果。

"你插画画得不错，没考虑转行吗？"

程安之抬起画草图的头，笑笑："其实我还挺喜欢婚礼策划这个工作的，不管过程如何，最终呈现的都是美好的结局。"

陈夕纯点点头，从包里拿出一张名片："我有个高中学弟，弄了个艺术家乌托邦，做的事儿挺有意思的，你要是感兴趣，可以去看看。"

程安之低头一看——

靳柏杨，"定格"主理人。

"定格"是新崛起的新生代青年艺术家联盟，好比娱乐圈的经纪公司。程安之早有耳闻。

"谢谢学姐。"程安之收好名片，问陈夕纯，"下周就要做新娘了，紧张吗？"

陈夕纯眨眨眼睛："或许到领证的那一天我才会紧张吧，毕竟那时候才正式走进受法律约束的婚姻关系。"

"你们还没领证吗？"

陈夕纯定定地看着程安之："没有呢，随时都可以反悔。"

程安之觉得陈夕纯看自己的眼神总是充满兴味，没忍住吐露心迹："学姐，在你婚礼之前，我可以问你一个问题吗？"

"问吧。"

"明明知道纪司北跟我过去的关系，你却洒脱得像个局外人，"程安之顿了顿，问，"学姐，你是不是根本不爱纪司北？"

陈夕纯被这个问题逗笑，反问："那你觉得纪司北爱我吗？"

程安之找不到答案，也不知该如何作答。

如果说爱，那他冷漠的表现实在跟他过去在恋爱中的温柔形象背道而驰；如果说不爱，那这场婚姻的意义究竟又是什么？只是为了一个意外而来的小生命？

一周后，在自己亲手策划的婚宴上，程安之找到了答案。

当纪司北以伴郎的身份，出现在新娘陈夕纯和新郎梁云暮身侧时，沉沦在程安之心底的这艘名为"难过"的巨轮，一瞬间掀起一场巨大的海啸。

她忍住翻腾的情绪，别过脸，快步离去。

到了无人看见的地方，她像深海中失重的溺水者，终得一根浮木，得以窥见天光。

从一开始，陈夕纯只让她做策划，不让她参与执行时，她就该猜出来。

纪司北甚至说过她不动脑子……

"程安之,你真是个蠢货。"她在心里对自己说,唇边浮上毫无察觉的浅笑。

十分钟后,程安之找准时机,走到史上最高冷的伴郎纪司北的身旁。

男人面色平静,并不打算嘲笑某人的愚蠢。

"纪司北。"程安之压下心中的海浪,声音坚定地叫他的名字。

纪司北一言不发。

"我后悔了。"

第二章 / 暗涌
门牌号 2706

♦

1

后悔……

纪司北只觉得荒唐。

他审视程安之的脸,想从她化了淡妆的眼睛里找到几分诚意,还未找到,就被"可笑"二字冲淡刨根问底的心理。

收回视线,他当作没听到,神色自若地离去。

程安之松开被指甲抠出红印的掌心,怅然看着纪司北回到高朋满座的婚礼现场。

他入了席,绅士地跟朝他敬酒的宾客碰杯,他同老朋友们谈笑风生,笑容里依然有少年气。

他将往事彻底翻了篇。

梁、陈婚礼策划案的成功,为程安之带来几位新客户,她也因此得到涨薪的待遇。

陈夕纯亲自来"爱慕"结算尾款,经理全程陪同。当着经理的面,陈夕纯把宝宝满月宴的策划也交与程安之负责。

"安之,我得正式跟你道个歉。希望你能原谅我跟梁云暮弄的这出恶作剧。"陈夕纯找了个合适的时机,真诚致歉。

头是梁云暮起的。

看见程安之丢掉的工作文件后,梁云暮自作主张写了假请柬,试出程安之没忘旧情。

后来是陈夕纯出面推动后续发展。

梁云暮曾是这对怨偶的见证人，一直觉得他们不该那样草草收场。这次他擅作主张，很荒谬，亦是在赌。

程安之明白究竟后，倒也不觉得这是场"恶作剧"，她不知道纪司北作何感想，但对她而言，这件事就像一颗"试金石"。

那句"后悔"是她的真心话。

五年零两个月，她没有一天忘记过纪司北。

气氛凝重，程安之故作嗔怒："学姐，都做妈妈了，以后就别再贪玩了。"

陈夕纯失笑，柔声道："如果没放下，那再朝前走一步？当初纪司北那家伙年轻气盛，不够细腻温柔，异地恋本就辛苦，他还时常因为工作忽略了你，分手应该是任性无奈之举。"

程安之茫然地看向陈夕纯，在纪司北好友们眼中，他们分手的原因竟是因他而起。

陈夕纯又道："可能他也知道是他做得不够好，所以从不在人前卖惨，但是我跟梁云暮最清楚，他根本放不下，却还要嘴硬。"

那年元旦，他们一众老友相约在西雅图跨年。纪司北从纽约赶过去，大雪天气，航班延误，抵达时已经是深夜。

陈夕纯去给他开门，瞧他脸色难看，以为他舟车劳顿，公子哥的娇气上了身。可直到第二天傍晚，他依然延续着这样的低气压，做什么都提不起精神。

后来是街区警察上门来访，称他被偷窃的东西已经找回，这家伙这才松了眉头。

警察将一个取证的塑封袋放下，他如释重负，连声称谢。

好友们望过去，袋子里头装着的不过是一支旧钢笔。

有人觑他："谁能想到出手一向阔绰的纪公子会如此惜物。"

他不做任何解释，悄无声息地遮住笔身上的刻字。

彼时距离他跟程安之分手，整整三年。

…………

听熟悉他的人说他没放下，酸涩之感漫进程安之的喉咙。

她缓声道："纪司北很好，你们误会他了。分手的原因在我。"

陈夕纯微微错愕。

接着，程安之扬起一张明媚的笑脸："积重难返，我的回头路是困难模式，比做一场婚礼策划要难得多。"

这句话让陈夕纯的错愕加深，反应过来后，她直视程安之重拾光芒的眼睛，找到几分梁云暮口中的，那个过去的程安之的影子。

例会结束后，纪司北回到办公室，助理抱进来一个透气的纸箱。

"拆开。"

片刻后，助理"呀"了一声，险些将纸箱里面的玻璃笼子打翻在地。

纪司北闻声看过去，笼子里蓝绿色的小家伙正匍匐着，带着防备审视周围的新环境。

"吓死我了。"助理往后退了足足两米，"老板，这是谁送给你的啊？"

纪司北收回视线，隔了好一会儿后，说："按照送件地址退回去。"

"不是快递过来的。"助理解释，是有人放在前台，说是送给纪先生的。

纪司北听后拿出手机快速编辑："按照我发你的地址送回去，亲自送。"

助理迟疑了，他不敢再靠近这个小东西。

纪司北蹙眉，大步走过去，单手拿起玻璃笼往纸箱里放，手在半空中停了一瞬，他舒展眉头，端详这只小家伙好几秒钟，随后才轻放妥当。

"路上当心点儿。"他又交代道。

临近天黑，纪家两位难缠的股东为了抗衡子公司新的发展规划，耗在了纪司北的办公室里。

来之科技是纪司北一手创立，但因剪不断纪家这个羁绊，扩容后，纪司北丢了部分话语权。

成为真正的决策者之前，纪司北的理想仅仅只是做技术流，如今却在践行更大的理想之路上，逐渐开始扮演当初排斥的那个角色。

"二位需要一起用餐吗？需要的话，我让秘书安排。"纪司北从一堆文件中抬起头来，沉着地应对面前两位"老古董"。

"不用了，你现在给个准话……"

"稍等，我回个消息。"纪司北颔首致歉，走到落地窗边去看刚收到的一条彩信。

是的，彩信……

发信人是非他微信好友的程安之。

程安之："酸奶"怎么了？

照片上的"酸奶"似乎僵住了，没动。

纪司北拧眉，把助理叫进来，给他看"酸奶"的照片，问："送回去的时候确认过吗？"

"……没。"助理有苦难言，他压根不敢打开看啊。

"死了？"他又弱弱发问。

纪司北不吱声，手撑着玻璃窗，冷峻的眉眼看向外面的钢铁森林。

两位股东听见"死了"两个字，相看一眼，又瞧瞧纪司北的状态，低声议论一番。

"小纪总，今儿我们就先回去。"

纪司北没给任何反应，继续摆出这副安静到令人生畏的姿态。

很快，股东们便离去。

助理替他轻呼一口气道："总算是走了。"

纪司北放下手掌，转过身，凌厉的目光扫过助理的脸："你事儿没办好，赶紧再去看一眼那个小东西。"

"老板，不就是一只蜥蜴吗……"

"不想干了的话，明天一早去找人事办手续。"纪司北大步流星地越过助理往办公室外面走。

"爱慕"店里，来接程安之下班的简乐悠正优哉游哉地喂"酸奶"进食。

纪司北的助理突然出现在工作室门口，程安之发现及时，眼疾手快地把玻璃笼子藏在桌子底下。

简乐悠一脸蒙。

"不好意思，打扰了，我想请问一下，我下午送过来的那只小蜥蜥现在怎么样了？"助理礼貌地问询。

程安之咬着唇没说话，只遗憾地耸了耸肩膀。

"啊？真的死了？"助理猛地拍一下自己的脑门，"请问谁是它的主人？我该怎么赔偿？"

"搞什么？"简乐悠看不下去了，从桌子底把玻璃笼拿出来，"这位帅哥，小东西活得好着呢。"

"那就好那就好，小姐姐真会开玩笑，吓死我了。"助理小哥哥当即拿出手机打给纪司北，"老板，小蜥蜴活得好好的，你放心吧。"

程安之："啧……"

晚上纪风荷托人来了趟纪司北的单身公寓，替他的冰箱里添了些新鲜水果和食材。

跟纪风荷通完电话后，纪司北随手点开购物软件，下单了一些喂养蜥蜴的食物。

下完单后他才意识到自己此举多余，正要去取消订单，收到一封新邮件。

邮件标题——《"酸奶"的成长日记》。

蜥蜴的成长轨迹是单调的，几年前和几年后几乎没有区别。查阅照片时，纪司北惊觉，按照"酸奶"所属的蜥蜴种类来说，它的寿命已经到顶。

理论上来说，这个小家伙最多可以再活一年半载。

养蜥蜴是纪司北当年强行安排给程安之的任务。

给蜥蜴喂食，她会想起来自己要按时吃饭。纪司北的目的就是这么简单。

"程安之，好好养。"

"养好了有没有什么奖励啊？"程安之趴在他的肩头问他。

"你想要什么奖励？"

程安之想了好久，说："如果你回国之后，这个小家伙还好好活着，那我就给它做成 IP，你用它做你公司的 logo，好不好？"

纪司北上次看到的那个红包就是程安之亲自设计的，上面的插画蜥蜴正是"酸奶"。

她实现了自己的诺言。

而来之科技，几年中换过三版logo，至今没有使用过任何动物元素。

第二天下午，助理送进来纪司北昨晚下单的蜥蜴喂食。

"送到昨天那个地方去。"纪司北知会道。

一个小时后，纪司北收到程安之发来的短信：谢谢你的投喂。"酸奶"应该活不了多久了，我不想跟它说再见，麻烦你替我陪它最后一程吧。

他放下手机，深不见底的眼眸中坠入一丝不易察觉的悲悯。

当初他们分手是一场惨烈的拉锯战，耗尽心力后，他们谁也没有空余的情绪去谈论一只蜥蜴的归属权。

傍晚时分，纪司北把品牌部的负责人叫进办公室，相商许久。

"纪总有什么吩咐？"品牌部的负责人走出办公室后，同部门的同事问她。

她摊手："让我去买一只蜥蜴的IP授权。"

"蜥蜴？"

"嗯哼。"

晨起，程安之眼尾又出现红肿。

就医路上，简乐悠给她发来本周星座运程，称天秤座事业运极佳，用玄学来安慰她身体不适。

程安之无暇跟她插科打诨，排队挂号、看病、检查，一直忙到中午。

临走前去一楼大厅药房取药时，她遇到一个年轻女孩。

"安之姐姐。"女孩叫她。

程安之回了头，惊喜道："辜雨，好巧啊，你来澜城给妈妈买药吗？"

"我是来做入职体检的，我准备来澜城发展了。"辜雨轻合一下眼皮，"十月份的时候，我妈走了。最后还是选择拔管了。"

五年前，两个女孩以病患陪床家属的身份，在苏城的康复医院相识。

那时程文卿刚调任苏城不久，突发脑梗后大脑出血，因程安之当时在场，抢救及时，保住一条命，但脑干部位出血量极大，术后两个月后才清醒,醒来意识全无,动不了,说不了话,也不记得女儿程安之。

程安之跟耿慧洁轮流全护照顾了他两年多,前年春天,他因器官衰竭而离世。

辜雨的妈妈跟程文卿同期进入康复医院,病因相同,术后半年未醒,被判定为植物人。选择拔管,是因为财力耗尽,没有亲人可仰靠的辜雨别无他法。

程安之绷住唇角,拉住辜雨的手走到人少的地方,安慰道:"照顾好自己,有需要随时联系我。"

"安之姐姐,从此以后,我就跟你一样,再也没有父母了。"

程安之抚平辜雨耳边的碎发:"对他们来说是解脱,对我们来说也是。好好生活。"

辜雨点点头,关切地询问:"安之姐姐,你的眼睛又发炎了?"

程安之鼓鼓脸:"不碍事,老毛病了。"

"少熬夜,少哭,你之前总哭。"辜雨顿了顿,又问,"未未现在还好吗?"

"挺好的,现在是小学生了。"程安之拿出妹妹耿未的照片给辜雨看,"小姑娘现在可皮了。"

"慧姨好吗?"辜雨看了看耿未的照片后,又关心耿慧洁道。

"也挺好的。"

程安之上个月去苏城看望耿慧洁和耿未,耿慧洁瞧她状态不好,苦口相劝,让她不要故步自封,不要再带着愧疚生活。

当初回澜城工作,也是耿慧洁鼓励她,说她有才华,澜城比苏城更能给她提供施展的机会。

"安之姐姐,前些天我去面试,看到了来之科技的广告牌……"辜雨顿了顿,问出口,"这个'来之',是不是跟你钱夹里那张照片上的哥哥有关?"

下午约了客户去某间教堂看场地,晚上又去培训机构上英语课。直到临睡前,程安之才看到来之科技品牌部发来的邮件。

"'酸奶',你出息了。"程安之趴在玻璃笼旁边,自言自语,"你自己说说,你值多少钱呢?"

翻到给纪司北发的那条"托孤"短信，他没有回复。又或许他让下属来谈授权，就算是他的回复吧。

公事公办，不带任何私人感情。

程安之便也"公事公办"，她打算开出一个天价。

星座运程看来还挺准。她突发奇想，翻了翻天蝎座本周运程。

上面的漂亮话她一眼掠过，视线停在"天蝎座本周有联谊、相亲等带来的脱单机会"这句话上……

2

"三百万？"品牌部的负责人听下属汇报完程安之的报价之后，眼露荒唐之意。

"太夸张了，她虽然做了些 IP 形象出来，但是半点名气也没有，何况蜥蜴又不是什么讨喜的小动物，买回来还不知道怎么用呢。"

负责人心里盘算一番后，没再找程安之沟通，直接把报价告知纪司北。

纪司北并非外界传言那般一副名流公子的阔绰做派，相反，在公司管理上，他理智且老派，继承了纪老爷子的节俭风范。

因此负责人认定这件事情的进展会止于此。

"纪总，这位插画师名不见经传，却狮子大开口，我们还需要继续跟她谈吗？"负责人试探口吻。

"你觉得呢？"纪司北低头看一份会议纪要，头也没抬。

"这个报价，显得这个插画师很不懂行，她似乎没什么诚意……"

"所以你们没有按照预算继续去谈，就把初始报价给了我。"纪司北抬眸，唇边扬起淡漠的笑意，"那现在是要我自己去谈？"

负责人连连摇头："我再去谈。"

"你们的预算是多少？"纪司北问道。

"六万，这是综合评估出来的预算。包括市价调研和品牌部该季度营运预算……"负责人在纪司北冷峻的眼神中弱了声，"纪总，我想多问一句，这个形象买回来您打算用在哪里？"

"先按你们的预算去谈。"纪司北的注意力回到会议纪要上，对负责人的问题置若罔闻。

负责人在回部门办公室的路上，查看了一下插画师的名字。

程安之，安之……来之……既来之则安之？既……纪……

她醍醐灌顶。直觉告诉她，这位插画师跟他们老板的关系没那么简单。

可如果他们二人关系匪浅，六万的报价……会不会显得他们老板太吝啬了？

对方来压价，程安之打探他们的预算。

"程小姐，您是专业的，您一定了解市场行情。我们的预算大致与市场价持平。"品牌部的人在电话里这样回答她。

程安之笑笑："您明说，与我心理价位悬殊太大的话，我们双方都不必再浪费精力在这件事情上面了。"

"程小姐，对我们而言，三百万这个数字是天价。"这位工作人员很聪明，点到为止，也不得罪人。

"好的，我了解了，那我这边就不考虑这次的合作了。耽误您时间了，祝您工作顺利。"程安之客气地结束通话。

"纪总，对方坚持三百万的报价，没谈妥。"

纪司北出差了，品牌部负责人发邮件跟他汇报工作。他正在一个互联网峰会现场，匆匆看了眼邮件内容，收起手机，沉静的眼眸里荡起几分波澜。

峰会结束后，他回复程安之前些天发来的那条短信：好，"酸奶"之后我来养。

担心惧怕蜥蜴的助理毛手毛脚，他托其他秘书去找程安之拿回小家伙。

稍晚时，他打电话过去询问事情是否办妥，无意中在电话里听见了医院叫号的声音。

"你人在哪儿？"他问秘书。

"在医院，程小姐在挂水，直接让我来医院拿蜥蜴。"

纪司北抿唇挂了电话。

合上笔记本电脑，他走到酒店露台上，俯瞰陌生城市的人间烟火。

霓虹闪烁，流云被黑夜吞没。他孤独而漫长地站着，一些旧时的记忆如同流云一般，被现实冲散，被冬夜蚕食。

程安之挺容易生病的，程家长辈说她是早产儿，出生没多久又动过一个手术，先天不足加上手术亏损，体质偏弱。也因此，她得到了程家最多的宠爱，就连只比她大一岁的堂姐程静之都格外疼惜这个妹妹。

仗着自己体弱易病，她没少动歪脑筋吸引他的注意。

被他请的家教传染感冒之后，她烧得满脸通红，见到他来探望，丧气地靠在床边，把虚弱和娇气发挥到极致。

"我知道，你才懒得对我负责呢，你连课也不想给我补。我不聪明，也算不上漂亮，你看到我连一个笑脸也没有。我知道你是怎么想我的——未成年的小屁孩、发育未完全的高中生、幼稚鬼、娇气的病秧子……"

他听不下去了，从口袋里摸了块巧克力扔到她手边："程安之，吃糖。"

她不吃："想堵住我的嘴啊？"

他唇角浮上浅笑，不说话，就那么静静地看看她。

"看我做什么？"

他耸耸肩："你说你不漂亮，我验证一下你是不是在妄自菲薄。"

他又正经道："程安之，漂亮不漂亮的，在我看来，确实用处不大，但聪明一点总是没坏处。把你的机灵劲儿用在学习上，你肯定能考上T大。至于我是怎么想你的，等你考上T大后我会告诉你的。"

"那我到底漂不漂亮？"她听进去了他的话，却故意追问道。

"吃糖，保重。"他长腿一迈，出了她卧室。

然后是她考上T大后的第二年暑假。

她胸口处长了个恶性结节，微创手术切除后，在医院里住了三天。

这事他是从老太太那儿得知的。老太太说结节位置长得尴尬，小姑娘脸皮薄，让谁也不许说出去。

他想以她的性子，她八成不愿意让他知道，便"漠不关心"。

没想到，她出院后的第一件事就是来纪家找他"算账"。

她脸上的笑容又冷又委屈："纪司北，你真的一点也不关心我吗?"

他轻蹙眉心,正在想说辞。

"算了。"她轻笑一声,"好没意思。"

话落她就要走。

"程安之。"他叫住她。

她不应,继续往前走。

"疼吗?"他站在原地,语气轻描淡写。

她停下脚步,却不回头,冷言冷语:"对你这种冷心冷意的人来说,不过就是从心口割了块肉去。"

"是吧。"他欣然接受她对自己的评价,说完走上前去,低头看着她的眼睛,又问一遍,"疼不疼?"

她回视他,忽然踮起脚,亲了他的唇角,动作快准狠,让他毫无防备。

"这次你没去看我,我真的很难过,你就用这个偿还吧。"

话说完她就跑了,边跑边喊:"纪司北,我现在不疼了,谢啦。"

谁说她脸皮薄的?

…………

后来他们第一次在阁楼上接吻时,她问他,这是不是他的初吻。

他懒得回答这种无聊的问题,听见她说:"我知道不是,因为我割肉那次,你的初吻用来弥补我的痛苦了。"

她用"割肉"来形容那次手术。

再后来,他第一次有机会去看她胸口处的那个疤痕时,看见那个地方却被一个小小的极具设计感的文身遮住。

文身是他的名字。

她指着心口处他的名字说:"纪司北,以后你要是不要我了,我肯定把这块肉从我身上割掉,我是割过一次肉的人了,我不怕疼。"

第二天澜城又下雪了,程安之挂完今日的消炎药后,赶去培训机构上课。

她出了医院大门,往最近的地铁口走,穿过马路,看见黑色迈巴赫缓行停在路边。

她微微怔住,随后装作没看见,继续往前走。

手机铃声响起,她缓了缓,按下接听。

"上车。"男人的音质如同冰雪凝结的霜。

程安之调整了一下呼吸,走到车边,拉开副驾的门。

纪司北的侧脸与他上杂志封面时的状态重合,冷傲,没有温度。

"纪总是亲自来找我谈授权吗?"程安之语气俏皮,试图打破他的冷。

纪司北不作声,视线落在她手背上的白色医用胶带上。

"来探病?"程安之的视线也落在自己的手背上,继续"逗"他。

纪司北依然没有回答,他发动引擎,将车掉了头。

程安之从后视镜里看纪司北的脸,眼神赤诚,也赤裸。

男人清俊的面庞比五年前多了一分锐气,深邃的眼眸里铺上淡淡的故事感。

成熟了,更具锋芒了。

改变的过程程安之不曾参与分秒,再相见,却也不觉得陌生。

纪司北的目光始终不与她交汇,漠然成了应对她的专属态度。

遇红灯,车短暂停下。

程安之左顾右盼:"哎呀,我忘了告诉你了,我是要去上课的,不是这个方向。"

纪司北一只手搭在方向盘上,空空看着车窗外,衬衣袖口下的表盘上点缀窗外霓虹,成为他周身唯一的彩色。

他只给程安之半个侧脸,用不容反驳的语气知会她道:"去我那儿。"

这四个字听得程安之心一紧,她缓声问:"那我今天的课怎么办啊?"

纪司北扭头看向她。她藏在镜片之下的眼睛,因发炎,眼角微微泛着红,但眸中的试探意味让她看起来并不像个虚弱的病号。

二十六岁的程安之,动歪心思时的机灵样子,不能与他记忆中的程安之重合。

"上什么课?"他视线又落回窗外。

"英语。"程安之往他的方向靠了靠,安全带拉起弧度,胸前那一截被她抓在手里,她认真说道,"今晚的课很重要,要是缺了,后面的就听不懂了。要不然去你那儿,你帮我补这堂课吧。"

绿灯亮起,纪司北安静开车,用无声将她衬成透明人。

不理她,她也不尴尬。

她抿住唇,靠回椅背上,摘了眼镜,轻轻揉眼角。揉了好一会儿后,她低低地叹了口气,问身边人:"医生开的药好像效果不明显,还是疼,怎么办?"

纪司北偏过头,看穿她心思的冷笑凝在唇角一秒,也只看了她一秒,寒声道:"问医生。"

程安之耸耸肩,不介意他的"不关心"。过了会儿,她换了个语气问他:"快到饭点了,要不要一起吃个饭再去你家啊?"

等了三分钟也没等到回答,她又叹了口气,说:"我不想去你家了,你在前面的地铁站放我下来吧。"

"好。"

车经过前面的地铁站时,纪司北却没有停车。

程安之目光灼灼地看着他,一直看着,不再说话。

纪司北也有说话不算数的一面。比如程安之成功考上T大后,他并没有按照承诺告诉她,她在他心里到底是什么样的存在。

"纪司北,我现在是你名副其实的学妹了。"程安之收到录取通知书后,第一时间拿给他看。

"恭喜。"某人的反应稀松平常。

程安之朝他指指自己:"说吧,你怎么看我?要用评价异性的态度哦。"

那天她穿一条浅蓝色的衬衣裙,披肩的长发绸缎一般泻下来,眼睛看起来比往常要深邃一点,是精心打扮过的模样。

纪司北看了她一会儿后才确认,她今天化了眼线。

"你化妆水平还不错。"他便这样评价她道。

这算是哪门子评价。

程安之努嘴:"那你觉得我化妆好看还是不化妆好看?"

"你怎么开心怎么来,我的看法不重要。"纪司北收回视线。

"当然重要。"程安之绕回之前的话题,"你说过我考上T大就告诉我你是怎么看待我的,不要说话不算数。"

纪司北再次看向她，勾唇一笑："谁规定我要说话算数。"

"耍无赖是吧，那我替你说了。"程安之清了清喉咙，压低声线，学他的语气开始长篇大论，"程安之很漂亮，化不化妆都好看，很聪明，一点就透，话有点多，有点过于主动，心思藏也藏不住，很真实，很率性，性格很好，我不理她她也不生气，很有耐心，在我身边叽叽喳喳一年了，还是保持最初的热情，我们安之啊，真的是个很可爱的女孩，总有一天我会……"

"够了啊程安之。"纪司北笑着打断她的话，"你脸红了。"

"骗谁呢。"程安之摸摸自己的脸，"我脸皮多厚啊，我才不害臊。再说我说的是不是事实，你心里清楚着呢。你就说我说的对不对吧。"

纪司北没回答，朝她招招手。她走到他的电脑面前，他按下播放键——

"……很真实，很率性，性格很好……"

程安之将"厚脸皮"贯彻到底："既然你都录下来了，那我得标记一下。"

她保存音频，新建一个文件夹存放，取名为"纪司北眼中的程安之"。

"纪学长，以后你自觉一点，别什么话都让我替你来说。"她拍拍他的肩膀，认真交代道。

两个月后，成为大一新生的程安之迎来十九岁生日。

最后一个十字打头的年纪，生日宴上，程文卿允许她喝一点酒。没承想她酒量差到令人咋舌，只喝了三分之一杯水果酒，人就开始说胡话。

她在纪家的阁楼上找到纪司北，气鼓鼓地问他为什么不去参加自己的生日宴。

纪司北还没来得及接话，她又放狠话道："我再等你一年，纪司北，等我到了二十岁，你还不主动一点的话，我们之间就算了吧。"

那一天后来的情形程安之因醉酒而忘了。纪司北忘不掉。

"我的生日礼物呢？"她红着脸，晃晃悠悠地找他讨要。

"你想要什么？"

"要这个？可以吗？"她踮起脚，紧紧地搂住他的脖子。

他没有松开她，片刻后，他俯身，手掌拍拍她的后脑勺："程安之，我需要主动什么？"

她却没听见这句话。

过了会儿，她猛地松开他："纪司北，我好像还没有跟你表过白，你不会不知道我喜欢你吧。"

"是啊，我也是刚刚才知道你喜欢我。"他趁着她喝醉，逗她。

"那你听好了，纪司北，我喜欢你。"

阁楼的复古吊灯为他们营造出旧胶片一般的浪漫氛围，女孩眼眸澄明，一瞬间让他遗忘她处在醉酒状态中。

"听到了吗？"她的耳朵再一次贴紧他的胸膛，手臂环住他的腰，"知道该怎么做了吗？"

她闭上了眼睛。

呼吸声融进心跳里，窗外月光也动容。

片刻后……

"知道了。"

有人轻声回答。

…………

车驶进地下车库，透进车厢的光变成冷色。

两人下车，一起上楼。除了彼此没有交流，他们的姿态与一起回家的情侣无异。

站在电梯里，程安之从镜子里窥视纪司北的神色，依然找不到他带自己回家的目的。

此时，"去我那儿"四个字又以暧昧的触感涌上心头，程安之当是抖个机灵打破僵局，轻声道："那个……其实我今天身体不太舒服。"

纪司北不明就里地看向她。

程安之以为他没听懂，进一步解释道："不是眼睛不舒服，是身体……就是不太方便。"

微弱到只有自己能感知的一声嗤笑后，纪司北出言讥讽道："这么快就打算像以前一样投怀送抱？"

利刃一般的嘲讽瞬间让程安之被打回原形。

她一颗心猛然往下沉，喉咙里的酸涩翻涌而出。

这是她最差劲的一次抖机灵，难受的感触远远超越尴尬。

她能忍受他漠视的态度，这是她自找的。但她不能忍受他嘲讽他们的过去，嘲讽那个曾一片赤诚的程安之。

"从前我没有，今后也不会。"她的语气在极力地保持平静，"刚刚是我故作聪明，跟你乱开玩笑，抱歉。"

纪司北微微侧过头，挺直的脊背有一瞬间僵住。电梯到站，他大步踏出去。

程安之没有跟出去，情绪失控中，她迅速按下关门键，又随便按了个楼层。

电梯下降，不知道停在了哪一层，她走出去，找到安全通道，坐在台阶上。

楼道里的感应灯熄灭，她在黑暗中调整自己的情绪。

几分钟，她确认找回好心态后，轻轻拍了拍自己的脸，起身沿着台阶往上走。

听见电梯门闭合的声音时，纪司北迅速回了头，程安之低头按键的身影顷刻间就消失在门后。

他往前迈了一步，有些茫然地看着楼层数字更替。很快，他按下另一部正上升的电梯。

到了一楼大厅，另一部电梯已经重新升上去，大厅里空空如也，没有程安之的身影。

他走到室外，风雪满天，小区楼下一片寂静。

他突然觉得这个场景很熟悉，像无数次出现幻觉的过去。

在费城，在纽约，在澜城，在分手后的无数个难眠夜晚。

她出现，又消失，如此不切实际。

回到二十七楼，走出电梯的那一刻，他把脱轨的情绪抚顺，往家门口走，他又回到那副波澜不惊的模样。

可是，门口坐着一个人，真真切切。

程安之就那样坐在地板上。小小的脸陷在柔软的围巾里，捧着散发亮光的手机，看见他，像没有发生过刚刚的一切，清甜地对他笑。

见他发怔，她抬起手指指了指墙壁上的门牌号："纪司北，我查过了哦，这个小区是四年前立案，两年前交房的，你可千万别说2706

是个巧合。"

3

"房子不是我自己选的。"纪司北回神解释后,按下指纹解锁。

大衣下摆被拉住,他回头,程安之朝他伸出那只贴着医用胶带的手:"帮帮忙,腿蹲麻了。"

他判断一下她蹲着的时间,没有拉她,径直往里走。

程安之已做足被他冷待的心理建设,一边腹诽他现在毫无绅士风度,一边嘴上嘀咕:"这个门牌号不是你选的,那还真是巧得不能再巧了。"

随后起身跟了进去。

纪司北专注地往一个收纳箱里放东西。程安之瞥了一眼,都是自己曾经送给他的东西。

程安之低眉:"'酸奶'呢?"又环视整个客厅,但没找到。

"不在这儿。""酸奶"被纪司北放在办公室,他每天在那里待的时间比在家久。

程安之指了指其他房间的门:"装修风格挺别致的,我能参观参观吗?"

纪司北平静地看向她,手上继续装一本旧书:"送你回家的人马上就到。"

要送客?这是专门带她来取东西?

"你过来清点一下,看看还缺什么,我再去找。"他又知会道。

程安之快步走过去。

崭新的收纳箱里,条理清晰地摆放着她曾送他的礼物。

大到她从知名设计师那儿高价淘来的复古音箱,小到印着她照片的鼠标垫,摆在最上面的,是一个黑色的带烫金花纹的木盒。

她打开木盒,她送给他的那支钢笔安然躺在里面。

"你不要就扔了吧,还给我,我也用不上。收藏了这么久也是难为你了。"程安之没看他脸上的神色,兀自轻轻叹了口气,"你送给我的那些,我才不还呢。"

"随便你。"纪司北往落地窗前走,没有温度的声音传进程安之的耳朵里,"你看看清楚,有没有缺哪一样。"

是要断干净的意思?都分手这么多年了,至于吗?

程安之自来熟般往沙发上一坐:"纪司北,我渴了,想喝水。"

纪司北低头看了看表盘上的时间,边往门口走,边说:"有人会送你回去。"

"等等,还少一个东西。"程安之情急之下脱口而出。

"什么?"男人止步,给她一个侧影。

"戒指。"

程安之断定他听得懂,是当年她在校门口随便买的那个装饰戒指,不值钱,但意义重大。

"扔了。"纪司北走到鞋柜旁,边换鞋边说,"忘了长什么样子了,等价补给你吧。"

门被关上,程安之轻声呼出一口长气,坐回餐椅上。

她自我安慰,迟到的"清算",何尝不是某人的长情。

惜物的少年纵然变成身价不菲的青年才俊,也依然不改纯粹的品质。

至于他说戒指被他扔了,鬼信。

没过多久,一个西装笔挺,不太像他助理的男人进门,称替纪司北送程安之回家。

程安之故意没带那箱东西走,男人却自觉地替她抱走。

进入电梯后,程安之不忍劳烦他,接过箱子自己抱着。

"辛苦了。"她对男人说。

男人微微颔首:"客气了。"

"我是不是在哪里见过你?"程安之并不是搭讪,她是真的觉得对他有点印象。

男人偏过头,轻浅一笑:"程小姐好记性,五年前,也是下大雪的冬天,我去苏城接过司北一趟。"

程安之的记忆猛然回到那一天。

那是她提分手后的第二个月,纪老爷子病逝后刚过头七,纪司北从澜城赶来苏城,央求她见自己一面。

他最脆弱的时刻,她却没有现身。她守着手术后昏迷不醒的父亲,拜托耿慧洁打电话给纪家，托人来接他回去。

来的正是眼前这一位。

远远地，隔着风雪，她看见男人将纪司北带上车。

那是她最后一次见他，连带着，把带他离开的人也记在了心里。

今日，他特地托这位"见证历史"的老朋友送她回去，含义昭然若揭。

他在提醒她，他从来没有忘记她带给他的痛苦，他也不会再重蹈覆辙。

程安之没有跟这个男人走。箱子放进车后备厢后，她鞠躬说了声"抱歉"，自行离去。

老太太八十大寿这天，纪家上下到齐。

纪家一众小辈，除了纪司北的终身大事还未有着落，其余的都已婚配。

老太太品了品几张姑娘的照片，都是纪司北的舅舅和表哥给纪司北物色的对象。

"都不错啊。"她赞赏道。

纪司北的表哥纪泽安随着老太太的话说："您也觉得不错是吧，可是司北偏偏一个都看不上。"

老太太摘了老花镜，慈爱地笑了笑："别看我们司北现在事业有成，人也老练了许多，骨子里还是个叛逆的毛头小子。"

纪司北的舅妈接了话："可不是嘛，当年程家鼎盛时，老爷子让他跟程家那个小丫头在一块儿，人家姑娘也巴巴地盼着他，可他偏不动心思。后来程老爷子退下去了，程家不行了，他却跟人家姑娘开始你侬我侬了，再后来……"

"我瞧着顾家姑娘不错的，最难得的是，钟情了司北这么多年。她小时候有些任性，但从英国留学回来后就脱胎换骨了。"纪泽安眼头活，见母亲提程家，姑姑纪风荷面色凝重，急忙截了话柄。

老太太一听顾家，问道："是叫什么斯宜的那个姑娘？"

"就是她。"

纪司北云淡风轻地坐在纪风荷边上，手边的茶点一口未动。

他看着保姆给纪泽安两岁的女儿喂吃的，时不时逗一逗小姑娘，闲散的姿态看上去并不在意亲戚们对他的过分关心。

婚恋话题没完没了，听得人厌倦。最后是二十岁出头的小表妹听不下去了，拽着他的衣袖："司北哥哥带我出去透透气吧。"

兄妹俩从后院离开，踏着雪往北走。

旧时程家的院子已经换了主人，经过时，小表妹冷不丁地说："哥哥还没忘记安之姐姐吧。"

纪司北沉默不言，黑色羽绒服领口托起一张此刻并不贪恋世俗的脸。

"我不喜欢顾斯宜，你跟谁相亲都不许跟她。"小表妹又说。

纪司北笑了，慢条斯理地问："她哪儿招惹你了？从前你们也不在一块儿玩？"

"我喜欢安之姐姐和静之姐姐，顾斯宜老在背后说她们坏话。"

"哟，记性这么好啊。"在他心里，那段时光早就是翻了页的老皇历了。

"她就是嫉妒安之姐姐和静之姐姐比她讨人喜欢。"

纪司北忽然想起外公曾说过的一句话，他说程家家风好，从培养出来的女孩身上就能看出来，静之果敢，安之率性，都是心思纯净的姑娘。

"哥，你大气点儿啊。"

"这话怎么说？"

"甭管谁提的分手，要是还喜欢就去追呗。"

树梢上的雪落下有声，跟说出口的狠话一样，在世间留痕。

纪司北淡淡哂笑，不打算接小姑娘这句笑谈。

"定格"在新年之前举办了一次公益性质的主题展。陈夕纯邀请程安之看展，顺便把她引荐给靳柏杨。

陈夕纯嗔怪道："一早就给了你小靳的名片，你迟迟没有行动。"

程安之尴尬笑笑："年底了，工作实在太忙。"

"跟纪司北那家伙有进展吗？"陈夕纯问。

程安之耸耸肩膀："无。"

简乐悠所在的公司老板收到了来之科技的新年礼套盒，里头的包装运用了蜥蜴的元素，画的正是"酸奶"，插画却不是出自程安之之手。

纪司北让品牌部找了一位业内知名插画师合作，让程安之成了"酸奶"这个IP的弃子。

程安之有两周没跟他联络了。

陈夕纯正要开口，一个跟工作人员穿同款文化衫的年轻小伙子小跑过来，亲切地称陈夕纯为"学姐"。

程安之在社交平台上看过靳柏杨的资料，年轻、英俊、绅士、有趣，不少青年艺术家把他视为偶像。

三人相谈甚欢，靳柏杨跟程安之一见如故。

展会结束后，陈夕纯邀请他们一起去"暮色"吃晚饭。

一路上靳柏杨都在跟程安之探讨专业相关的问题，听说程安之有意去欧洲深造，话题又延展到他的留学生涯。

他们在愉快的交谈中进入餐厅，程安之的注意力全然放在靳柏杨身上，丝毫没察觉到陈夕纯玩味的眼神。

陈夕纯看见了纪司北，不是一个人来，也不是跟梁云暮或是其他好友一起出现的纪司北，而是正在跟顾斯宜"相亲"的纪司北。

程安之没有随陈夕纯过去打招呼，她跟靳柏杨先落座。

入座的时候，她选了一个看不见纪司北的位置。

靳柏杨认出纪司北，但见程安之似乎对此人不感兴趣，便只字不提。

他继续跟程安之聊她做过的案子："学姐婚礼上的动画短片，画风很独特，剪辑也很见功力。"

"是我一个学动画的老同学做的剪辑。"程安之跟靳柏杨认真介绍了简乐悠一番。

"有机会大家见见。"

"好。"

陈夕纯打完招呼后回来，程安之闻声回头，对上纪司北那双淡漠疏离的眼睛。

他穿着黑色羊绒衫，白色衬衣领口像崖间白雪落在冰冷的黑色岩石上，他的眉眼也像岩石一样冷硬，看着她的目光，每一次都与昔日的温柔背道而驰。

程安之竟有些习以为常，她自认比他有风度，大方颔首跟他致意，随后坐直身体，只留一个背影给他。

耳边传来靳柏杨跟他客套地互做自我介绍的声音，他跟别人交流的时候，比跟她，要有温度得多。

"要不然叫顾小姐过来，咱们一起吃。"陈夕纯提议道。

"不了，今儿不方便。你们慢用。"

纪司北走远后，程安之才细品"不方便"三个字。

需要单独约会，所以不方便。

"这样的人物也需要相亲，男婚女嫁果真是永远都不会缺席的人生命题。"靳柏杨感叹道。

陈夕纯明知故问："你也看出来他在相亲？"

靳柏杨笑道："瞧他们俩的状态，不难看出来。"

"是吧，拘谨得很。"陈夕纯拿了朵桌上的新鲜玫瑰放在程安之面前，跟靳柏杨说道，"家里亲戚攒的局，也是为难他了。"

这话像是故意说给程安之听。

陈夕纯不认识顾斯宜，不知道她跟程安之和纪司北之间的渊源。程安之也不打算挑明，专心致志地埋首看花。

手机铃声在此时响起，程安之走到安静的地方去接听。

电话是耿慧洁打来的，问她何时放年假，几时回苏城。

"下周末应该可以回去，未未期末考试成绩出来了吗？考得怎么样？"程安之在电话里问。

耿慧洁说小姑娘这次考得不错，仗着成绩好跟她提要求，要买一根新长笛。

程安之说她来买，耿慧洁却说自己已经在网上下单了。

"对了，未未要你把'酸奶'带回来。"耿慧洁又道。

"酸奶"……

耿未是程安之最疼爱的妹妹，她提的要求，只要合理，程安之都会答应。所以哪怕为难，程安之最终还是应承下来。

挂了电话后，程安之顺路去了趟洗手间。

眼睛的炎症消除之后她就没再戴框架眼镜，她今天化了淡妆，对着镜子补唇膏的时候，不自知地审视了一番自己的状态，脑子里盘算的是今日遇到旧情人是否输了阵。

从前长辈们总是夸她灵,长得灵,性子灵,一双眼睛会说话。后来她消沉了好多年,最年轻漂亮的年华,她用最厌世的心态度过,她知道自己灵不起来了。

淡妆之下的皮囊,勉勉强强能看吧……她中肯地评价道。

思绪正飘着,镜子里出现一张精致张扬的美人脸。

是顾斯宜。

"前几天我去了静之那儿一趟,她人胖了一圈,但精神很好,你倒是还那么苗条,可人却不如小时候那么娇俏了。"

这是顾斯宜一贯的说话风格,酷爱做评价家,言辞犀利不留情面。

程安之觉得她还真是一点也没变。

"好久不见。"程安之淡淡回应,音色里带着几分冷漠。

说完她想起擅长拿这副态度对待她的纪司北,跟他"切磋"的这段时日,她倒是学到良多。

"怎么不见你跟司北打个招呼?老情人见面,真不至于这么生分。"顾斯宜往唇上补的口红是时下最流行的色号,姿态优雅,带着几分傲慢。

程安之原本不想跟她抬杠,见她兴致勃勃,忽然起了点顽皮心思。

程安之对着镜子里的顾斯宜甜笑一番,说:"生分不生分的,外人怎么能看得出来。"

顾斯宜当即脸色一变。

这句话原本是出自纪司北之口,正是说给她听的。时隔多年,程安之竟一字不漏地念出来,以同样的威力回给她。

那是程安之苦追纪司北而不得的阶段。

那天是梁云暮生日,顾斯宜套近乎,巴巴跑去他的生日宴。见宴会上纪司北对程安之冷淡,为了刺程安之一下,她故意提醒纪司北说:"不管怎么样,安之也是咱们的妹妹,你对她也太生分了。"

纪司北一听这话,唇角含着笑,顶着那张桀骜难驯的脸,神色温柔地望向程安之,慢条斯理地回答顾斯宜的话:"生分不生分的,外人怎么能看得出来。"

他总是看似不在乎,却在关键时候护着她。

顾斯宜从那时就看出来。

纪司北是叛逆到骨子里的人,当全世界都告诉他,他应该跟程安之在一起时，他偏不。可如果有一个人站出来反对，称程安之不好，他又会即刻打脸那人，告知所有人，程安之是他不会忽略的存在。

而说这话的程安之透出来的这股乖张，让她好像看到了从前，看到了有纪司北做程安之后盾的从前。

程安之先走一步，似乎是被她激了一下之后有了反应，程安之落落大方地走到了旧情人纪司北面前。

顾斯宜冷冷地望过去，指尖的凉水滴在冰凉的大理石台面上，掀起不起眼的波澜。

程安之站定在纪司北眼前，平静地叙述自己的需求："我想带'酸奶'回一趟苏城。"

"等我答复吧。"纪司北捧着见底的玻璃杯，没看她，语气像知会下属或者无关紧要的乙方。

"好。"程安之快步离开。

临睡前，靳柏杨发来消息，约程安之过几天去参加"定格"的年会，说还邀请了陈夕纯，带着分寸感把暧昧的成分剔除干净。

程安之欣然答应。

年底因为要赶几个急案，简乐悠连续几天都加班到深夜，今天进门后，她疲惫地踢了踢拖鞋。

程安之听见动静后出了房门。

"楼下又停着那辆迈巴赫。"简乐悠瘫倒在沙发上。

程安之抿住唇，查看了一下手机，楼下那人没有发来任何消息。她走到窗边往下看，车身融进夜晚，让等待变得并不明显。

焦灼中，要不要主动下楼竟变成一道哲学题。

就这么纠结了一刻钟之后，她手机里收到两个字——下楼。

程安之套了件羽绒服，下了楼。领口没有遮挡，寒风刺进来，她一低头，才发现自己穿错了鞋。

敲车窗，开门，上车，她每一步都很缓慢。

"'酸奶'带过来了吗？还是说，我什么时候能去你那儿拿？"语气却有点急。

纪司北松弛地靠在椅背上，修长的指节没有节奏地在方向盘边缘敲击，他看着前方无人的街道，沉默了十几秒后，微微侧头，用有些压抑的声线回答程安之："上周，'酸奶'死了。"

程安之放在膝盖上的手猛然一抖，她呆呆地看向纪司北，他平静的面庞好像只是在宣告一则最寻常不过的社会新闻。

"就因为厌恶见到我，厌恶听到我的声音，所以才没有第一时间告诉我？"程安之说话的时候不受控制地往他那边倾，冲动涌上大脑，她激动道，"曾经我也觉得不过是一只蜥蜴，远没有一只猫一只狗那样通人性，那样高级，那样值得人类喜欢，是你告诉我，蜥蜴是你从小到大最喜欢的动物，是你的好朋友，我才……"

"程安之，是你让我送它最后一程的。"纪司北偏头与她对视，不留情面地打断她的话。

"我没有知情权吗？如果我不问，你是不是打算一直隐瞒。纪司北，你别忘了，我才是它的主人。"程安之别过脸，手指在颤抖，声音也在。

她想起无数个失眠的夜晚，她对他的思念，对父亲的愧疚，对往事的缅怀，无人诉说，都是这只小家伙带着最多的耐心和最大的忠诚，听她倾诉，陪她落泪。

她急切地拉开车门，想逃离这个会让她失态的环境。

另一只手腕被拽住，冰凉触感，纪司北急声道："当心！"

车门外一辆摩托车呼啸而过，喧闹的响声划过耳畔。程安之定了定神，用最大的力气挣脱开他的手，夺门离去。

人走后，纪司北缓缓地看了眼车后座。

新玻璃笼里的小家伙正以一种奇异的眼光审视他，模样、神态，都像极了已经离世的"酸奶"。

第三章 / 裂纹
程安之，你真了不起

◆

1

家里剩下来的蜥蜴食物和旧笼子，被程安之送给了养蜥蜴的同城网友。

她画了新的有关"酸奶"的插画，做成装饰画放在窗台前，又把年会上所得的优秀员工奖杯放在旁边。

简乐悠站在一边，用手指戳了戳插画上的"酸奶"："对不起啊，没能送你最后一程。"

像是替程安之说出这句话。

程安之转过身，接着收拾春节回苏城的行李，心里想着，她这辈子再也不会养蜥蜴。

她刚认识纪司北的时候，纪司北养了三只蜥蜴。有一回，她逗其中一只玩，不小心打开笼子，让小家伙逃窜到纪家的后院里去了。

她心急如焚地去找，可找了好久都没找到，担心纪司北生气，她只好谎称把小家伙拿回家养两天。

第二天，她跑遍澜城所有的宠物市场，想去找一只一模一样的小蜥蜴当作替身，瞒天过海。可惜纪司北的眼光太独，他挑的蜥蜴都是独一无二的，她根本找不到相像的。

天气炎热，她满城跑，中了暑。再见到纪司北时，她病恹恹的，一副准备挨骂的柔弱姿态。

"我弄丢了你的好朋友，真的对不起，你想要我怎么弥补你都行。"

纪司北手边放着一盘冰镇的新鲜荔枝，随手剥了颗给她，轻描淡写地说:"找回来了。"

"找回来了?"她不可置信,又喜上眉梢,急急抓住他的手,"真的吗?那太好了!吓死我了,我都不知道该怎么办了。"

她握过来的手指沾着荔枝的甜腻,见他低头看着,她又缩回手:"纪司北,原来小蜥蜴这么灵,心里念着自己的主人,笼子打开也不会跑远,难怪你喜欢养。"

他看着她轻笑。

"真的找到了?"她觉得他眼神不对,跟他反复确认。

"嗯。"

又过了几天,她接到宠物市场卖蜥蜴的老板电话——

"小姑娘,你要找的那个品种,我倒是找到了相似的一只,但是几天前被别人买走了。"

她当时不以为意,后来左思右想,觉得此事不对劲,便又跑了趟宠物市场。然后她得知,买走那只相似蜥蜴的人,正是纪司北。

原来小蜥蜴并不念主人,也不念家,跑了就是跑了,再也不会回头了。

"纪司北,为什么骗我啊?"她有些时候真的搞不懂他。

他摘掉耳机,懒懒地对她说:"因为想不出来能让你弥补我什么。"

"啊……"

她带着焦灼满城找蜥蜴时,他也在找。最终被他捷足先登。

这不是他逃跑的第一只蜥蜴,也不是他钟爱的那一只,小东西回了大自然,不算是坏结果。

找替身,并不是为了弥补他的遗憾。

是他不想看她因为焦急红得像六月荔枝的脸。他多看一眼,某些情绪会克制不住。

追他辛苦,屡受挫败,程安之却甘愿。

因为他只是面冷,但一颗心的底色是温柔,值得她期待。

…………

"呀……"出门倒垃圾的简乐悠发出一声惊叹。

程安之在门里问:"怎么了?"

"'酸奶'没死啊。"简乐悠乐呵呵地提着玻璃笼进门。

笼子是新的，程安之蹙眉看过去，小蜥蜴背部的花纹跟"酸奶"有出入，她骤然明白过来，对简乐悠耸了耸肩膀："就当是它回来了吧。"

倏然，她心底涌出一片潮热。

这个小家伙又能活多少年呢。

该取什么名字？

除夕当天，纪司北陪纪风荷去给纪老先生扫墓。

纪风荷提起纪泽安撮合他跟顾斯宜的事情，话说得婉转："顾家这姑娘跟你没这个缘分，你给足泽安面子就行了。"

上回在"暮色"，纪司北纯属是赶鸭子上架。他把话跟顾斯宜说得很清楚，也跟纪泽安表达了推诿之意，然而正跟顾家做生意的纪泽安还是铁了心要做红娘。

迎着凛冽的山风，纪司北应承着纪风荷的话，说："今儿吃团年饭，表哥他们要是再提顾家，你替我周旋周旋吧。"

"你想要我怎么周旋？"

"你就说，你替我物色了人。"

纪风荷"扑哧"一笑："你这不是为难我嘛，家里谁不知道，你的终身大事，我一向随你自己去的。早几年你就说过这辈子不打算结婚生子，我当时可是同意了的。"

纪司北笑道："你最有资格管我的事，谁能拦得住你改主意？"

"那他们要是问我，物色的是哪家姑娘，我怎么说？"

"随便编一个得了，梁家的朋友，陈家的亲戚，随你的便。"

"陈家？还是程家？"纪风荷扭头看向纪司北，看他眼睛里的情绪变换。

纪司北低着眉眼，视线落在墓碑前的鲜花上。

"司北，听说云暮跟夕纯的婚礼是安之策划的，那你们俩应该已经见过面了吧。"纪风荷的视线也落在墓碑上。

她想起小情侣当年分手的情形。

被分手前夕，纪司北的创意被抄袭，创业进程也受阻，正值低谷，但他还是抛下一切回国，把挽留女朋友放在第一位。

后来程安之一直给他冷遇，他困惑不解，甚至问纪风荷："是不是外公看程家遭难，怕连累了我们纪家，私下跟安之说了什么？"

纪风荷担心老爷子的病情，当即呵斥他："外公病危，能跟安之说什么？你外公不是这样的人。"

他听后颓然地坐在院子里，一坐就是一整个黄昏。

他处处碰壁，开始怀疑自我，几乎把自己逼进了死角。偏偏一身傲骨，除了在妈妈面前表露，在最好的朋友面前都装作若无其事。

他想不明白，为什么女孩的爱来的时候像潮水，退去的时候，像流沙。

女孩还对他说狠话，说从来没感觉到过他爱她。

…………

纪司北没回答纪风荷这个问题，见面与否，都不重要。

在他自己走出死角之前，"程安之"这个名字，是已经随着流沙消逝的记忆，他根本找不到可以拾回的理由。

大年初一，耿未穿上程安之给她买的新衣服，喜气洋洋地迎接新年。

耿慧洁给她梳了个双丸子头，程安之笑她活像个年画娃娃。

耿未超级正经地问程安之："姐姐，外婆说我跟你越来越像了，我长大后会像你这么漂亮吗？"

耿慧洁一听这话，戳戳她的脑门数落她道："小小年纪就想着漂亮不漂亮的，你把书念好比什么都有用。"

耿未拍拍胸脯："我肯定会像姐姐一样考上 T 大的。"

程安之重重地"嗯"了一声："我们未未不仅漂亮，还很聪明，以后一定会考上 T 大的。"

"姐姐，那可不可以把'酸奶'给我养啊？"耿未趁机提要求。

程安之没忍心告诉小姑娘"酸奶"已经走了，这只小家伙是假装"酸奶"回来陪她玩的。

她想了想，说："'酸奶'年纪大了，活不了多久了，就让姐姐带回去养吧。你要是喜欢，我再给你买一只新的。"

这时耿家的老太太进了门，见着程安之，亲昵地拉住她的手，忙问她有没有找着男朋友。

"妈，安之年纪也不大，不着急。"耿慧洁替她打圆场。

只有两人在场的时候，耿慧洁悄悄对程安之说："有人想给你介绍对象，但被我推掉了。"

程安之对耿慧洁比了个大拇指："慧姨真英明。"

"我是瞧着你也不像是想谈恋爱的样子，加上你明年要出国……"耿慧洁握住程安之的手，话锋一转，"少加点班，注意身体，不要把自己逼得太紧，留学的费用我这儿有。"

她跟程安之说，程文卿在耿未出生那一年存的信托，现在可以取出来第一笔了。程家虽然没落了，又沾了污点，但瘦死的骆驼比马大。现在的日子虽平淡，却不至于为钱发愁。

程安之却说："到明年出国之前，我差不多能凑够，未未的钱就留着家用吧，她想学长笛或者大提琴，你找个好一点的老师教她，有个爱好总是好的。"

偷听的耿未探出颗小脑袋："我最近喜欢画画，姐姐你教我吧，这样就不用花钱了。"

可惜的是，程安之并没有多余的时间可以教妹妹画画，她跟简乐悠接了个私活，初四就得回澜城赶工。

这一年的新年，跟往常一样，在平静温馨的氛围中度过。

临走时，程安之去到程文卿的遗像前跟他道别。

看着父亲不会动的眼睛和唇角的微笑，她暗暗问他："爸爸，我对不起你，也对不起他，你能告诉我，我到底该怎么做吗？"

2

年后的第一个工作日，程安之如愿收到欧洲某知名艺术院校的offer（录取通知），即将从九月开始在插画相关专业进行为期一年的深造。

经理又来通知，称因她年底获集团优秀员工荣誉，总部领导邀请她周五晚上去参加《慕心》的开年晚宴。

《慕心》每一年的开年晚宴都会邀请各界精英参与，简乐悠听后羡慕不已，要她一定挑一条可以闪瞎众人的礼服裙。

程安之的心思并不在于如何打扮自己，她在员工内部群里看见了晚宴邀请的嘉宾名单，"梁陈"夫妇在内，靳柏杨在内，纪司北竟然也在内。

万年不参加公众活动的扑克脸纪司北，这一次能参加，实在令人费解。

晚宴前一天，程安之旁敲侧击探到纪司北只是被邀请，但还没有答应来参加。她便更加放松，只带着完成任务的心态去赴宴。

得知"酸奶"的死讯后，她跟纪司北就像回到了走陌路的那五年。她想归还"酸奶"的替代品，却始终没有找到机会。

晚宴现场，作为小配角的程安之找了个还算舒服的角落当看客。

离她不远的地方，站的都是各行各业叫得上名号的翘楚。她的目光匆匆掠过，直到看到一个人，她心里一紧，丢了看客心态。

她以为不会出现的纪司北，跃然现身在流光溢彩的世界。

他们隔着宾客遥遥相望，一瞬间，好像都忘记要做表情管理。

瞬时反应下来不及伪装，纪司北看向她的眼睛里，闪过一丝久违的温柔光芒。

程安之觉得这一定不是她的错觉。

因为她身上穿着的，是她二十岁那年生日宴，他送给她的礼服裙。

那一晚发生的事情，她笃定他不会忘。

程安之二十岁生日那天，初秋的空气中仍透着夏天的燥。

那天一整天都是专业课，傍晚下课后，程安之独自一个人在画室赶某艺术展的参展作品。

夕阳落在她的画布上，她放慢笔触，调了一笔跟心情相称的灰调。

彼时程老先生彻底离开权力中心，不在高位，程家势力陡然散尽，程家后辈个个受牵连。程静之的父亲调离澜城去了遥远的西南，程文卿的职务被架空，践行职权时处处受阻，处处被动。

爸爸回家后的笑脸越来越少，耿慧洁忙于照顾幼小的妹妹耿未，为无暇替丈夫排忧解难而自责。某次在餐桌上，妹妹顽皮打翻了辅食碗，耿慧洁情绪失控冲她发了脾气，小姑娘号啕大哭，怎么也不罢休。

最后是程安之把小姑娘抱进自己房间，安抚许久，妹妹才止了哭声。

程文卿告诉程安之，这个世界就是这么的残酷现实。

程安之从小生活在优渥的家庭环境中,被周围所有人捧在手心。但她不娇气,也不柔弱,因母亲早早离世,长成一副能承事的豁达性子。

家境陡变后,她又一次快速成长。

她对爸爸说:"我们家已经受尽上帝的优待了,以后你好好照顾爷爷,我跟妹妹好好照顾你跟慧姨,日子平平淡淡的,也没什么不好。"

程文卿愧疚道:"安之,现在风头紧,你出国留学的事情可能就……"

"没关系的爸爸,反正纪司北也不喜欢我,我不想去美国了。等过几年我自己有经济能力了,我要去意大利,去巴黎,我会好好努力的。"

…………

画布上铺满灰调,却不显高级。程安之又调了笔浓墨重彩的金色,涂在了画面中最黑暗的地方。

她想起喜欢而不得的纪司北,努嘴笑一下,对自己说道:"二十岁了哦,该放弃就放弃,说到做到呀程安之。"

程静之说她因为程家的现状,少了些追逐纪司北的勇气和底气。

她也理不清头绪,复杂的心态下,好像得到一个人的爱慕不再是最重要的事情。

追纪司北只追到二十岁,是她当年立下的诺言。

今天是最后一天。

最终程安之放弃了手上这张画。

获得艺术展的参赛资格并不容易,她只想找到最满意的状态,完成一幅拿得出手的作品。

她极有耐心地蹲在地上装订新画布,忽然,有人在黄昏消失前的最后一刻,敲响了画室的玻璃窗。

她回了头,纪司北光风霁月般地站在走廊上,她满心的躁,终止在看见他的这一秒。

她被带到了风荷大厦顶楼。

门打开,蓝色系的生日装饰铺满了整整一层楼。

程安之喜欢跟蓝色有关的一切,纪司北就用跟蓝色有关的浪漫礼物装满了一整间屋子。

她整个人被定在了门口,像坠入虚拟世界,走进陌生的奇异空间,也像溺入潮热的深海,被蓝色泡泡包裹。

她在"海底"伸出手指戳破一个蓝色气泡,里面装着"你好像等到了",又戳破一个,里面写着"这是真的吗"……

"程安之,生日快乐。"

纪司北的声音此刻像是她的幻听,她不可思议地看着他,为了证实,她伸出手抓住他的手,用力握着,感觉到有温度,她才确认,这是真的。

"唉……"她发出的第一个声音是一声叹息,没忍住又笑了,问,"是恶作剧吗?"

说完她觉得自己像被海水冲昏了头,她定定地看着纪司北:"肯定不是恶作剧,你才没这个闲工夫。"

她看着他,等着他开口说点什么。过程中她不松手,比以往任何一次占他便宜时都要厚脸皮,先是抓着,然后牵住他的手掌。

纪司北的回应不是眼神,也不是跟表白有关的话。他低下头,用另一只手把她的手推开,随后重新牵住,跟她十指交握,带着她大步往里走。

"这是什么意思?"程安之举起他们交握的手,故意找他讨要一个说话。

他说:"先把你占过的便宜讨回来。"

"然后呢?"

"你期待什么然后?"他们走到沙发边,纪司北打开一个蓝色礼盒,"寿星,先去换衣服。"

礼盒里是一条白色的礼服裙。

程安之看呆了,这条裙子的设计出自她自己之手。要不是胸口处的花纹实在别致,她都快要忘了她曾画过这样一条裙子。

这是她十七岁那年夏天,每天跑来这里画画的时候,某一次遗忘的一张速写。她那段时间刚学人体,练习速写时,喜欢给画纸上的人物换装。

那天她来了灵感,给她画的女孩穿上了这样一条礼服裙。

或许是因为她心血来潮给画上的女孩画了头纱,所以纪司北才让这条裙子在呈现时变成白色。

白色,不是她钟爱的颜色,是婚纱的颜色。

"纪司北，我好怕今晚十二点会有南瓜马车来接我回家。"捧着礼服裙的程安之诚惶诚恐地开着玩笑。

纪司北又打开另一个盒子，里面是一双淡蓝色的礼服鞋，设计跟裙子互相呼应，质感十分高级。

他提着鞋靠近程安之，让她坐在沙发上，他脱掉她脚上的鞋，帮她换上新鞋，待换好，他抬起手在程安之的面前打了个响指："找到你了。"

多么奇妙的答案，让玩笑里的童话故事迅速快进到结局。

却不是王子找到灰姑娘，而是程安之守得云开见月明。

此时的程安之，并不知道故事的另一个版本。

纪风荷知道今天是程安之的生日，早上纪司北出门去学校时，她便问他："瞧你偷偷忙活了这么久，我那几个设计师老朋友都快要被你烦死了，安之今天生日，你应该会让她遂愿吧。"

纪司北还是那副漫不经心的样子，懒懒地应了一声。

他人走后，纪老爷子出了房门，跟纪风荷说起了体己话。

老爷子问纪风荷："司北是喜欢安之的吧？"

纪风荷点点头。

"早干什么去了？"老爷子的语气意味深长。

纪风荷心宽，说："孩子们的事情就随他们去吧。"

老爷子冷哼一声："他怎么想的我能不知道？从前生怕我们搭了程家的东风，连带着冷待安之。现在倒好，程家失势了，他倒肯透露真心了。臭小子打小就离经叛道，心思深得跟海水一样。"

"单纯点也好，小孩子之间谈谈恋爱，不牵扯家里的事情，他们能轻松点儿。"

"这样怎么能成大事！"纪老爷子又提起纪司北的生父，"有时候觉得司北还真是像他老子，傲慢是刻在骨子里的。"

"傲慢？您言重了。"纪风荷替儿子解释，"我猜他从前也是觉得安之太小了，他打小做事就稳妥……"

"我看你一点也不了解自己的儿子。"老爷子打断了纪风荷的话，"安之这孩子其实不错的，可惜啊……"

…………

程安之换上礼服裙，从里间走出来的时候，纪司北收回思绪，深邃的目光专注地落在她身上。

"好看吗？"程安之提着裙摆，等待他的评价。

他冲她招招手，让她走近。

"纪司北，你过来，不要每一次都让我走向你。"

他揉揉鼻尖笑了，随后快步走到她面前。

程安之突然踮起脚，搂住他的脖子："这种时候要是还不表白，就浪费这么好的氛围了哦。"

柔软身段入怀，女孩美好的面容近在眼前，美丽、率真、灵动、浪漫，无论经历什么，她这双眼眸都如初次见他时那般明亮、澄澈。

"程安之，我收回上次的话，以后你不需要太有毅力。"

这是哪门子的表白？

"纪司北的女朋友，功成名就也好，一事无成也罢，只要她开心就好。她的未来，我会负责。"

…………

那晚程安之最遗憾的事情，是此处没有接吻。

关键时刻，程文卿一通电话催她回家。纵然程家蒙难，气氛凝重，耿慧洁还是抽出精力为她准备了生日宴。

电话里，程文卿对她说："成为二十岁的大姑娘了，怎么就不值得好好庆祝一番呢。"

在程安之的记忆里，那一天她感受到的温柔和温暖，让那个夜晚，成为她有生之年的独一无二。

这一天的尽头，临近午夜十二点时，她在辗转反侧中，决定为美好的一天补上圆满的句点。

她发消息给纪司北：纪司北，我现在要见你。

一分钟后，纪司北回：来阁楼。

他们在纪家关了灯的阁楼里接吻，纪司北乱掉呼吸的时候，程安之的完美句点准确无误地落在今夜十二点。

二十岁生日快乐，程安之。

然而……

今夜的故事于她而言是尾声，于某人而言却是开端。

纪司北的吻落向嘴唇之外的地方时,程安之心中的鼓点加急、变快。

"要……要吗?"她浅浅地试探性地问了一句。

纪司北停下来,借着月光看她潮湿的眼睛。

"其实不算快吧,这几年我也没少占你便宜……"她不是不懂"矜持"这个词的意思,但是只要面对纪司北,她就多少有些把持不住。她又戳戳他心口的位置,"那个,都是成年人了,反正我做好准备了。"

"那我试试?"

月光下,纪司北的眼眸里注入让程安之感到陌生的情绪,她反而怔住了。

后来程安之才明白他这一刻眼睛里的东西究竟是什么。

是年轻气盛的少年藏在克制之下的隐忍和放肆。欲念不是一瞬间而起,却是一发不可收拾。

窗外的树影轻轻荡漾,一部分落在程安之褪去的礼服裙上。

这是程安之重新认知纪司北的过程。

后来的后来,她永远也不会忘记,最后他的唇贴在她耳边,轻轻说出口的那句话——

"程安之,久等了。"

两三秒的对视,短暂到未有外人觉察。

程安之低眸看自己裙摆,这条礼服裙用了最好的面料,她只穿过那一回,多年过去,崭新如初。

她绝非故意在今天的场合穿这条裙子,她只是很多年不爱美了,懒得去买新裙子。她也以为他不会来的。

再一抬头,纪司北英挺的背影融进热闹世界,三两个衣着光鲜的年轻男女迎住他,他又成了焦点。

靳柏杨打完一圈招呼后,递了块奶油蛋糕过来。

程安之道了声谢,用小叉子戳着蛋糕上头的水果点缀玩。

"心里有事?"靳柏杨看着她乱动的手指。

程安之扭头看向他,灿烂一笑:"我收到 offer 了,九月去米兰。"

"恭喜。"靳柏杨起身端了两杯鸡尾酒过来,"今天的裙子很好看。"

程安之接过酒杯,坦诚道:"我酒量差得不行,我意思一下。"

玻璃杯相撞，程安之的舌尖裹了一丁点酒精，涩感卷进口腔。

她上回喝酒是年前纪司北找她要"酸奶"那次，她以为他要跟别人结婚了，借着醉意装模作样恭祝他一番。

事后回想，百般唏嘘。

"什么时候变得会喝酒了？"梁云暮穿复古款西装，戴金丝边眼镜，公子哥做派十足。他款款走近程安之，碰了她的酒杯一下。

程安之又饮了一小口。想起陈夕纯私底下吐槽梁云暮是花蝴蝶，没忍住勾了勾唇角。

"你气色好多了。"梁云暮盯住程安之的眼睛。

她化了淡妆，摘了眼镜，眼眸清亮起来，礼服裙加身，梳了个露额头的发髻，姣好身段美人脸，自然比寒冬中的那副寡淡的装扮要惹眼许多。

况且她那天不在状态，从看见钢笔的那一刻起，她神就没了。

"别跟我生分，撇去那家伙不谈，我还是你小梁哥。"梁云暮仍拿出旧时哥哥对妹妹的关爱态度。

"好。"程安之露出两个酒窝，"学姐最近怎么样？"

"月份大了，要比之前辛苦。"

两人寒暄时，靳柏杨走远。

他迎面撞见一位高挑的女士，穿丝绒质感的旗袍款礼服，戴一整套昂贵珠宝，半倚在餐椅上，眉心微微发皱，视线落在他身后。

他回头，那是程安之跟梁云暮所在的位置。

莫非是梁公子的哪位旧情人？

他刚想替学姐陈夕纯费一番脑筋，另一位优雅的女士靠近，对审视梁云暮的这位美女说："穿得跟朵小白花似的，裙子款式也过时了，真不合时宜。"

"她可不是小白花。"顾斯宜红唇亲启，露出一抹轻笑，"谁知道她裙子哪儿买的，没认出牌子。"

得，不是冲梁公子去的，是冲今晚全场最不用力的程姑娘去的。

程姑娘果然是有故事，不在人群中央，精致的宾客们却依然拿她当谈资。

耳边又传来两位女士的对话——

"一晚上没打照面,看来纪司北对她是冷情冷意了。"

"谁知道呢,他心思藏得深。"

"你别灰心,如今程安之哪儿哪儿都比不上你……"

靳柏杨踱步走了,听得好没意思。

不远处,纪司北坐在一张单人沙发里,深灰色西装笼着这副自带风流的躯壳,不动声色地流淌出清贵之感。

他手里没酒,眼中无情,空空地看着十米远的大屏幕,上头正闪过这次晚宴几位赞助商的logo。

来之科技在其列。

大家看出他懒怠寒暄,几番叨扰之后,留给他安静空间。

靳柏杨丈量他跟程安之间的距离,料想这对旧情人今晚应该都食不知味。

如此别致的两个人,必然不像普通俗世情侣那样,书写潦草结局。

倏然间,纪司北回了头,视线对上正打量他的靳柏杨。靳柏杨靠近,落座在他对面的沙发上:"真没想到你今晚会现身。"

纪司北眼尾涌上淡笑:"好久不见。"

大屏幕上来之科技的广告又一次闪过,靳柏杨想起"来之"新年礼盒的设计,说:"'来之'的设计风格一向清冷,新年礼用了蜥蜴元素,还真是让人眼前一亮。"

"品牌部的同事花了些心思。"纪司北说完,低头看了看手表上的时间。

靳柏杨笑道:"我看过另一位插画师画的小蜥蜴,也挺有意思。"

纪司北轻抬一下眼皮:"你那儿人才多。"

"知道我手底下不缺有才华的艺术家,也不见你们'来之'找我合作。"

"以后会有机会。"

"司北,老太太晚上叫我去纪家一趟,待会儿我跟你一块儿走。"顾斯宜翩然而至,瞧靳柏杨坐在对面,朝他颔首一下,又往纪司北身侧靠近几分。

"这位小姐是?"靳柏杨问纪司北。

"顾斯宜。"顾斯宜抢在纪司北开口之前自报家门。

靳柏杨瞧一眼纪司北的神色，平静中透出一丝若无若无的倦感。他断定这位姓顾的姑娘入不了纪司北的眼。

"顾小姐，刚刚听你们谈论全场唯一穿白色礼服裙的那位女士，如果我没看走眼，她身上的裙子跟纪先生的西装出自同一位设计师之手。"

莫名其妙的男人，莫名其妙的一席话……

顾斯宜的目光急急落在纪司北的脸上。

"我没猜错吧，纪先生？"靳柏杨偏偏还要去求证。

纪司北的眼睛里忽然盛满笑意，他全然不看顾斯宜，沉静地跟靳柏杨对视。

靳柏杨知道自己多嘴了，但他无所谓。

只是纪司北的眼神让他以为自己不会得到答案了。

"对。"这个深沉到令人生畏的男人却开了口。

他哪里是留意设计师风格的主儿，一个"对"字昭示着他知道程安之那条裙子的来历。

靳柏杨敛眸淡笑，余光瞥见顾斯宜的姿态，她生生从纪司北身侧退开半步。

"司北，安之的裙子不会是你送的吧？"顾斯宜故作镇定，当是老朋友之间的随口一问。

"是。"

顾斯宜尬住。

靳柏杨瞬间觉得这出戏变得有意思起来。

梁云暮远远看着纪司北那边的情形，问程安之："要不要过去打个招呼？"

"不了吧，我嫌冷。"程安之隐喻道。她指的是纪司北每次瞧见她之后的冰山脸。

梁云暮嗤笑一声："哪儿冷？我瞧那边热闹得很。"

程安之跟梁云暮靠近的时候，靳柏杨绅士地让了个位置出来。

"坐吧安之。"梁云暮让程安之坐在了纪司北的对面。

程安之跟顾斯宜打了个招呼后才落座，坐下后她理了理裙摆，始终没看纪司北。

"安之,你的裙子很漂亮。"顾斯宜靠坐在纪司北所坐的沙发边缘。

"谢谢。"程安之这才看了纪司北一眼。

纪司北的视线落点很低,在她被裙摆遮住一半的脚上。

她穿的是一双黑色的高跟鞋,是从简乐悠那儿顺过来的。

原本他送的那双更相衬的蓝色高跟鞋,在当年搬去苏城的路上遗失了。

她又动了动裙摆,瞧着他挪开了视线。

这是氛围很奇怪的一个"闲扯局",人物关系复杂,并不是都熟悉,有人之间有暗涌,有人想看好戏,在场的几位都有越聊越吃力之感。

纪司北几乎无话,程安之同样。

顾斯宜大概是觉得所聊话题过于平庸,忽然看着靳柏杨开了口:"靳先生应该可以不知道吧,还在读书那会儿,安之跟司北在一起过呢。"

"是吗?"靳柏杨话落,瞥见梁云暮递来一个颇有意思的眼神。

这位是在叹气顾小姐时隔多年依然不懂得边界感。

两位当事人却镇静,端坐着,都穿正装,自己不入戏,外人看着入戏。

尤其程安之礼服裙还跟婚纱有几分相像。

"那会儿大家都小,任性、稚嫩,还不自知,说起来还挺有意思的,两人在一块儿没多久就……"

"顾姐姐记性真好。"程安之懒懒地往沙发背上一靠。

梁云暮跟靳柏杨同时看向她,盈盈的笑意漾开在她的眼角,灵动的眼眸正式被唤醒。

程安之疏懒地看了眼纪司北,朝他轻轻扬了一下下巴:"你说顾姐姐说咱俩谁呢,任性、稚嫩,还不自知……"

纪司北正抿唇玩弄自己的手指骨节,也往沙发后背一靠,冷感毕现的声线缓慢流出:"不重要。"

外人的评价不重要。

梁云暮摸了摸鼻尖,这两人真绝了,哪怕分手这么多年,默契一如从前。

程安之耸耸肩,指了指大屏幕上的提示,利落地起身:"贵宾们等最后一个环节吧,我先走了。"

稍后是公益拍卖，程安之觉得自己没有再留下来的必要。这个举动也当是给尴尬话题解了围。

"我送你。"纪司北竟也跟着她起身，甚至替她拿了放在桌面上的手机，递给她，"你东西落在我车上了。"

他指那箱旧物。

"拜拜。"程安之先跟梁云暮和靳柏杨打招呼，最后对顾斯宜灵巧地歪了一下头，"再见了顾姐姐。"

纪司北步伐坚定地跟在白色裙摆的后边，程安之又找回她的骄傲。

冷下一颗心的顾斯宜想起从前。

多年后，即便程安之变了模样，纪司北也依然愿意臣服于她。

程安之越走越快，高跟鞋在会场外面的大理石地板上踩出令人焦躁的急音。

纪司北不知道她急什么，干脆停在原地。

前面的人也停了下来，转过身，看他一眼，随后抬起腿，弯腰脱掉一双鞋。

"别拿我当借口，再见。"程安之跑了。

"程安之。"他果然出声叫住她。

程安之停在原地，等他走近，一改脸色问他："今晚你是陪顾斯宜来的？"

他是被梁云暮给拖来的。

但看见她脸颊潮红，脱口便是："喝多了？"

程安之提着鞋继续走："没喝多，真喝多了，谁跟你走啊。"

突然转身，她看着纪司北的眼睛，捉弄之意瞬间爬上眼梢。

纪司北掠过她，走到了她的前面。

她又故意走得慢了。

纪司北终于不耐烦了："程安之你到底走不走？"

程安之低下头，抿着唇，翘一翘自己光秃秃的脚趾。

"把鞋穿上。"纪司北这句音调略低。

"不合脚。"程安之提着裙摆小跑几步，跟了上来。

进电梯时，她若有若无地伸手扶了他的手臂一下。

他侧头，满眼都是白色，裙子是白色，她细长的手臂是冷白色，毫无肉感的手背上依稀能看到青色的筋络。

"有点晕。"程安之说着话，捂住额头蹲在了地上。

方才满脸写着清醒，现在说晕就晕了，晚宴上的酒能有多少度数……

"为什么穿这条裙子？"他没看她。

程安之弱声道："你就当是我穿给你看的吧，反正我不管说什么，你也会这样想的。"

他低头看她，她演醉鬼的演技依然拙劣。

"没演，冷，冻的。"她没忘记做他肚子里蛔虫的本事。

纪司北轻蹙眉心："你的外套呢？"

"你才想起来我没有外套啊，喏……"她指了指他的西装外套，"忘掉恩怨，先做三分钟绅士？"

纪司北脱掉西装外套递给她，拿出手机拨通梁云暮的电话，问她："外套在哪儿，我让云暮送下来。"

"在外场的密码柜，但是开锁的手环在我这里。你快挂电话吧。"程安之摘掉手腕上的手环。

电梯到了地下停车场。

"你先去车上，我去拿外套。"纪司北用车钥匙换她的手环。

程安之出了电梯，静静地看着他消失在电梯门后。

纪司北取外套时遇到离场的梁云暮。

梁云暮瞧他取出了一件女士大衣，啧啧嘴道："还这么磨人呢。"

他在说程安之。

程安之从前倒是不磨人，但这话能让纪司北看上去像惯着她的温柔角色。

"开车悠着点。"梁云暮又不怀"好意"地提醒。

傻子才听不懂一语双关。

纪司北止了步，漠然地看了一眼他的右手，损道："最近辛苦了。"

"嘿，什么人啊。"

纪司北回到车上时，程安之靠在副驾的椅背上睡着了。

她垂着头，修长的脖颈弯曲着，脖后的碎发轻盈。

"我变了吗?"程安之忽然睁开眼,抓住他凝视自己的深邃目光。

纪司北偏过头,发动引擎。

"你真的是陪顾斯宜来的?"程安之打了个哈欠。

"重要吗?"纪司北音色低沉。

"相完亲之后还密切来往,准备发展发展?"程安之故意学他从前的懒。

纪司北没接话。答案显而易见,说出口实在多余。

他就当她是喝醉了吧。

"那就这样吧。"程安之毫无缘由地叹气。

躁感顿时涌上心头,纪司北看向她:"程安之你到底想怎么着?"

程安之又学他不接话的样子,脸一偏,看窗外的霓虹去了。

一个急转弯,车停在空旷的街道。

程安之回神看他,正要开口,他猛然倾身过来,手指拉下了她胸前的衣料。

他指尖的触感像冰粒往她心里钻,慌乱之下,程安之捧住了纪司北的脸。

她太久没像这样靠近这个男人了。反应骗不了人,交融在一起的呼吸即刻融掉了疏离带来的寒意。

她借着窗外的路灯灯光,想在他的眼睛里找回几分昔日的温柔。

可出现在他眼睛里的,只有困惑以及荒唐。

纪司北确认程安之的胸口处依然存在自己的名字后,果断地将她的手剥离,替她拢好自己的西装外套。

明白他的意图后,程安之放松悬在心口的紧张情绪,跟重新戴回面具的男人开了个刺耳的玩笑:"我挺怂的,怕疼,也怕留疤,所以不敢割肉。"

她曾经说过,如果两人分开,这个文身不会再留。但她设定的前提是,他先不要她。

纪司北当即接住她的俏皮话:"现在祛除文身的医学技术很成熟。"

"确定不会疼吗?"程安之故意抖机灵,"那我明天就去咨询咨询。"

纪司北不如程安之伶牙俐齿,讽刺之言大多点到为止。他会有极端情绪,但发泄后懂得悬崖勒马。每每失控之后,他的清醒总会加倍。

他沉默地开车,车速卡在最高限速的边缘。

"我不打算再养蜥蜴了,你把小东西拿回去吧。"程安之缩着手臂,甩着长长的西装衣袖玩。

"好。"

"它跟'酸奶'真的好像啊,你找了多久,三天?一周?"

纪司北忽略掉她带着陷阱的问题,说:"戒指找到了。"

程安之微微张了张嘴,但没发出任何声音。

片刻后,她问纪司北:"能不能把做这条裙子的设计师的联系方式给我?"

纪司北沉声问:"做什么?"

程安之低头看了看自己的脚掌:"当年的鞋被我弄丢了。"

他轻呵一声,本想说她不是惜物的主儿,可又想到她的裙子完好如新。

"弄丢是无心之举,重新找回来,才算是给这条裙子一个交代。"

纪司北面无表情。

今晚的隐喻多得让人反感,尤其是"无心之举"这四个字。

"笑什么……"程安之叹了口气,柔声自嘲道,"可是世界上怎么会有后悔药呢,早知今日何必当初。"

她的表达永远单刀直入,永远赤裸裸,可惜自信有余,真诚不足。

纪司北只当她在念台词。

程安之却"入戏"更深了,她的语气变得深刻起来:"后悔的程安之,很想改过自新。"

纪司北荒唐地看向她,可侧过脸的一瞬间她偏过了头,带着疲倦靠在椅背上,姿态有些倔强,侧脸线条却无比柔和。

"纪司北,你现在这么有能力,能送给我一个时光机吗?"她喃喃说道。

纪司北目视前方,想抽身成局外人,脑中却不停地回荡分手时她说过的那句——

"在一起之后的每一天我都很累,我最快乐的阶段是追你的时候。"

追到之后其实就不想要了。

"唉……"当初说狠话的人，如今竟在叹息。

"程安之。"纪司北终于按捺不住。

"你说。"

"我还以为，过了这么多年，你能学会点儿新把戏。"纪司北的声音冷到谷底。

睡前对着镜子刷牙时，程安之嘟囔着问自己："学点儿新把戏？"

唏嘘地笑笑后，她冲掉口腔里的泡沫，迅速收起这副嬉皮笑脸。

"回来了啊。"简乐悠睡眼惺忪地从房间里走出来，看见沙发上放着一个堆满东西的纸箱，问程安之，"你带回来的？"

她走过去，最先看见钢笔盒和一枚没有包装的男士戒指。

程安之拿起那枚戒指，塞进了自己的睡衣口袋里。

简乐悠看明白后，说："要是纪学长知道你经历了什么，僵局不就破了吗。"

程安之耸耸肩："卖惨就没意思了。"

过分解释的确会换来怜惜，可她要的不是怜惜。她自认还不具备轻松谈论那段历程的能力。她甚至不想回味。

"你真的打算重新追他吗？"简乐悠又问。

程安之摇了摇头："不知道。"她迟疑了。

有勇气的时候，她仿佛找回了曾经的程安之。觉得太难的时候，她又觉得是真的回不去了。

在纪司北面前，哪怕她再用力地扮演曾经的程安之，分手时她决绝冷漠的样子已经刻入了他的骨髓，导致现在的她，在他眼中既割裂，也不完整。

"别让自己太累了。"简乐悠劝她道。

程安之努努嘴，开起玩笑："他觉得我演技拙劣，你说我要不要去报个班学点干货啊？"

简乐悠也跟她开玩笑："过去你花招那么多，他再难搞也搞定过，怵什么啊。"

3

天气转暖后，"爱慕"迎来旺季。

程安之刚接的一对新人，把婚礼地点定在了市郊的森林公园。

新郎要求用拍摄婚礼地点的实景图作为请柬素材，人有些吹毛求疵，让程安之带着摄影师来回跑了不下五趟。

终于，照片拍摄过关，他又对迎宾的摆景表现出诸多不满意。

这天，在"爱慕"，他当着一众工作人员的面，趾高气扬地对程安之说："程小姐，我知道你做过几个名人的案子，有点名气，但是我钱出得不比他们少，你不能区别对待啊。他们有的排场，你也得给我安排上。"

程安之耐心解释，她所有的策划设计都是围绕婚礼风格来设定的，新娘钟爱森系，特地把地点选在森林公园，那她的设计就会往清新自然这个方向去靠。

新郎连连摆手："她选址，我定婚庆，这是一开始就说好的。到时候来的人大部分都是我们家的亲友和生意伙伴，你搞得太小清新，人家还以为我们家出不起钱呢。我再说句实话，程小姐，你策划出来的东西实在是很廉价，看上去就没花多少心思。"

耳旁同事低声议论："土大款，真是不识货。"

程安之捏了捏同事的手，仍然面带笑容："赵先生，没得到您的认可，是我做得不够好。那我们双方再花点时间重新讨论一次吧，争取尽快找到一个风格折中的方案，既满足您的需求，也能让您的新娘实现她的期待。"

"还要讨论？都讨论多少回了，你工作效率始终提不上来。我待会儿还有事，没时间跟你耗。"

"赵先生，您的时间总是很难约，唯一的一次讨论也……"心直口快的同事接了话。

程安之急忙打断同事的话："赵先生，您看，要不这样吧，您时间比我宝贵多了，这几天，您要是有空，您随时告诉我，我去找您聊策划。"

这人上下打量程安之一番后，讥笑一声："行吧，你等我消息。"

新郎走后，同事对程安之说："你性格也太好了，就算他是你熟人介绍过来的,也不至于这么捧着他啊。"

程安之无奈地笑了笑:"土大款有土大款的好处,这次服务费挺高的,我不想跟钱过不去。"

"安之。"

就在这时,程安之耳畔传来一个熟悉的男声。

程安之回过头,梁云暮被《慕心》一众工作人员拥着出现在"爱慕"的大厅里,《慕心》的主编亲自陪同。

她走上前去,跟他们一一打招呼。

梁云暮侧头看了眼主编:"你说吧,我这个妹妹在'爱慕'这边做策划,算不算是屈才?"

程安之方才一番应对被主编看在眼里,得知她是梁云暮的朋友,格外高看她几眼,场面话自然要多说几句。

程安之正听着,前脚才离开的新郎这就打来了电话。

新郎称他现在就有两个小时的空当,让程安之即刻去一趟某酒店。

程安之是当众接的电话,在场的人都听出来她正被为难。但是随时听候差遣的话是她自己放出去的,她没有拒绝的理由。

梁云暮看了一眼腕表,已经接近下午下班时间,他想了想,对程安之说:"我送你过去吧。"

二人走后,主编找经理问了问新郎的来历,知晓后,她知会经理道,宁愿得罪客户,也别让自己的员工为难。

纪司北赶到某酒店大厅,看到程安之的身影时,懊恼自己又被梁云暮给诓了。

程安之正低眉顺眼地应对一个难缠的客户,谦卑的姿态和神色,与她曾经的张扬和骄傲背道而驰。

他远远看着,烦闷的情绪抽丝剥茧一般从脑中涌出。

那晚送她回家后,他有一周没听见她的消息了。他丝毫不觉得有任何不适应,毕竟过去的五年,关于她的记忆都是空白的。

看不见她那些拙劣的把戏,反而让他能找回理智和清醒。

梁云暮晃到他身侧:"谁能想到当初那个天真率性的程安之,会成长成现在这种老练的样子啊。"

"无聊就回家陪老婆去。"纪司北转身要走。

"哎哎哎,你看。"梁云暮提醒他道。

纪司北偏过头,那边难搞的客户不知道说了句什么,忽然拂袖而去,程安之抿唇站在原地,脸颊通红。

他蹙眉,别了梁云暮一眼:"有意思吗?"

话音刚落,程安之抄起餐桌上的咖啡杯,实实地砸向那个还没走远的傲慢新郎。

几秒钟后,在众人的错愕中,解了气的程安之趾高气扬地从纪司北和梁云暮中间穿过。

"买票了吗?你们俩就这么闲吗?"经过时,她冷漠地数落这两个围观她的老熟人道。

程安之对纪司北和梁云暮扔下这句饶有气势的话,疾步出了酒店大门。

身后的玻璃门关上,她脸上强撑出来的霸气和镇静一瞬间溃败四散。

她小跑到转角无人的地方,手臂撑着坚硬的酒店外墙,颓然弯下腰。

她大口呼吸,不断地警告自己:"程安之,不许哭,求你了,不许哭……"

可眼泪还是大颗滴在黑色的大理石地板上。

这时,身后传来一阵急促的脚步声,她听见他们在叫自己的名字,却不敢回头看,拼命往前跑。

她钻进人群,慌张地躲进前面的地铁站。

人这么多,周围这么吵,她脑中却仍清晰地回荡着新郎刺耳的话语——

"程小姐,我已经对你够客气的了。我知道你们程家当初做出来的那些破事,听说你们家没一个好下场的,病死的病死,调离的调离,还有一个植物人,你说这不是报应是什么?你现在还能拥有这样一份光鲜靓丽的工作,能在澜城立足,你应该感谢我们这些养活你的客户,你谦卑也是应该的……"

梁云暮站在地铁站出口等待的时候，心里不禁想，他有多久没在这种地方徘徊了。

而那家伙怕是都快要忘了地铁票该怎么买。

程安之跑什么？她肯定不对劲。纪司北比他反应更快，想都没想就追了上去。

万一这家伙追不到怎么办？还得回酒店追根溯源。所以梁云暮觉得自己得在这里等。

十分钟后，纪司北高挺的身影出现在扶梯上，他绕开扶梯上站立不动的乘客，大步往上踏。

梁云暮还未反应过来时，他已经掠过自己，往酒店的方向跑去。

程安之进入地铁站后，赶在纪司北拉住她手腕的前一刻，刷卡过了关闸，甩掉了纪司北。

这不是她回家的地铁线路，她胡乱选了一个方向，进入车厢，像只木偶般被其他乘客拥挤。地铁门关上时，她抬起头，在线路图上看见辜雨工作的那个站点。

二十分钟后，她出了地铁站，在霓虹满目的热闹街道上走了十分钟，找到一个装修精美的美甲店。

她敲了敲玻璃门，辜雨惊喜地把门打开："安之姐姐。"

程安之拥住辜雨，像在崖边找到一根救命绳索。

大堂经理亲自陪同纪司北和梁云暮查看监控。

正值咖啡区用餐高峰期，宾客众多，声音纷乱，几人并不能听清那位新郎究竟跟程安之说了什么。但是新郎用一种极尽蔑视的语气对程安之说话的那一分钟，视频里能明显看到程安之隐忍到极点的艰难情绪。

她手掌紧紧地抓住桌沿，眼角低垂，背部弯曲着，下唇被死死咬住。

大堂经理隐晦地察看一番两个男人的神色，客气十足："二位，我能做的就只能是这么多了，见谅。"

"这人还在酒店里吗？"纪司北冷声问。

大堂经理支吾道："这个……"

"辛苦。"纪司北不为难他,快步走出监控室。

梁云暮这边得了消息,新郎的资料已经被他掌握。他跟在纪司北后面:"姓赵,巧得很,做冷链批发生意的,容易搭话。"

纪司北回了头:"这事儿你甭费心了,回去陪夕纯吧。"

"那怎么行,即便安之做不了弟妹,那也是我妹妹。"梁云暮打趣纪司北,又道,"要不你自己问问安之吧。"

"她不会说。"

她是从什么时候开始不愿意跟自己交心,不再信任自己的?

方才她所有的反应都令他感到陌生,陌生到他觉得眼前这个女孩根本不是他记忆中的程安之。

纪司北止步在富丽堂皇的酒店大厅里,有些许恍惚,这里明明是热闹的,但他的感知却好像回到那个冰冷的冬天。

他这小半生,一路光明、顺遂,唯一的挫败是她给的。

可只要她撇撇嘴,掉一颗眼泪,他就能忘记痛感,继续做那个冰天雪地里哪怕等不到她,也不肯融化的孤单雪人。

辜雨只从程安之的状态就可以判断,她又一次陷进跟父亲有关的痛苦中。

那些难眠的夜晚,她总是那样默默流眼泪,对着毫无意识的父亲诉说自己的愧疚和任性。

最让辜雨心疼的一次,是她哭着哭着,突然拼命地扇自己耳光。

"爸爸,我错了,求求你了,醒过来好不好,你看看我啊,我是安之啊……"

她语无伦次地跟爸爸说着话。说如果不是因为她太在乎纪司北,太沉迷那段感情,她不会对爸爸出言不逊,不会导致他脑出血。

次日耿慧洁来医院换安之回去休息,看见她脸上的红肿,心疼地掉下眼泪,不停劝她道:"不要再惩罚自己了,爸爸变成这样,是家里出现变故,他压力太大导致的。安之,听话好不好?"

辜雨也是后来才知道,程文卿在这次晕倒之前,已经因为精神压力大,又没按时吃降压药,大脑出过一次微量的血,但他没有去医院。

是他自己隐瞒了病情。

医生也劝慰程安之，让她不要把责任都揽到自己身上。可她却认定，如果不是因为她心思都在恋爱上，不会忽略父亲的身体和精神状况。

至于她到底跟程文卿说了什么，才导致事情变成这样，辜雨不得而知。

只是有一回，耿慧洁跟来探望程文卿的亲戚聊到，说安之回苏城见程文卿之前，曾被纪老爷子叫去他养病的医院一趟。

辜雨猜测，或许是纪家人跟她说了什么，造成了她对父亲的误解。当时纪司北并不在国内，他们俩已经异地恋整整一年。

…………

辜雨握着程安之的手，看向窗外，外面忽然下起了雨。

程安之在大雨声中回了神，她揉了揉眼睛，问辜雨几点了。

"还早，要不要我给你做个美甲，你手指这么好看，不让我发挥一下简直可惜了。"辜雨存心逗她开心。

程安之调整好状态后，粲然一笑："好啊。"

辜雨给她打磨甲床的时候，她问辜雨："什么时候回苏城？"

"你想慧姨了吗？"辜雨问她。

"嗯。"

"那这周我陪你回去吧。"

"好。"程安之偏过头看窗外的雨。

她想起那时爸爸最后闭眼之前，竟像是有了意识，忽然伸出手掌轻轻拍了下她的脸。

耿慧洁当时流着眼泪对她说："安之，看到了吗？爸爸从来没有怪过你。"

程文卿晕倒之前的最后一句话是："安之，在你心里，纪司北比爸爸还要重要吗？"

这句话是悬在程安之心中的利刃。

但耿慧洁的这句解释，让自我折磨了两年的程安之终于从黑暗中踏出一步。她站在一点光亮之下，痛哭出声，大肆宣泄。

可她走出来又有什么意义呢。

爸爸走了，再也回不来了。

她的人生，从此之后，再也不会完整。

大雨冲刷着车窗玻璃，打火机的声音淹没在雨声中。

程安之租住的这栋老公寓在雨夜透出一种隐秘古老之感。

烟是梁云暮留在车里的，纪司北许久没碰这东西了，他闻到味道，轻微皱眉。

学会抽烟是在程安之跟他说分手后，酗酒也在那个阶段。

她一开始的说辞是，异地恋太累了。

后来变成，她一点也不快乐了。

再后来——"纪司北，我讨厌跟你谈恋爱的这个程安之。"

最后，她说："如果从来没有认识你，该多好。"

他知道自己那一年很忙，可她也很贴心，从来不抱怨，也不矫情。他们每天打一次视频电话，她从来都是甜笑着跟他说早安，听他说晚安。

她家道中落后，蜕变得很快，从前她会自嘲是"恋爱脑"，可他们真正在一起之后，她却学会克制，学会矜持。

她也十分懂得跟纪家人相处的分寸感，甚至过分讲究分寸感。

他觉得他们骨子里真像，都保留一些棱角和一份不肯丢掉的骄傲。

她第一次跟他提分手的时候，他不可置信，当她是在开玩笑，他还来不及做出反应，重病已久的外公病逝，他匆忙回了国。

外公的葬礼之后，他立刻去苏城找她，这才得知她父亲躺在ICU里。

他把分手的原因归结于爸爸生病她没心思再恋爱，又给了她一段时间，可最终换来的却是她的质疑。

她最荒唐的一句话是，她觉得他不爱她。

语气最真诚的那句话是，她好像早就不喜欢他了。

他不糊涂，也没有意气用事，他体谅她的处境，一等就是一年。

一年后，他又一次去看她，她坐在康复医院的院子里对着另一个男孩子笑，而那一年中，她没有对他说过任何一句话。

…………

半个小时前，他托的人发来一段录音，新郎的话被套出来——

"我不过就是说她爸爸作孽，下场不好，说当初她要是继续攀附纪家，那程家也不至于……"

他没有听完。

如果只是因为不想仰仗纪家，才跟他分手，何苦那么决绝。

他真的了解程安之吗？

那个鲜活率真，一双眼睛藏不住心事的程安之，难道只是他曾经误入的一个梦境？

他好像真的不曾走进过她的心。

车窗突然被敲响，梦境里的那张脸竟跳出梦境贴在了车窗外面。

纪司北茫然地看着这张脸。

直到看到她微微发红的眼睛，他才确认，这的确是他几个小时前才见到过的那个程安之。

"让我上车呀。"程安之带着娇蛮说道。

纪司北开了锁，她即刻钻了进来。

"雨好大，我要弄脏你的车了。"她又是那副自来熟的轻快样子，眼睛看向他，歪一下头，"不介意吧？"

"去哪儿了？"纪司北平静问道。

程安之伸出双手在他眼前晃了晃："去做指甲了，好看吗？"

她的状态，好像傍晚那件事情根本不曾发生过。

"为什么哭？"他想撬开她的口。

她耸一下肩膀："我还没得罪过客户呢，看来今年是选不上优秀员工了。"

纪司北抿唇呼出一口气。

"做什么？你这副样子，好像我多任性似的。"程安之抱怨道。

"那个人不会再出现在你面前。"纪司北侧头看向她，"不是想要去留学吗，辞职吧，专心准备申请材料。"

程安之微微错愕，随后避开他的视线，弱声道："我已经……拿到 offer 了。"

自嘲之意迅速爬上唇角，纪司北冷淡回头。

他看向车窗外的雨雾，低声嗤笑一声："程安之，你真了不起。"

第四章 / 微光
真相不重要了

♦

1

这句带着暗讽的"赞美",沾了些窗外雨水的暧昧。

程安之仿佛拿捏到点什么,故作轻描淡写:"只去一年,寒假你可以去看我。"

没皮没脸的时候,她就还是过去那个程安之。

"你什么时候学会抽烟了?"程安之上车就闻到烟味,这才找到机会问。

纪司北把烟盒递给她:"要吗?"

程安之眼中透出迷惑,抿唇看向他。

从前两人一起去热闹的场合玩,但凡男生们开始抽烟,他总会拉她去闻不到烟味的地方。

他不太干涉她的私好,可态度明确,酒可以小酌,烟没必要沾。

纪司北用指尖敲击烟盒,没有温度的笑容划开在唇角:"我还以为程老师会呢,程老师现在总是出其不意。"

他一般会在程安之格外严肃安静的状态下叫她程老师,但她这样的状态实在太少,他一共也没叫过几次。

这个称呼听得程安之喉咙口一紧,她有些不甘示弱,朝他摊开手心。

纪司北低头,轻轻推开她的手:"不早了,你上去吧。"

程安之进门走到窗边,楼下的迈巴赫已经开走。

她这夜睡得很沉,以为会梦到爸爸,却没有。

黎明时做了第二个梦，她站在程家的院子里，纪司北和另一个女孩一起牵着手经过，那女孩的脸很模糊。

她醒来后怅然若失地看着一夜未关的台灯，对现实和过去的时间线产生模糊感。

她打开抽屉，从旧钱夹里翻出和爸爸的合照，抽出来，压在下面的是另一张照片——

她跟纪司北的合照。

"爸爸，我想找回过去那个勇敢的安之。如果我跟纪司北在一块儿，让你不高兴了，你就托梦给我，好吗？如果没有梦到你，那我就当成你在祝福我。"她轻声说。

来之科技新品发布会结束后，纪司北照例接受媒体访问。

几个切题的问题之后，记者又把注意力转向他的私生活。

他一如既往送给媒体两个字——单身。

老太太关掉 iPad 上的发布会直播，问一旁的纪风荷："顾家那丫头他当真看不上？"

纪风荷笑笑："要是能看上，许多年前就看上了。"

"许多年前不是被安之给截和了吗，如今安之人都不知道在哪儿，也不知道这小子还执念个什么劲。"

"安之在澜城。"纪风荷没想到老太太心里也认定纪司北挂念旧情，又说道，"两个孩子见过面了。"

"她回澜城了？两人见过面了？"老太太语气略显激动。

纪风荷点点头："是，应该不止见过一次。"

老太太一听，直叹气。

程安之讨喜，她一早就属意程安之做孙媳妇，没承想两个小孩在一起没多久就分手了，外孙纪司北还为此消沉了好一段时间。

"当初两人多好啊，后来分手，多半还是受程家变故的影响，我瞧司北那会儿伤得挺深的，到底破镜难重圆啊。"

纪风荷淡笑道："那会儿小，很多事情过几年再看，兴许也没那么严重。孩子们的事情就由他们自己去吧。"

"不如，下周你生日宴，请安之过来玩吧。"老太太忽然提议道。

"您确定？"

"旁人问起来，你就说是我的意思。"老太太起了身，朝纪风荷递了个眼色，"既然司北眼光高，谁家的姑娘也瞧不上，那这一回，咱们就拿出点儿态度，这样也就不算我们司北再吊着他们胃口。"

纪风荷五十岁生日宴是纪家近日来的重头戏，宾客多半存了私心，单身矜贵的纪司北则是他们眼中的猎物。

而程安之便是纪家的"态度"。

纪风荷会了老太太的意，笑容温雅："我这就去邀请。"

程安之"一战成名"后，本来定下跟她合作的几个客户都退缩了。

说她背后是纪和梁，那两位都不是好得罪的。她又如此耍性子，那吃亏的肯定会是甲方。

同事安慰她道："合作过的客户都知道你的口碑，不想跟你合作是他们目光短浅。"

程安之正要接话，同事又开玩笑问："所以你到底是跟梁还是纪啊？要是梁，那可就太刺激了，他婚礼还是你策划的。"

一众同事插科打诨，忽然间，程安之觉得她跟这份工作的缘分或许就这样到头了。

周末，她跟辜雨一起回了趟苏城，耿慧洁陪程安之去墓园看望程文卿。

程安之告诉爸爸她将要实现去欧洲深造的梦想，又说，她兢兢业业工作了两年半，靠着自己的努力存够了学费，希望爸爸在天之灵可以为她感到骄傲。

回家的路上，她跟耿慧洁说，她决定辞职了。

耿慧洁向来尊重她的决定，问："出国之前还有小半年的空当，你打算做点什么？"

程安之说，提升提升语言，去朋友的工作室打磨一下专业，以及，弥补那个曾被她伤害的纪司北。

今天的股东大会上，代表纪家势力的几个"老古董"存心让纪司北下不来台，导致是否执行新战略部署的决策仍旧高悬。

回办公室的路上,心气不顺的纪司北打翻了一个咖啡杯,衬衣袖口沾了污渍。

助理和秘书交换眼神,老板一向沉静老练,很少发这么大的脾气,现在怎么办?

"啊,对了,有位自称是纪总学妹的程小姐还等在办公室里,你快去知会她今天先走吧,别撞枪口上了。"秘书说。

助理:"哪个程?工程的程?"

"对。"

助理露笑:"那没事,这位跟咱们老板关系匪浅,老板肯定不会对她发脾气。"

纪司北进入办公室的时候,程安之正坐在沙发上画画。

她捧着iPad,电容笔在类纸膜上发出沙沙声响。

"你怎么来了?"纪司北轻蹙眉心。

程安之抬起头:"外面传我背景深,耍大牌,现在我丢了工作,想来纪总这儿谋个差事。"

她穿着一件浅草绿的薄毛衣,戴一顶黑色南瓜帽,化了淡妆,唇色很自然,浅浅的橘红只为增加气色。

纪司北没工夫跟她闲扯,打电话让助理再送进来一杯咖啡,随后投身到繁忙的工作当中。

程安之继续占据着沙发,安静、沉浸,像过去每一个她去风荷大厦小坐的日子。

黄昏悄然而至,绮丽的云霞悬在天边,粉红霞光给窗外灰色的建筑镀上一层温柔。

纪司北接到一通电话,要外出参加一个必要的聚会。

一刻钟后,他起身往门口走,经过程安之时,他轻描淡写:"你自便。"

程安之沉浸在自己的世界里,没有应答。

次日一早,纪司北进入办公室,昨日程安之坐着的那个位置空空如也。

他愣了一秒钟,回想昨日的情形,竟不具象。

他缓慢去到办公桌前,一低头,桌面上放着一张素描头像,画的是他昨天的样子，最小的细节，精准到了他衬衣袖口的咖啡污渍。

多年过去，她画工精进不少，保留了强烈的个人风格，笔触更加松弛灵动。

纪司北随即打电话把秘书叫进来，问今天的工作安排。

秘书汇报完毕后，他随口说："今天别让任何人进我办公室。"

"包括程小姐吗？"秘书问。

"为什么不包括？"他皱眉。

秘书微微垂下眼角："我们都以为……"

悄悄又抬眼，欲言又止。

"好的老板。"秘书乖巧地退了出去。

纪司北把素描塞进抽屉里，打开工作邮箱。

这时秘书又敲门进来："老板，那个……程小姐来了，给您带了咖啡。"

"不见。"

"那咖啡呢？"

"让她自己喝。"

话音未落，程安之提着咖啡袋大摇大摆地走了进来。

她把咖啡放在纪司北的桌上，logo显示，这是他们俩曾经钟爱的某家咖啡店。

"早。"程安之熟门熟路地去到会客区。

"老板，怎么办？"秘书问发怔的纪司北。

纪司北回神："我自己处理。"说罢他坐回办公椅，隔着七八米的距离端视这个又要借他地盘画画的女人。

她今天穿的是一条米白色羊绒裙，配一副樱桃耳环。

她什么时候打耳洞了？

程安之没看纪司北，但声音果断又干脆："怕疼，没敢打耳洞，这是耳夹式的。"

…………

第三天清晨，秘书进来汇报工作安排。

纪司北指着空空荡荡的沙发："添几个抱枕。"

几天后,纪风荷的生日宴如期举行。

程安之到场时,有宾客正在向纪司北引荐漂亮女孩。

他身着米色衬衣、休闲西裤和白色球鞋,装扮并不隆重,但显得格外年轻。

他站在人堆里,姿态谦逊,眼神却疏离。

顾斯宜适时地凑到程安之耳边:"老太太喊你来做挡箭牌呢,你还不赶紧去替司北解解围,你瞧他都烦成什么样儿了。"

程安之哪能听不懂顾斯宜这话的内涵,故作迷惘地叹口气道:"哎,哪有前女友做挡箭牌的道理,算了,我还是先去试试吧。"

去的路上,她拿出手机编辑了一条消息发出去。

等人站在纪司北面前时,十分勇气抓住了七分。

当着宾客和纪家一众亲戚的面,程安之优雅地朝纪司北伸出她的手:"我回来了。"

她还有后半句台词,为了完成老太太和纪风荷心中的"使命"而设定,也为了她的真心。

可是她还没来得及说出口,云淡风轻的纪司北就迎上来,当着所有人的面,虚虚抱住她:"欢迎回来。"

久违的怀抱不真实,也不切实际。

直到生日宴结束,纪司北才得空看到程安之发给他的那条短信——

"纪司北,待会儿不管我说什么,你都不能泼我冷水,私下里你再记恨我,台面上也得给我撑足面子,不然我就再也不搭理你了!"

竟然是如此没有杀伤力的威胁……口气倒是一贯的骄横霸道。

如今的程安之这么没有底气?

挺有意思。

纪司北从阁楼里翻出程安之从前的画作。

他是程安之的灵感源泉。

程安之画过的他,比他近几年加起来拍的照片还要多。

这张画纸上描绘的场景,是他躺在阁楼的地板上。月光如水,少年如月,偏过头看向身侧女孩的目光虔诚且深情。

这画面氛围感十足,即便程安之没有把自己画上去,赏画的人也能脑补出少年的心意。

程安之的确有天赋，也足够努力。她认真对待自己的每一张画作，有时候为了画出满意的作品，她可以在画室里一坐就是一整天。

她曾跟纪司北开玩笑，要不是她画画练出了定力，她才没那个毅力追他两年多。

梁云暮问她："那你最喜欢画画还是最喜欢纪司北？"

她笑容灵动："我最喜欢纪司北陪我画画。"

前年秋天，纪司北受邀回母校做演讲，偶遇程安之的油画老师，颇有资历的老教授笑谈："安之是我教过的最有灵气的学生，她身上是有那么点艺术家气质的。"

分手后，某个人的名字成了禁忌，纪司北很少有机会听人说起她，霎时间有涩感从心头划过。

老教授又问："如今你们俩还在一块儿吗？"

他低头笑笑，轻轻摇头："不在一块儿了。"

"那真是太可惜了，她画得最生动的人物就是你。情人眼里出西施，画者把爱意藏在生动的笔触里。"

那日温度极高，蝉鸣热浪，可他听见教授这句话，却犹如寒潮袭面，最冷最刺人的冰凌子只往他心里扎。

以往爱意如此浓烈，画出来的他甚至能被画界泰斗盛赞，那后来的分手……则更加让他觉得是讽刺与打脸。

还是说，所谓生动的爱意，只是因为她天赋异禀、画技高超？

…………

纪司北把程安之前几天画他的那张素描一并放进这些旧画作里，又看了一眼他躺在地板上的那张画，不禁微微眯起眼。

少年的眼睛里竟然多出一个侧影——

她在仅有一厘米的眼球里，描绘出了少女程安之的侧影。

"原来你在这儿，外婆找你呢。"纪风荷突然出现在门口。

纪司北急忙放下这一堆画："我这就去。"

"又在看安之的画呢。"纪风荷走过来，随手拿起来一张画作，慢声细语道，"安之长大了，性子沉稳了一些，可骨子里还是那副率性的样子。她还没走呢，在楼下，老太太可不舍得放她走。"

纪司北听见程安之没走,收起去见老太太的心,往地板上一坐,随手拾了本旧书翻开扉页。

纪风荷耸耸眉毛:"一个小时前你还当众抱人家呢,这会儿又开始别扭了。"

"外婆跟你存的什么心思,她跟我心知肚明。她做戏,我捧场,让你们二位遂意。"纪司北头也不抬。

"人家安之凭什么要做戏?你又为什么要捧她的场?"

问题如此犀利,纪司北一时答不上来,他合上旧书本,起身走到窗边。

夜色爬上他清俊的面庞,松开的衬衣袖口进了风,肆意鼓动。

跟着风一起飘上来的,还有老太太爽朗的笑声。

他抿唇听着,脑中浮现程安之甩水袖唱丑旦的旧日情形。

她总有把老人家逗笑的本事。没有人比她更会讨人欢心。

"真不下去?"纪风荷倚上门框,"安之穿了不舒服的鞋,脚跟磨破了。你不下去,我只好请旁人送她回去了。她心里肯定会想,好歹也是前男友,纪司北这人真……"

"纪司北就是小气又记仇。"纪司北替纪风荷说出这句话,大步出了阁楼。

程安之坐在副驾上接电话,听内容,跟"定格"有关。

她谈吐大方,面容沉静,跟刚才逗老太太开心的活泼模样呈现两个极端。

这些年,纪司北对干练的职业女性比对其他任何属性的女性都要熟悉,而像程安之这样的女孩,他再也不曾遇到过。

从前,他看着程安之那副娇憨又率性的样子,试想过她二十五岁会是什么样,结婚之后会是什么样,做了妈妈会是怎么样,等她到了七老八十,又会不会还像现在这样,能把他一颗平静的心搅得风云四起。

后来她在他心里的记忆停在了她的二十一岁,他失去了验证猜想的机会。

通话结束后,程安之没有立刻放下手机,趁纪司北不备,她倾身靠近他:"看我做什么?"

她突然凑得这样近，近到眼睫的层次都能看清晰。

纪司北却镇定自若，他抬起手，在她脸侧做了个揭面具的动作，一个字也没说。

"想看看我有几张皮？"程安之竟心领神会。

纪司北下意识揉了揉鼻尖："我没你那么多戏。"

程安之不说话了，偏过头靠在车窗上看夜景，留给他一个冷漠的背影。

她就这样安静了十分钟。

"快到了。"纪司北先打破沉默。

程安之没吱声。

"到哪儿下车？"纪司北又问。

程安之还是不说话。

"睡着了？"纪司北手指探过去。

"你是第一次送我回家？到哪儿下方便你不知道？"程安之回了头，眼眶有些发红。

纪司北怔住，手悬在半空，眼神略微有些局促。

这是被他刚刚的话弄委屈了？

车停在路边，他深深叹了口气："抱歉，刚才措辞不当。"

"陪我去学校里转转吧，就当是你给我赔罪。"程安之揉了揉眼睛，眼尾一扬，她又得逞了。

2

程安之轻盈地小跑在T大操场的跑道上时，纪司北严重怀疑她的脚后跟是不是真的受伤。

她的裙摆被风吹起来，露出线条美好的小腿，她笑着，弯弯的唇角极具欺骗意味，好像回到了她的二十岁。

青春、浪漫、无拘无束。

"纪司北，我们俩第一次牵手就在这儿。"她面对他，倒着走，说这句话时眼睛里闪烁的光芒，就好像他们从来不曾分开。

纪司北错开视线。他不喜欢今夜的氛围，跟她脸上的笑容一样虚幻。

分手后，除了几次推不掉的母校邀约，他从来没有回过T大。这里有太多他们俩的回忆，几乎每个角落都能提醒他什么叫物是人非。

程安之越是粉饰太平，佯装他们还能回到过去，他就越是觉得她在把自己当傻子。

他现在能确定，分手这两个字的意义，在他们的心里有着很大的差异。

对她来说，只是一次宣泄，是玩笑，是闹剧。

对他来说，却是自我怀疑，是无解，是压抑。

"纪司北，你还想牵我的手吗？"程安之对不上他的目光，凑近问他。

"不想。"他长腿一迈，走到她前面，又说，"你记错了，不是在这儿。"

他们俩第一次牵手不是在这里，是她十九岁那年，在程家的天台上。

那一天关于"日食"的新闻铺天盖地，程安之翻出两张旧CT，邀请纪司北去她家的楼顶看。

那是盛夏，她穿着牛仔短裙和白色衬衫，扎着高马尾，青春的素颜胜过夏天的美。

"纪司北，这是我的胸片，待会儿我们就用它来看日食。"

胸片……

天知道那一刻纪司北心里有多少迷惑在腾云驾雾。

少女程安之就是这么不拘小节，以及充满小心机。

后来"日食"开始，他们一起赏看，在太阳彻底被"吃掉"的时候，她悄无声息地牵住他的手。

"纪司北，别扫兴啊，握手是温柔的礼仪，你是绅士，不要辜负了这么美妙的奇观。"

纪司北不觉得天黑下来有多美妙，偶尔也讨厌做绅士，可女孩的手实在是抓他太紧，他担心用力挣脱场面会很难看。

于是他任由她拉着。

不久后，程安之又以她动手术，他没关心她为由，夺走了他的初吻，那一刻，他才意识到，这姑娘的厚脸皮和耍无赖的功力早就炉火纯青。

他或许逃不过的。

…………

程安之也想起这段往事，轻声叹气："我说的是我们谈恋爱之后，之前的，没名没分，就不算数了吧。"

随她去。

现在谈论这些不再重要的旧故事，无疑是浪费情绪。

纪司北的视线放在她的脚跟："哪儿磨破了？"

程安之当即踢掉一只鞋，单脚站立："喏。"

路灯之下，她左脚脚后跟有一小块明显的溃烂。

"搞成这样你还要来散步？"纪司北转身就要走。

"一开始疼，后面习惯了，也就没那么疼了。"程安之拽住他的胳膊，"再走一会儿吧。"

纪司北不由分说地拽走她。

程安之坐在学校小超市门口的台阶上时，被往来的男孩女孩不断地行注目礼。

她现在穿的鞋是纪风荷后来找给她的，不会磨脚，但款式不搭她的衣裙。

可她依然是好看的，特别是笑起来时。

有人低声议论着她，三三两两结伴进了小超市的门。

纪司北排队买创可贴，自动忽略掉进来之前程安之交代他再买个甜筒的嘱咐。

天气尚未真正变暖，她要是吃坏了身体，因此赖着他，他又要头疼。

"门口那个女生挺漂亮的，应该是学姐吧。"耳边传来旁人议论她的声音。

纪司北正想过滤，又听见一句——"化妆了，素颜不知道怎么样，不过品味很一般，穿搭风格……"

"肯定不是学姐，要是学姐，人长成这样，我们还能没听说过？校内早出名了吧。兴许是哪个网红跑到我们学校来取景拍照，装名牌大学的学生呢。"

如今T大的学生怎么会如此八卦……

"她叫程安之，是比你们高几届的学姐，"纪司北转身看着这几位学弟学妹，目光凌厉，"你们可以去打听打听她的名号，当年她是全校最时髦最漂亮的女生。哦对了，她是美术学院的，专业课始终是前三名，审美从来没掉线过。"

话落刚好扫码结完账，他大步离去。

走到门口，夜风再次拂面，他这才陷入迷惘，非常烦躁地捏了捏手中的包装盒。

你有病吧纪司北，犯得上跟几个小朋友较真？

"我的甜筒呢？"程安之没看懂他脸上的烦闷，乖巧地朝他伸手。

纪司北一把将她从地上拽起来："不准吃。"

程安之屏气凝神，这神色，这语气，这明明就是当年的纪司北！今晚还真没白来。

他们走远后，小超市里传来学弟学妹们带着震惊的讨论声——

"刚刚这个人……是纪司北？"

"来之科技的纪司北，我们的风云学长纪司北……"

"天啊！"

"那这个学姐……"

"肯定是他女朋友啦！"

"实在是太会宠了！"

…………

程安之脚后跟结痂时，澜城迎来今年的首个高温天气。

她坐在"定格"某间办公室里，有一搭没一搭地听靳柏杨跟他的合伙人商讨下一阶段发展规划。

提到新合伙人入驻的时候，靳柏杨特地留意了一下程安之的动静。

她正认真翻看着一本尚未送审的画册，全然沉浸在自己的世界里。

"来之科技能投资，我还真是没想到。"某合伙人说。

这笔投资是靳柏杨拉来的。

纪司北全程没有露面，只是安排投资部全权跟进跟做决策。

来之科技第三季度有望启动漫画APP项目，注资"定格"是在提前做战略部署。

这是双赢的买卖。

程安之压根没听到任何细节，她脑中不停盘算，待会儿等靳柏杨开完会，她要请他帮忙引荐一下这本画册的画师，她仰慕这位画师很久了。

得空她提出请求后，靳柏杨问她："你就没打算出一本自己的画集？"

"得了吧，我名不见经传的，你要是给我出，会亏到姥姥家的。"程安之倒不是妄自菲薄，反而她非常了解现在的市场。这是流量时代，只有拥有庞大粉丝基础的画师才能实现出画册的梦想。而她现阶段连绘画的复健工作都尚未完成。

"既然辞职了，早点开始动笔吧。别告诉我你最近笔都没拿，iPad上摸摸鱼的工夫总归是有的吧？"

程安之摇了摇头。

她总不能说她动笔了，还是手绘，可是画的是纪司北。

靳柏杨继续鼓舞她道："等你出山，真的很期待看到你的新作。"

澜城最有名的心理咨询机构，今天迎来一位稀罕客。

他带来两张画作，问机构里最权威的这位心理分析师以及行为学家："相隔六年的两张作品，能不能分析出作者的心境有什么不一样？"

或者，能不能看出作者作画时的心理动机。

"这你得问艺术家或者画评人，问心理咨询师算怎么回事。"博士又一改口风，"算了，只凭两张画，你问谁都是白搭，倒不如我给你瞧瞧你的心病。"

博士是纪风荷的老友，平日里拿纪司北当自家孩子看，说话也直。

纪司北知道自己是病急乱投医，听博士这样说，他收起这份猎奇心态，谎称公司还有事务要处理，匆匆离去。

他能有什么心病？

车驶出地下停车场，他收到消息提醒，他要的资料找齐了。

他赶回办公室，急急打开这封邮件。里头的内容都是跟程安之有关的，分类很清晰，有个人履历，也有私人社交平台的公开状态。

他花了一个下午的时间看完所有，夕阳出现在窗外时，他徐徐抬头，绚丽的日暮如此刺眼。

黄昏原本是他认为的一天中最温柔的时段，可今天的黄昏却令他躁郁。

资料的某一页，是程安之于某个深夜发布在冷门社交平台上的内容——

如果时间可以倒流，我希望当年爷爷没有举办生日宴，没有邀请纪家，我没有认识纪司北，没有因为在意纪司北而误会爸爸。

我最大的错误就是把时间浪费在纪司北的身上，忽略了对我更重要的人。

我恨过去的程安之。

…………

短暂升温后气温又陡降，澜城人民一周之内感受到了四季。

程安之毫无意外地患上了重感冒。她总是逃不掉换季，没有一年例外。

所幸这一次不用工作，她可以全心全意做个偷懒的病号。

她至今也没加上纪司北的微信，那日在T大分别后，他们又回到陌路状态。

期间她去来之科技找过纪司北一次，他助理说他出差了，后来她发短信给他，他也没回。

成年人总是忙碌的，特别是像他这样的成年人。程安之开始通过网络捕捉他的动态，可他过分低调，能捕捉的讯息要么假得离谱，要么古老到没有任何参考价值。

这晚她又试着给他发了一条消息，是一张照片，拍摄的是她的新作品。

他终于回了。

他说：很忙，在陪女朋友。

程安之一阵猛咳，咳到五脏六腑都快要裂开。

简乐悠闻声钻进她卧室，慌忙给她递水递纸巾。

她缓了好一会儿才平息，半晌没说出话来。

"你得赶紧好起来啊，不然我走了，都没人照顾你了。"

简乐悠的公司即将团建，地点定在离澜城几千公里外的某海岛。

程安之喝掉半杯热水："快好啦，等这次炎症消掉，我就去做手术。"

她每次得重感冒都会引起扁桃体发炎，疼痛难忍，所以她早就起了修理扁桃体的心，而刚刚那一刻，她痛下决心，她要和糟糕的扁桃体正式决裂。

一周后，程安之进手术室之前，给纪司北发最后一条消息：我知道你这个人不屑撒谎，那我就以朋友之名，送上真心祝福。对不起啊，过去的程安之走进过怪圈，她很任性地伤害了你。不过没关系啦，上天已经替你给过她很多的惩罚了，你开心一点哦。

麻醉之前，程安之无比清醒地想起曾经的某个画面。

是纪司北坐在她对面，专注地为她削铅笔。那个时候她觉得她是这个世界上最幸福的女孩。

麻醉之后，过去种种都忘却，她坠入深沉梦境，里面终于再也没有纪司北。

纪司北握着手机等在医院手术室门外。

他赶到的时候，穿着病号服的程安之正独自一人往门里走。

他从来没见过如此落寞的程安之，她孤寂的背影和疲惫的步伐，让时空变得虚幻。

好像就在这一秒，他认了命。

这个世界上只有这个女人有这样的本事。

能让他痛彻心扉，又甘之如饴。

程安之走出手术室，耿未的小脸出现在眼前。

她搓搓小姑娘的脸，讶声道："你怎么来了？"

"不要说话哦。"一旁的护士轻声提醒。

耿慧洁走上前来，对程安之隐瞒手术的行为好一通数落。

程安之刚想开口解释，又被她急声制止："别说话别说话，好好养两天吧。"

术后需要住院观察两天，耿慧洁一来，程安之成了世界上最幸福的病号。

"小简说你每次感冒都要拖好久，胃也不好，等出院，你跟我和未未回苏城吧，我带你去徐医生那儿好好调理调理身体。"耿慧洁话落，犹豫片刻后，又问，"你跟司北……联系得多吗？"

"他有……"程安之自觉噤了声，在手机上打下一行字——纪司北现在有女朋友了。

耿慧洁瞧程安之的神色，她泰然自若，像是在陈述一件再寻常不过的事，心里应该已经将往事翻篇。

耿慧洁轻轻点点头，暗自想，如果是这样的话，那那天她跟耿未赶到医院时，那个匆匆离去的背影应该就不是纪司北。

两个小孩谈恋爱的情形仿佛就在昨日，病床上的安之却不是从前的安之了。

她心中惋惜，要是后来没有发生这么多变故，他们这对金童玉女恐怕已经按照约定走进人生的新阶段。

程安之最走极端的那段日子，她苦心劝过，让程安之不要把痛苦的根源归结在她对纪司北的感情上，程安之听不进去，只说："是我让不满三岁的未未没了爸爸，让你失去了丈夫，都怪我。"

耿慧洁抚平心绪，试探程安之道："清宴快要回国了。他一直没交女朋友，徐医生快要愁死了，前几天探我的口风，说你们家安之不也没找男朋友，要不我们撮合撮合两个小孩。"

程安之耸耸肩："徐清宴这家伙我可驾驭不了。"她还没回到正常的说话状态，艰难吐字时直皱眉。

"别张口，我说你听着就是了。"耿慧洁想到纪司北已经有主，心一横，替程安之做了个打算，"等你回了苏城，清宴也回了国，我叫他上咱们家来玩。"

"清宴哥哥对我可好了，让他做我姐夫呗。"在一旁安静画画的耿未童言无忌。

耿慧洁和程安之都被这话逗笑。

那天看见耿慧洁和耿未后，纪司北决定先离开。

程安之的那段话成了他心中的谜团，那句"因为在意纪司北而误会爸爸"横亘在他心里，像一个魔咒。

理性分析之后，他选择不跟耿慧洁打照面，他不确定耿慧洁会不会因为程安之而对他心存芥蒂。

前段时间他沉浸在忙碌的工作之中，一面想跟过去和解，一面又被这个谜团搅弄情绪。终于得空，他请老太太去喝她最爱的茶，想从她嘴里了解一点外公去世前后发生的事情。

比如，外公究竟有没有找过程安之。

老太太觉得他荒谬，当场变了脸色："安之如今跟你好好的，你翻这些旧账做什么？你外公跟我都支持你们在一起，他怎么可能对安之说什么，再说我们纪家绝不是那种落井下石的人家，程家遭难，我们也很遗憾。"

纪司北费了好些口舌才解了老太太的气。

老太太又教训他道："安之当初要跟你分手，八成是你哪里做得不够好。你要知道，安之辛辛苦苦追了你好几年，你们之间的关系一直都是她落下风，她家里出事，再好的性子也会变得敏感，你有没有及时关心，你这个男朋友做到不到位？你该好好反思自己，而不是在别人身上找原因。"

纪司北只能乖巧听候教导，不能为自己辩解任何一句话，一抿唇，喉腔的茶味变得又苦又涩。

…………

等走进医院停车场后，纪司北又把程安之方才发的那条短信拿出来看。

最刺眼的几个字是——对不起。

最迷惑的一句话是——程安之曾走进过怪圈。

最激起他心中波澜的内容是——上天替他给过她很多惩罚。

车子驶进灯火通明的隧道，纪司北赶往另一家医院。

这是纪老爷子离世前入住的医院，当时他住在特需病房，曾经照顾过他的几个医护都与纪家人熟识。

纪司北找到照顾外公最多的那位护士，询问当年的事情。

"最后那段时间纪老见过很多人，要说年轻的女孩，我还真没印象，要不你问问我另外的同事吧。"护士解答后，又好奇地问他，"都过了这么久了，你打听这个做什么？"

纪司北只客气答谢，不解释缘由。

"哦对了，我忽然想起来，纪老刚入院不久，有一对中年夫妇跑来好几次想探视，但是纪老始终没答应见他们。"

"请问您还记得这对夫妇的具体信息吗？"

"这我哪记得啊，都过了五六年了，当年的探访登记怕是都找不到了。我就记得同事说，那个男的好像是哪个达官显贵的儿子，他们家不行了，应该是想来找纪老帮衬帮衬，他太太总是穿得很优雅，所以我稍微有点印象。"

纪司北心中一震，脑中即刻涌上程文卿和耿慧洁的面容。

回公司的路上，他托人去查程文卿的病例。当年程家避讳外人议论他们家的变故，隐瞒了程文卿的病因，直到两年前，纪风荷意外听到消息称程文卿已经病故，纪家人这才得知程安之的现状。

在那之前，他们一家远走苏城，几乎销声匿迹。

纪司北远在美国，听不见程家的流言蜚语，也没有人刻意转达与他。他是后来才知道，程安之提分手之前已经粉饰太平了好一段时日，她过得并不好，却只字片语也没有讲给他听。

他有时候会想，他在程安之心里究竟扮演的是什么角色，难道他的存在只是为了满足她实现粉红色的少女梦想？

她明明是一个连感冒发烧都要向他撒娇示弱的娇柔性子，可真到需要他庇护的时候，她却又独自吞下苦果，把他当外人。

一直没取名的顽皮小蜥蜴听见纪司北进办公室的动静后，变得乖戾起来。

纪司北接着电话走到窗边，顺手给它喂食。

结束通话后，秘书进来通知他明天去外地出差的行程。

他问："几号回来？"

"这次行程一共五天。"

纪司北算了算时间，回来已经是小长假以后了，她大概已经出院了。

他把助理叫进来，叮嘱了几件事情。很快，这一天的工作结束了，他推掉了晚上一个非必要的私人聚会，开车回到程安之做手术的医院。

已经过了探视时间，他没有上楼，坐在车里，安静地看车辆来回进出医院停车场。

梁云暮打来电话，问他人在哪儿，要不要去家里喝一杯。

他答得牛头不对马嘴："云暮，我这人是不是真的挺自我的，小气记仇的时候特别让人讨厌?"

"哥们儿,我没听错吧?"

"嗯?"

"你八辈子不会叫我一声'云暮',你今儿晚上是喝多了还是吃错药了?"

苏城,微雨天气。

程安之和徐清宴看完某个画展后,去画材店买了一些颜料和画具。

徐清宴帮她把装画材的纸箱放进后备厢,遗憾道:"我刚回国,你九月又要走了。"

"一年而已啊。"程安之不以为意,又问,"回国有什么打算?"

"跟你一样,暂时先歇歇吧。再过一周我会去澜城,我有几个老同学一起创业,做了件挺有意思的事情,我去凑凑热闹。"

车开过一个花店,程安之看到老板新进的玫瑰,想起耿慧洁喜欢,让徐清宴停了下来。

等回到家楼下,已经天色将晚,徐清宴撑着伞去副驾接程安之。

程安之抱着花,徐清宴抱着满满一箱画材,他们同撑一把伞进了楼栋。

因为天色将晚,他们谁也没有留意到,离他们十几米远的地方,站着一个孤单撑伞的英俊男人。

纪司北看见程安之的背影消失在门廊处,转身大步离去。

纵然过了这么些年,光线也不明朗,他还是一眼就认出,她身边的这个男人就是当年她狠狠抛弃自己后,甜笑以对的那个男孩。

真相被他握在左手,右手掌心却写着另一句话——真相不重要了。

第五章 / 试探
你眼中的纪司北

1

雨势渐急,耿未趴在窗户上看。

看见程安之和徐清宴一起回来,她指了指楼下那辆黑色的车,问耿慧洁:"那是清宴哥哥的车吗?"

耿慧洁往楼下看了一眼,说徐清宴的车是白色的。

这时楼下的车开走,她留意了一下车牌,属地是澜城。

耿未从程安之买的这堆画材里挑走了一个速写本。

徐清宴问她知不知道什么叫速写,她立刻跑进房间里翻出程安之画过的一个速写本:"喏,姐姐画的这就是速写。"

翻开本子的第一页,是穿衬衣的少年站在风中;第二页,是少年坐在学校操场的看台上;第三页,是少年站在画架旁边削铅笔……最后一页,只有一个背影,少年在海边,被海水吞噬掉一半的身体,周身有海鸟在飞。

一整本速写,每一页画的都是同一个男孩。

徐清宴知道这个少年的名字。

徐父为程文卿做康复治疗的那段时间,他跟程安之往来频繁。程安之心中压抑,很少说话,看着让人心疼,她在苏城又没有朋友,耿慧洁就托他去做她的朋友。

那段时间他绞尽脑汁地逗程安之开心。

大概是他过于殷勤,让程安之误会他另有心思,有一回,程安之极有分寸地跟他表态,说她忘不掉自己的初恋,以后她不会再跟任何人谈恋爱。

后来他无意中看到她在某个社交平台上的状态，记住了她初恋的名字——纪司北。

徐清宴也曾是骄傲的少年，有远大理想，不受困于小情小爱，他不看重爱情这件事。

他告诉自己，他永远也不会对程安之这样的姑娘动心。

他不允许自己喜欢上心里住着别人的女孩。

在这种心理暗示下，他跟程安之的友情越来越坚固，他们幸运地成为彼此信任的知己。

徐清宴翻速写本的时候，程安之心态平和地跟他一起看自己的旧作。

时隔多年再看，这些画仍旧生动。她心中自嘲，她果真把一大半的绘画灵气都用在了描绘纪司北上。

耿慧洁站在窗边，心里仍想着刚刚那辆车，她总觉得好像在哪里见过，仔细回忆，是前几天在医院。

程安之住院期间，有人每天按餐点给她送新鲜流食，人不露面，东西放在护士站。

后来她们有意打听，护士再来送东西时，说是一位姓梁的先生安排人送的。

耿慧洁当时就觉得蹊跷，既然是梁云暮安排的，何必做得如此隐秘。

程安之去找梁云暮求证，得到的结论是——他压根不知道程安之住院这件事。

于是耿慧洁找了个机会去寻那个送餐的人，就这样，她看到一个年轻的小伙子带走送餐的食盒，上了一辆这样的黑色的车。

生病期间如此关心，莫非是程安之哪位隐秘的追求者？

耿慧洁从窗外收回视线，趁徐清宴被耿未缠住时，冷不丁地问程安之："你哪个朋友开迈巴赫啊？"

程安之微微怔住，缓了好几秒才问："突然问这个做什么？"

耿慧洁指了指楼下："刚刚下面停了一辆，跟给你送流食的那个小伙子开的是同一辆。"

下高速时已经过了深夜十二点，纪司北一通电话把梁云暮叫了出来。

梁云暮赶到他们常去的那间酒馆时，纪司北独自一人喝完了半瓶轩尼诗，目光却清醒。

听说纪司北打着自己的名号给程安之送病号餐后，梁云暮第一时间"嘲讽"了他几句，又笑他开了窍，心想着他跟程安之离和好应该不远了。

没承想，这家伙竟又开始伤情了。

梁云暮和陈夕纯算得上是这段感情的助攻，这对旧情人在他们的"干涉"下好不容易有了重拾旧爱的机会，俗话说"送佛送到西"，梁云暮今晚甘当陪客，势要替好哥们儿理一理心中乱绪。

可这家伙一味喝酒，不肯说话。

梁云暮试探："吵架了？"

"这么晚把你叫出来，夕纯没有意见吧。"纪司北显然不想正面回答问题。

梁云暮陪他喝了一杯，说："只是为了喝酒的话，何必挑这个时候。"

纪司北身穿黑色的衬衣，袖口不规则地卷了起来，领口松了两颗扣子，整个人透出一股颓靡之感。如深潭的双眼看向店内一盏昏暗的装饰灯，神情冷然，像在看某个怪异、诡谲的不明物体。

他用力地碰了一下梁云暮的酒杯，玻璃相撞的清脆声响划过耳际，他说："每次我对程安之撒谎，上帝都会还给我一个恶果。你说我是不是天生就不适合做坏人。"

梁云暮听得一知半解，问："你撒什么谎了？"

纪司北放下酒杯，笑着摇了摇头。

他在嘲笑他自己。

雨季迎来尾声时，"定格"一年一度的春季主题展拉开帷幕。

展期一共七天，分为雕塑、绘画、工艺美学、行为艺术四个板块。

程安之用综合材料绘制的一张新作被靳柏杨选中参展。

开幕这天，"定格"的两位新合伙人受邀为展会站台，来之科技派出的代表是投资部的负责人。

陈夕纯问靳柏杨:"纪司北那家伙当真不肯来?"

"力邀了三次,他都让秘书回绝我,够难搞的。"靳柏杨无奈道。

"耍大牌呀。"陈夕纯小声吐槽后,走到程安之的画作前,指着作品介绍说,"这个介绍词是安之自己写的还是工作人员写的?"

"她不肯写,说写出来就没意思了,让大家看画就好了。"

陈夕纯认真赏析画作本身。

程安之画了一匹燃烧的白马,一个年轻女孩坐在马背上,裙子和头发随白马一起燃烧,跑向深海。

"把介绍词撤了吧。"陈夕纯觉得"定格"出的这一版作品解析达不到画面传递出来的意境。

靳柏杨努努嘴:"学姐,这词儿不是给你看的,也不是给懂画的人看的,这是给金主看的。"

就在这时,来之科技投资部的负责人走上前来,声称想以私人名义购买这幅画。

靳柏杨跟陈夕纯交换了一个眼神,随后请来负责售画的工作人员接洽此事。该工作人员却说:"非常不好意思,我们刚刚已经卖掉这幅画了。"

"卖掉了?买家是谁?"靳柏杨问。

"一位姓徐的先生。"

展会还没结束时,程安之就在徐清宴的公寓里看到了自己参展的这张画。

她气得不轻,大骂了徐清宴一通。

他想要画,她画多少幅给他都行,何苦要花钱买。

这幅画的标价是靳柏杨亲自定的。

作为一个丝毫不出名的新人画师,靳柏杨当时轻描淡写地说"就定在三万五到四万五之间"的时候,程安之觉得这一定是靳柏杨在保护她这颗初生牛犊的自尊心。

画师心中,自己的作品或许都是无价的,但是市场和艺术商业化催生出来的作品价值,所呈现的数字都是现实且残酷的。

程安之对自我有清醒的认知，这幅画的市场估值不可能超过五位数，她跟还在美院里挣扎的、渴望靠贩售作品赚生活费的学生们处在同一起跑线上。

徐清宴却不这样认为，他说这是他最有把握的一笔投资。

他坚信程安之终有一天会靠着她绘画的天赋和灵气，功成名就。

徐清宴说这句话的时候，程安之想起纪司北那句"纪司北的女朋友，功成名就也好，一事无成也罢，只要她开心就好"。

现在的程安之，正在努力学习如何让自己自如并开心。她想，她不一定会功成名就，但一定不会一事无成。

徐清宴又说："对了，这几天，有一位买家一直在跟我周旋，想从我手里买走你这幅画。程大画家，你真的白骂我一通了，你看我这么快就投资成功了。"

程安之一瞬间想到那个托人给她送病号餐，又亲自跑去苏城看她的别扭男人。她顺着徐清宴的话说："你要是不想卖，就别跟他浪费口舌了，你直接开出一个离谱的价格劝退。"

徐清宴一听，露出精明的笑意："你可真聪明，我当场就开了三百万。"

程安之语塞，这数字为何这么熟悉。

又是三百万。

纪司北听秘书说出这个报价时，侧头看了眼窗前的小蜥蜴。

小家伙比"酸奶"要懒多了，但懒懒的眼神里又透着让人反感的精明。

怎么看都不如"酸奶"。

他手边摆放着一沓资料，大多跟程文卿出事前后程家人的动向有关。见他出神，秘书提醒他道："这个报价，还需要我再去谈吗？"

"不用了。"他回过神，"帮我查一查这个叫徐清宴的人。"

"您具体想了解他哪方面？"秘书问。

纪司北正襟危坐："情史。"

第二天傍晚，"定格"春季主题展圆满收官。

在展览闭幕之后的庆功宴上,程安之终于又见到纪司北。他被几位业内人士绊住脚步,落向她的目光接连被打断。

程安之找了个人少的地方耐心等待。

大约等了十分钟,纪司北落座在程安之身侧。

"好久不见呀。"程安之用果汁碰他手中的香槟。

纪司北低头看了一眼杯中的酒,待水纹平静后,语气冷静自持地对她说:"做一个男人的第七任女朋友,能有什么意思,你跟他分手吧。"

程安之愣住半晌后,"扑哧"一声笑出来。

"纪司北你怎么这么可爱啊。"

回苏城休养了一段时间后,程安之的气色比从前要好,笑起来越发甜。

纪司北看着她盈盈的目光,莫名想起了她从前恋爱时的状态。他又深切地看了她几秒钟,移开眼睛:"我是善意提醒,你自己斟酌。"

说话时,他理了理衬衣领口,一缕淡淡的不屑挂上唇角。

同样处在恋爱状态下,她这双眼睛还是从前更生动。

程安之也低头整理一番袖口,脸上仍露出温和的笑容:"被前任劝分手,真有意思。就不能大方祝福我啊?"

纪司北难免回忆起往事,想到她跟徐清宴早有牵绊,脱口而出:"几年前祝福过,还以为你遇到了更好的人。你却对我说你后悔了,你……"

"什么几年前?"程安之迷惑地看向他。

纪司北不愿意回忆细节。这些天他不断查找他们分手的原因,得出结论后,有遗憾有自责有不甘,但究其根本,他心里迈不过去的这道坎,始终跟他看到的那一幕有关。

他知道那是她最难熬的时候,她把自己困住了,想推开他。他可以理解,也可以等待。

可她不该在推开他后,那么快就接纳另一个男孩。

他怎么也说服不了自己。

纪司北不回答,程安之却醍醐灌顶。

是因为徐清宴。

他几年前就看到过她跟徐清宴"在一起"。所以这一次,他问都没问,就笃定他们又"在一起"。

程安之太了解纪司北,他的骄傲不会允许他把这段经历摆到台面上说。

他看到的那一幕,或许才是他心中的结。

"你都调查过他的情史了,想必也知道他很多事情了吧。"程安之没有看纪司北,但真诚解释道,"我跟徐清宴是很好的朋友,从前没有暧昧过,现在没有在一起,以后也不会变成朋友以外的关系。"

纪司北去看她的眼睛,平静、柔和、坚定,诚意十足。

与他混乱的情绪呈鲜明对比。

程安之忽然扭头看他,朝他粲然一笑:"不是很忙吗?要工作,还要陪女朋友,竟然还有空管前女友的闲事。"

"是很忙。"纪司北重重地往椅背上一靠,烦乱地扯了把领带,"我没你那么大气,祝福送得那么果断,也不动脑子想想……"

哦,这是又怪她不动脑子了……

"所以你是骗我的。"程安之耸耸肩膀。

纪司北抿唇,也顾不上身处重要场合需要保持形象,一把将领带扯了下来。

程安之轻轻叹气,放慢语调:"你从来没对我撒过谎,会骗我说已经有女朋友了,说明你是真的烦透我了吧。"

纪司北手指绕着领带,速度越来越快。

"你坐着等我一会儿,我去给你拿个东西。"程安之忽然起身离开。

纪司北停下手上的动作,怔怔地看着她的背影。

几分钟后,程安之背着一个黑色的画筒小跑过来。

她坐下,打开画筒,从里面取出一幅卷存着的画递到纪司北的面前。

她慢慢展开画卷,对他说:"这是我最近刚研习的画法,用了日本颜彩、不透明水彩,还有一点水粉,这种纸张不像油画画布那么结实,你要好好保存。"

占满一整张咖啡桌的画纸铺开在面前——

二十二岁的纪司北和二十岁的程安之躺在纪家的阁楼上,在月光下对视,女孩穿白色礼服裙,少年目光切切,他们眼中只有彼此,爱意经久不衰。

这张画，是那张"阁楼少年"的完整版。

"要送给我？"纪司北发出今晚最低沉的一个音色。

程安之点点头："对啊，送给你。即便不能重来，但青春还是很美好的，值得纪念。"

纪司北的眼神变得迷茫。

程安之又说："我还是很喜欢你，不想骗自己，所以试着去挽回、去弥补。可是镜子碎了就是碎了，说对不起没用，心里还喜欢也没用，该有的伤害已经在你心里留了疤，你释怀不了，我怎么做都是徒劳。既然这样，不如大家都朝前看吧。我努力过了，不后悔了。"

程安之说完这段话后，把画卷起来放进画筒，画筒立在纪司北的脚边。

纪司北在她转过身的那一刻拉住她的手腕。

她回了头，他看着她的眼睛，她淡然，他难以平静。

纪司北压低嗓音："程叔叔出事前，我外公究竟有没有找过你？"

调查了半个月，他觉得自己找到了她执意要分手的原因。她太在乎跟他的这段感情和自尊心，知晓父亲想要倚仗纪家之后，冲动出言，导致父亲脑出血。

深陷愧疚的她无心再经营这段感情，只得将他狠狠推开。

纪司北铁了心要查当年的事，大动干戈后，连远在西南的程静之都听到了风吹草动，程安之自然已经知晓。

可是在这个世界上，除了程安之，没有第二个人知晓事情全貌。

而在程安之心里，真相早就已经不重要了。

"没有。"她答得果断。

2

程安之坐当天傍晚的飞机去往西南。这趟旅程是程静之怂恿的，她没拒绝，顺便去几个边陲小镇采风。

大约是白天纪司北特意提起，在云端之上时，纪老先生当年一席话模糊地涌进程安之的耳朵里——

"司北没有父亲可以托底，纪家除了我们老两口，还有他母亲，其他的人，都拿他当外姓人看。我活不了几天了，我走之后，他便倚靠不了纪家什么了……你也知道,他有能力有抱负,未来前途不可限量,我不希望他以后的路行差踏错,或者是让人找到可以诟病的地方。

"安之,爷爷是喜欢你的,也想过让你做孙媳妇。可是你姓程,你的背景太复杂,当有一天司北站到了高处,你和你的家庭关系会成为他的弱点……爷爷这样说是不是太残忍了?可是现实就摆在眼前,程家人已经想要利用你跟司北的关系,把纪家卷进权力的斗争……好孩子,我知道你聪明,都能听得懂,爷爷希望你能理解我为司北的深谋远虑,你权当是爷爷对不起你吧。"

程安之倏然睁开眼睛,好一会儿才放缓心情。

她侧过头看向机舱外的云层,耳边又响起纪司北的话——

"虽然没有父亲,但是我外公扮演了陪伴我成长的男性角色,他关爱我,悉心培养我,从来不会做对我不好的事情。他这个人,正直、坚毅、果敢、无畏,做事情从来光明磊落,我一直视他为榜样。"

窗外的晚霞近在迟尺,黄昏美景令人沉醉。

程安之的情绪在旧梦和现实之间穿梭,纪司北的脸和声音不断交织在她心头。

她忽然好羡慕他。

他依然难搞又温柔,深情又执着。

那程安之呢?

纪司北将程安之送的那幅画装裱起来,放进"2706"的储藏室里。

一天后,他把画拿出来放在客厅。但客厅装修风格过于冷淡,跟画不相称,他怎么看都不顺眼。

又过了一天,他亲手装订,把画挂在了自己的卧室里。

第二天一早,他睁开眼便看到这幅画,视线停留在画面中女孩的眼睛上,他忽然想起来,跟程安之重逢半年,两人竟连微信好友也不是。

他立刻发消息给梁云暮:*把程安之的微信推给我。*

梁云暮故意逗他:*凭什么?*

他忽略掉梁云暮,一通电话打给曾经跟程安之谈过商务合作的品牌部负责人,找她获取信息。

可收到程安之的微信名片后,他却犹豫了。

半小时后，助理帮他注册了一个新的微信号，头像用的是一张插画，昵称叫——爱画画的小北。

纪司北无语道："你还能想个再烂一点的昵称吗？"

小助理委屈巴巴："是你说弄成一种绘画爱好者的感觉啊。"

他把手机抢过来，一时之间却想不到什么更好的，于是把小北改成小南，叫"爱画画的小南"。

程安之在南城待了三天后，动身前往离南城四百公里远的一个苗寨。

山路颠簸，她却适应，乐此不疲地举着相机采景。

收到爱画画的小南发来的好友验证时，已经是中午了，她正在吊脚楼里跟驴友一起吃饭。

头像是插画，昵称又如此，她以为是"定格"哪位签约画手，便通过了验证。

通过之后，这位朋友一言不发，她没当回事，下午去风雨桥画速写，一待就待到黄昏。

夕阳快要落山时，她起身回民宿，手机在这时响动了一下，爱画画的小南发来一条消息：请问你是T大美术学院的程安之学姐吗？

该微信号性别显示男，她心想，莫非是哪个学弟？

她回：是的，请问你是？

对方回了个超级可爱的表情包，说：学姐你好，我是你学弟，叫我小南就好了，以后多多关照哦。

她问：学弟好，请问你是从哪里知道我的微信号的？

…………

"她问你是怎么知道她的微信号的？"小助理把手机递给纪司北。

纪司北翻了下助理跟程安之打招呼的这段聊天记录，皱着眉把手机扔在了办公桌上："你发的是些什么玩意儿？"

助理又瘪嘴了，努力解释道："姐弟是热门关系，沟通起来她也不会太有戒心。不是你说这个号就是用来探听她的行踪以及安不安全吗，如果装成别的异性，她出于自我保护，不一定会透露行踪的。"

纪司北揉着太阳穴靠在椅背上："那为什么你设定性别的时候,不考虑设定成女性？"

助理乖巧回答："因为我不会装妹子啊。"

纪司北无言。

寨子里下雨了,程安之点了一壶茶,坐在能看山的窗边发呆。

青山白雾,茶香萦绕,她拍下一张照片发给耿慧洁,当是报平安。

后来她又发了条朋友圈,说当地太适合写生,希望画师朋友们都有机会来这里采风。

纪司北把这条朋友圈的四张配图来回看了七八遍,做好心理建设后,点赞并评论：学姐在这里待多久？

程安之看到这条评论后,刚想回复,发现这条评论被"小南"自己删除了。

纪司北受不了自己叫她"学姐",删掉评论后点开跟她的对话框,直接问：你什么时候回澜城？

程安之：我从南城直接回苏城,暂时不去澜城。

爱画画的小南没有再说话。

程安之觉得蹊跷,问：你问这个做什么？

纪司北把手机扔给助理："你回吧。"

他给蜥蜴喂食后,换了件衬衣离去。

他下午要出席合作方的活动,晚上纪风荷约他去挑新家具,但他仍觉得不够忙,中午便让秘书安排了和公司两位高层的私人饭局。

饭局定在风荷大厦十九楼的餐厅,他不需要开车,出了来之科技,对面就是风荷大厦。

过马路的时候,纪司北融进午休出来觅食的上班族中,有"来之"的员工认出他,跟他一起走斑马线时变得格外安静。

到了马路对面,纪司北客气地跟同事道别后快步进了风荷大厦,高挺的背影消失在玻璃门后,姿态像短暂入世又出尘的局外人。

同事们开始议论——

"'风荷'明明就是纪家的产业,我们'来之'为什么不征用做写字楼？"

"纪总有个性呗，能自立门户，干什么要依靠家里啊。"

"这你们就不懂了吧，纪总是纪家的外孙，纪风荷女士又没有野心，这些年没在纪家掌权，所以纪老先生去世之后，他们母子没有什么话语权的。"

"纪家早就不如从前了，斗个什么劲啊。纪总再积累几年资本，把公司内部纪家的势力剔除干净，说不定纪家以后还要仰仗他呢。"

"说到这个，你们有没有听说纪泽安的事情……"

包间里气氛凝重，两位高层讨论了一番纪泽安近日的动向后，等待纪司北拿主意。

纪泽安的父亲，也就是纪司北的舅舅，是个担不起大事，只懂得贪享富贵的浪荡老少爷。纪老爷子一早看出儿子不中用，便把培养接班人的心思都放在纪泽安身上。

纪泽安还算争气，有那么点做生意的天赋，可他精明有余谋略不足，纪家的大梁落到他身上，他挑得歪歪扭扭，只能说尚且能保全纪家的门脸。

近一两年，纪泽安把心思放在了拢资源上，结交了不少像顾家这种身处权力边缘的政界末流。他一心想撮合纪司北和顾斯宜，正是为了巩固和顾家的关系。

最近他又打起来之科技的主意。纪家手握"来之"百分之二十的股权，但随着"来之"迅速发展壮大，他手里的股份被稀释，开始不满足。

方才"来之"几个员工谈论的，正是纪泽安跟来之科技某位女高管之间的桃色传闻。

纪司北没动几下筷子，不停地把玩手边一张印花纸巾，听到烦闷处，他将纸巾揉进茶杯里，看着洁白的绢纸像花一张绽放，然后又恶作剧般地把食盘里做装饰的樱桃丢了进去。

民宿老板送过来一碟新鲜樱桃时，程安之正在画水彩，她随手调了一笔樱桃红落在画面上。

爱画画的小南回复消息："定格"七月有一个概念展，学姐不参加吗？

原来是为了打听这个,程安之消除疑惑,说:我不是"定格"的签约画师,上次参展实属偶然。

爱画画的小南又问:那学姐深造回来后,会加入"定格"吗?

自己要去留学的事情没有几个人知道,程安之疑心又起,问:你怎么知道我要去深造?

小助理慌张捂住心口,完蛋,要暴露了!

纪司北外出马上就要回来了,他急得在办公室里跳脚,慌乱中,他想起一茬——

有一天,纪司北的电脑桌面停在澜城一间留学机构的主页,主页上有跟美术相关的欧洲院校介绍。

小助理凭印象试着搜索了一下那个培训机构的名字,成功搜出来后,他立刻打电话过去询问是否有程安之这个学生。

确认后,他大呼自己机智,放心大胆地回复程安之:有同学跟学姐通过同一家机构申请学校哦,所以听说了学姐拿到 offer 的好消息!恭喜学姐啦!

这时纪司北走进办公室,看见助理劫后余生的神色,蹙眉问:"你又怎么了?"

小助理当即把刚刚发生的事情绘声绘色地讲给纪司北听,等待他夸赞自己力挽狂澜的机智。

纪司北沉着脸听完后,冷笑问他:"她都毕业多少年了,你哪个同学能认识她?"

果不其然,程安之又问:我毕业很多年了,你的同学认识我?

"不是自认是机灵鬼吗?"纪司北把手机塞回助理的手里,"你好好想想怎么回!"

"老板,你帮帮我呗,一旦掉马,尴尬的是你啊。"助理半带"威胁"道。

纪司北焦躁地走到窗边,送给精明的蜥蜴一个凌厉的眼神。

小家伙像能看懂似的,挪开身体,头扭向另一边。

一碟樱桃吃完,爱画画的小南回复了。

他说:学姐的照片和作品一直贴在美术学院的公告栏里,美院的同学没有不认识你的!

竟然又对上了……

程安之在怪异的情绪中隐约察觉到一些异样,她决定先冷着小南学弟一段时间,静观其变。

她画完这张水彩后,把画作送给民宿老板,作为他馈赠樱桃的答谢。

"那你落个款吧。"老板笑眯眯的。

她写上"安之"两个字后,老板笑称:"既来之则安之,好名字。"

她莞尔一笑,收起水彩笔,装盒的时候在笔盒里看到刻着她跟纪司北名字的旧钢笔。

是那天耿未无意中看到这支钢笔,又随手放进笔盒里的。

纪司北,北,小南……

这么一联想,代入纪司北的脸去用"小南"的口吻说话,程安之立刻起了一身鸡皮疙瘩。又忽然想到她也曾用小号去探纪司北口风的事情,酸甜的触感像樱桃汁蔓延进心里。

苦追纪司北一年也没有进展时,程安之产生了多种怀疑——

他不喜欢她这个类型?

他是爱情社恐?

他闷骚?

于是,她心生一计——装匿名学妹试探他的心思。

她想知道,不见面,纯网聊,他是不是能多说几句话。

她听班上的女生说,有些男孩子就是三次元安静如树懒,二次元活跃如野狗。

一开始她弄了个微信小号,可纪司北好多天都没有通过,她没辙了,去办了张新的电话卡发短信给他。

第一天。

程安之:请问你是计算机学院的纪司北学长吗?

纪司北:你是?

程安之:我是大二的,前天去旁听薛教授的课,看到学长给他做助教,又细致又专业,人长得还帅,所以对学长的印象好深刻。

纪司北没回。

好吧,明撩失败。

第二天。

程安之：学长，有个专业问题想请教你一下，可以吗？

纪司北：说。

程安之：我拍了照片详细说明，我们加个微信呗？

纪司北：发彩信。

程安之只好发彩信给他。

纪司北看完后回复：蓝色那本专业书，第49页。下次再问这种基础问题我不会回。

…………

装爱学习的学妹套近乎，也行不通。

第三天。

程安之：学长，听说有个大一的小学妹在追你，美术学院的，人很可爱，你会答应她吗？

纪司北：在忙。

…………

到了傍晚。

程安之：学长忙完了吗？

纪司北：问八卦不回。

…………

到了深夜。

程安之：那学长有没有喜欢的人啊？

纪司北第二天早上才回：困。晚上一般不跟人闲聊。

第七天。

程安之：学长你是不是不喜欢女生？

纪司北：[省略号.jpg]

第八天。

程安之：今天路过美术学院，看到程安之的作品被选中参展了，学长觉得她的画怎么样？

纪司北：还没看。

程安之：她画的是你。

纪司北：哦。

"精分"的程安之累了,手机扔在一边,趴在展会做访客登记的桌子上长叹一口气。

就在这时,桌面突然被人轻轻敲击一下。她抬起头来,纪司北高大的身影遮住了她眼前所有的光芒。

他逆着光,英俊的轮廓清晰却失真。

程安之看不清他的表情,有些恍惚,也有些茫然,轻声哼了一下:"你来做什么?"

纪司北不答话,拿起她面前的笔和本子,登记上自己的信息,问:"我可以进去了吗?"

"可以。"程安之倏地站起来,"我来给你做引导。"

纪司北闲庭信步地走在前面,忽然拿出手机编辑了一条短信。

"叮——"

程安之的短信提示音响了一下。

只是一次,万一是巧合……

所以纪司北又编辑了一条,赶在程安之调整手机声音模式之前,让她的手机传出第二个"叮"。

然后,是第三声"叮"。

程安之背过身去,点开收件箱。

纪司北:程。

纪司北:安。

纪司北:之。

三条短信连起来是她的名字。

"程安之。"纪司北靠近她,抓住她躲闪的目光,"玩心这么重吗?非要给自己虚构个竞争对手出来?"

程安之冷哼一声,迎上他深邃的目光:"玩脱了我刚好死心。"

纪司北努努嘴:"行吧,那下回你好好演,争取不掉马。"

"下回我肯定好好演。"程安之小情绪上头,转身就要走。

纪司北拉住她的袖子:"你这引导员也太不称职了。"

程安之顺势拉住他的手,将他扯到自己那张画前面:"喏,你只看这一张就行了,你来不就是为了看我的画吗,需要我讲解吗?需要的话你吱声。"

111

两人在纪司北的画像前站定，各自安静下来。

过了好一会儿后，纪司北把手机拿出来，当着程安之的面又编辑了一条短信发送出去。

程安之手机响动，她点开看——

纪司北：去看过展了，程安之画得很好。

程安之也当着他的面回：她这么优秀，学长真的不考虑吗？

"还有课，先走了。"纪司北拍了一下程安之的后脑勺，大步离去。

…………

程安之突发奇想，点进爱画画的小南的朋友圈，他十分钟前刚更新了一条状态，是一组九宫格插画，还大赞某插画师一番。

如果真的是纪司北……

那这演得也太好了吧！

助理问纪司北："老板，你怎么知道学校里还保留着她的作品啊，你不是很少回T大吗？"

"少八卦。"纪司北看完他刚发的朋友圈后，问，"跟'定格'那边的合作，现在是谁负责？"

"品牌部经理。"

纪司北想了想，说："换你来吧。"

助理聪明的眼珠子在眼眶里转了一圈，说："老板，我明白你的意思。"

"你明白什么了？"纪司北有时候好烦这家伙的故作聪明。

"我去怂恿靳总，让安之学姐出作品参加夏季概念展！"

纪司北没出声。

"老板……这种操作……还可以吗？"纪司北无语的状态让小助理迟疑了。

纪司北绷直嘴唇，仰面靠在椅背上，问他："你这么会，为什么还没有女朋友？"

"谁说我没有女朋友的？老板你也太不关心我的私生活了。"

纪司北指了指办公室的门："今天是周五，提前放你一个小时假，早点回去陪女朋友吧。"

助理走后，偌大的办公室陷入短暂的静谧状态。

纪司北留意到会客区的茶几上多了个鲜花插瓶，走近一看，是曼塔玫瑰、白色马蹄莲和喷泉草。

他认识很多花草并知道它们的名字，这要归功于程安之。

过去程安之经常买各种新鲜花朵和绿植，作为练习画色彩的静物。

纪司北再次点开程安之的朋友圈，她的背景图用的是她曾经拍下来的程家院子，那里曾摆放着她的画架。

雨停了之后，晚霞格外绚丽。

程安之和驴友去附近的山顶看了场日落。

蓝黑色的夜吞噬掉最后一抹霞光时，爱画画的小南发来一张图片，是浸染在夕阳中的T大图书馆。

程安之见他没有文字描述，便回了个表情包。

片刻后，爱画画的小南说：请问你是美术学院的程安之学妹吗？

往事重现，程安之心里一"咯噔"，顺着他的话回：你是？

爱画画的小南：我是计算机学院的学长，昨天在图书馆门口看见你，觉得你好特别，请问可以跟你交个朋友吗？

程安之没再回消息。

她把"爱画画的小南"的昵称改为——"精分小纪"。

寨子里的清吧来了个小众民谣歌手，程安之跟几位驴友一起去凑热闹。

歌者缱绻演绎，听众温柔聆听。门外是古老村寨和原始山川，门内是都市男女和新时代歌声，对比鲜明，却又互相融合。

程安之用相机记录下此刻的氛围，打算回去画一张大场景。

歌词关于爱情。

驴友问程安之："有男朋友吗？"

程安之低头调相机焦距："以前有过。"

"还没忘？"

程安之抬头笑笑，对着驴友想听故事的脸"咔嚓"一张。

"还以为你们搞艺术的姑娘都不长情呢。讲讲？"驴友实在好奇程安之的感情经历。

程安之耸一下肩膀，端起面前的果汁碰了碰驴友的酒杯："爱情故事千篇一律，听故事不如听情歌。"

"不会是失恋了出来散心的吧？"

程安之忽然意识到，她好像未曾有过失恋的感觉。那时失恋的痛觉被更大的痛苦笼罩，等她反应过来时，痛感已经不具备实效性了。

从这点来说，她没办法对纪司北感同身受。

她立刻发了条消息给"精分小纪"：**请问学长是单身吗？我不跟有女朋友的男生交朋友。**

纪风荷想换掉纪家阁楼里的摆设，但担心纪司北有自己的想法，便拖着他一起来挑选家具。

因为程安之，纪司北的确有些"阁楼情怀"，但他不方便明说，于是表现极为随意。

纪风荷指了指一个复古琉璃落地灯，问他："落地灯换成这个可以吗？"

他瞧着这灯跟阁楼里那个旧的风格差别不大，点点头："你喜欢就好。"心里想着，要抽时间把旧灯带回自己的公寓。

他公寓的客厅里已经收放了曾经摆在阁楼里的废弃旧音箱，梁云暮曾打趣道，惜物惜到这个地步，好听话叫节俭，难听话叫抠门，也不知道这样的他还能不能找到女朋友。

程安之去过两次他的公寓，都没机会好好参观，所以尚未看到他收藏的旧物。

而再去还不知道是什么时候……

把画架跟落地灯一起搬回公寓吧，他当下做出决定。

"你公寓里要不要添点什么？现在看上去太没烟火气了。"纪风荷又问他。

他抽回神，扯了扯领口："要烟火气做什么？"

纪风荷提醒他领带歪了，擅自做主说："我帮你添点小玩意吧。"

"不用。"他拒绝。他摘了领带塞进裤兜里，触到手机时，这才想起手机因下午出席活动，调成了静音模式。

程安之在一个小时前发来一条消息，问他有没有女朋友。

这不是明知故问吗？

纪司北觉得角色扮演很好笑的同时，想起自己还没有正式澄清的那个谎言，借着"小南"之口说给程安之听：单身，单身很久了。

单身很久了……

好微妙的一句话。

程安之细品之后，没有了下文。

第一天啊，聊个浅尝辄止就好，他从前还高冷不回她的消息呢。

程安之独自一人出了清吧，沿着石板路往河边走。

岸边微风习习，她找了个平坦的石块坐下来，查看相机里拍摄下来的素材。

一直往前翻，照片上的拍摄时间突然跳到五年前的一个数字，再继续翻，跟纪司北有关的老照片越来越多。

这个相机她好多年不用了。从前她懒，并不是每次拍完照片都会立刻导出来，眼下一翻，就翻出很多明明是她拍的但她却毫无印象的照片。

忽然，相册里出现一张她的睡颜。这不是她的自拍，看背景，摄影师应该是纪司北。

她竟完全不知道这张照片的存在。

回到民宿后，她连接网络，把相机里这张照片导进手机里。

心血来潮，她又把所有的照片都查看了一遍。一共四千多张照片，大部分是素材，还有一些是旅途风景，剩余的是她拍的纪司北。

除了刚刚那张纪司北拍下的她，这四千多张照片里，还有七十九张照片跟她有关，摄影师都是纪司北本人。

而这七十九个瞬间，她都不知情。

她不知道纪司北是什么时候拍摄的，甚至忘了自己在哪里被拍，当时自己在做什么。

有一张照片，是她穿着吊带衫和短裤，坐在化妆镜前低头给脚指甲涂指甲油，她的长发被一个珍珠发夹蓬松地别在脑后，耳边垂下来几缕较短的头发，被窗外的阳光染成了金黄。

还有一张，是她戴着复古墨镜趴在花鸟市场的某个大鱼缸前看成群的热带鱼游过,她的身体被照成鱼缸的蓝,跟橙红色的鱼群形成完美且高级的撞色。

程安之当即换了个微信头像,换成了她看鱼的这一张。

一个小时后,"精分小纪"没有发来任何消息。

翌日早上,"精分小纪"仍旧无动于衷。

行吧,"小南"就是一张皮,情绪上头才入戏。一旦回归正常,他就还是那个冷淡、吝啬表达的纪司北。

纪司北临睡前看到程安之换了头像。

他想起他拍这张照片时的情形,那天是她陪他去花鸟市场给家里的小蜥蜴买喂养工具。

那时她还不是他的女朋友。

他拍过一些程安之,都是在她没有察觉的时候。他喜欢瞬时心动,在不打算宣之于口之前,他决定用相机记录下这种珍贵的感受。

他觉得这些记录迟早会有用。

偏偏程安之很懒,她喜欢拍照,却不喜欢导照片,她只会把她要用来做绘画素材的照片导出来,其余的生活照,她拍过之后很少回头看。

后来有一回,她跟他吵架时,脱口而出"纪司北你好像没那么喜欢我",随后细数种种他的不在意。

他一般哄她,都用她喜欢的方式。可那次,看她似乎真的很委屈,于是他让她回家去翻相机里的照片。

那都是他喜欢她的证据。

第二天她高高兴兴地来找他,他以为她看到了那些照片,想等她说点什么,结果等了一天也没等到。

这让他严重怀疑她根本没看到那些照片。

事实证明她是真的没看,因为没过多久,她又随口一抱怨:"啧啧,纪司北,你这个男朋友当得也太不称职了吧,你竟然从来都没有给我拍过照片。"

行吧,反正也和好了,"撒手锏"留着以后再用吧。

可他根本没想到,直到他们分手,那些他的"瞬时心动",她也不曾知晓。

　　…………

　　关于她成为他的前女友后才发现他曾经偷拍过她很多次这件事，他需要怎么表态？

　　那是纪司北拍的，关"小南"什么事呢。

　　他不想让自己太"精分"，决定逐步走上"统一人设"的路。

　　耿慧洁看到程安之换头像了，发消息给她：好多年没换过头像了，这张照片是你十九岁的时候吧？当年谁帮你拍的啊？

　　程安之正在山里写生，信号不好，于是回复：山里信号不好，回民宿跟你聊。

　　她总不能说是纪司北拍的吧。

　　下山时，简乐悠和徐清宴又前后脚发来消息，问她换头像的事情。

　　简乐悠：小时候的你吗？拍得真好。

　　徐清宴：新头像好看，好灵哦。

　　唯独那位仍旧没表态。

　　程安之想了想，又把头像换回了原来那个。

　　下午来之科技上演了一出"好戏"。纪泽安的太太闻风而动，跑到来之科技大闹了一场。

　　她要求纪司北即刻开除那位女高管，声称纪司北如果不照做，她会把老太太和她的婆婆都请来他的办公室评理。

　　人走后，纪司北在落地窗前站了许久。此事他正在查，还没有具体头绪，这边这位不好惹的表嫂就已经找上门将事情闹大，事态立刻拐去新的走向。

　　他把秘书叫进来，托人去买一个奢侈品包和一套贵重珠宝，以他的私人名义送与纪泽安的太太，宽慰她的心情。另一边，请秘书传达一个意思给这位表嫂，来之科技一旦陷入丑闻，对持股的纪泽安来说并不是一件好事。

　　同时他也承诺，等事件查清楚原委，他会给她一个像样的说法。

　　厘清下午的闹剧后，纪司北又去参加了一个业内酒局，私人手机始终无暇顾及。

直到临睡前,他才看到程安之换回了原来的头像。

难道是因为他没有反应吗?

为了让"小南"变得有绅士风度,他发了个"晚安"给她。

晚安?

莫名其妙。

程安之收到后,心中涌上四个字——爱聊不聊。

3

民宿里来了几位南城美术学院的老师。程安之欣喜不已,一大早跟他们一起上山写生。

他们画的是坐落在青山之间的苗寨,每个人风格都不一样。

其中一位突然提起:"骆老先生以前也来过这个寨子写生,那会儿这里还没通公路,他就带着几个学生从镇上走过来,走了一天一夜。"

程安之问:"您说的是骆远扬教授吗?"

"是他。"

又一位接了话:"骆老在T大美术学院任教多年了。说句实话,从T大出来的这些艺术家,风格像他的多,但没有一位真正研习到了他画里的气势。"

"骆老这一生的成就,后辈难以企及。我最遗憾的是当年去澜城学习,没能去T大听他的油画公开课。听说他这一两年状态不大好了,不知道还能授课多久。"

程安之当初能抢到骆教授的小班油画课还要归功于纪司北。有纪司北在,没有他抢不到的热门课。

她勤奋,也有点天赋,骆教授那么挑剔的人,对她的评价一直都很好。

因为她常画纪司北,时间久了,骆老也对这张脸熟识,有一回还打趣她:"不能只把心上人画得这么生动啊,画其他的人物也要保持一样的热忱。"

纪司北的办公室里,挂着一幅骆教授的早期作品。画面内容是两个稚童在看地上的小昆虫,一个男孩,一个女孩,女孩穿着碎花裙,扎双马尾。

那天趁纪司北不在,程安之跟他的秘书探听到,这幅画是纪司北去年年初从一位画品收藏家那里购得。

巧的是,程安之的童年相册里也有一张她扎双马尾穿碎花裙的照片。

…………

"姑娘,民宿老板说你是澜城人,那应该有机会去T大看骆老的展吧?"有人问。

程安之点点头,说有幸看过几回。

"你是科班出身吗?画里没什么匠气。"

前面他们刚评论过骆教授的弟子,程安之自报家门无疑是让大家尴尬,便只说学过几年绘画,一笔带过自己的真实求学经历。

一位年长一点的老师走到程安之身旁,看了看她画的水彩速写,说:"底子很深,你色彩用得很特别,明度和饱和度用得都很高,但是不俗气,这个色感倒是有些像程先生。"

"程?"有人惊声,"他大儿子现在在南城的那位?"

年长的老师"嗯"了声:"别的层面咱们不论,程允仁先生的国画画得是当真好,只是他位高权重,被世人看低了他的艺术成就。"

立场鲜明的某位老师说:"老家伙活着的时候玩弄权术,没落得好下场,子孙都要受牵连。"

"听说他小儿子后来成了植物人,没活几年就走了……"

"姑娘,你们澜城人都怎么评价他们一家?"

程安之弯着腰洗水彩笔,半晌没直起身,她轻声道:"不太清楚。"

没过多久山里又下雨了,大家迅速收好东西下山。

山路泥泞,走过一段碎石块突出的陡路时,心情压抑的程安之不慎滑倒,摔下去七八米远。

而另一边,纪司北办公室里的气氛比上午的股东大会还要焦灼。

坐在纪司北对面,跟纪泽安有染的这位女高管面露难色,嘴巴上艳丽的唇膏色泽与她尴尬的神色格格不入。

纪司北站在同事和朋友的立场上,分别跟她分析了一番她留下和离开的利弊。

她没想到纪司北不仅没拿出老板架子,没提纪家施压,还以尊重事实为前提,客观公正地评价了此事,她的心境变得更加复杂。

纪司北已经查清原委,是纪泽安的糖衣炮弹在前,女高管的沦陷在后。到目前为止,女高管未因纪泽安的蛊惑而涉入公司新旧股东之间的纷争。

纪泽安尚且在培养这枚棋子,还没到棋子发挥作用的时候。

事情会败露,起源于公司另一位员工的灵敏嗅觉。

这位男同事作为来之科技的代表,跟女高管一起去纪泽安的公司开会,觉察到女高管跟纪泽安之间暧昧情愫后,私底下调查了一番,果真被他抓住猫腻。

秘书敲门进来送重要文件,顺便提醒纪司北一刻钟后需要出发去参加一场活动。

纪司北起身往衣帽间走,对女高管说:"我跟你分析利弊,是出于我们共事一场的情谊,你是来之科技的初创成员之一,我始终很欣赏你的能力,现在,会觉得很可惜。"

秘书敛眸,她跟随纪司北快两年了,这一定是他对女员工说话说得最多的一次。

女高管做出决断:"纪总,你对我有知遇之恩,我不想让你为难,我会主动辞职。不过你心里应该清楚,我的职务和我掌握的东西能带给纪泽安什么,他的目的又是什么,所以,请你珍重。"

纪司北正对着镜子打领带,听见高跟鞋离去,门被关上的声音时,他突然烦躁地把领带夹摔在了镜子上。

他厌恶这些肮脏的丑陋的男女关系,叹息这位女高管因私德不检点误了前程,更痛恨纪泽安用卑劣手段让他损失了一位可用的管理人才。

就在这时,秘书又送进来一份文件,说是从纪泽安那里查出了一些新的东西。

纪司北走到窗边去给小蜥蜴喂食,让秘书直接念。

秘书迟疑了，说："跟程小姐有关。"

纪司北即刻去拿文件，打开一看，里面是他跟程安之这半年来的往来跟踪照片，是纪泽安找人偷拍的。

有他把车停在程安之家楼下的，有他们回 T 大的，甚至有他前段时间去苏城的……

"还有一段音频。"秘书递给纪司北一个 U 盘。

录音条件很差，纪泽安的声音断断续续——

"说到程家，我们家老爷子做得还真不厚道。从前程家还有地位的时候，安之喜欢我们家司北，程允仁看在孙女的面子上，是卖过老爷子人情的，可后来呢？老爷子为了避嫌，拿程家当陌路……程允仁的大儿子和儿媳妇去过医院不少次，去求老爷子，想让老爷子在他们去南城之后多庇护弟弟程文卿一家，当时谁不知道程文卿的境遇呢，他身体又不好，哎……但老爷子偏就没开那个口……后来也不知道安之这姑娘是不是知道了些什么，铁了心跟司北分手……"

如果不是纪泽安陷入丑闻，牵扯出来的事情太多，需要调查，纪司北觉得自己可能永远都不会知道这些事情。

他沉默地坐了一会儿后，秘书告知他，司机等在楼下，他可以出门了。

路上，纪司北拨通了程安之的电话，对方没有接听。他只好又用微信小号发过去一条消息。

等回复的时候，他查了查西南的天气，程安之所在的地方有暴雨。

程安之脚踝轻微扭伤，手臂和手背的擦伤有些严重，回到民宿后，老板开车带她去村镇卫生所就医。

去卫生所的路上，纪司北打来电话，她听到的时候对方已经挂断。

纪司北又发来一条微信消息：有空吗？想跟你聊会儿天。

程安之回道：聊什么？

纪司北隔了好几分钟才回，他问：为什么还想跟我在一起？

程安之怔住了。她不知道他为什么会这样问，也不知道自己该如何回答。她现在情绪还停在老师们在山上的对话里，身心都极度不舒适。

她意识到，只要陷入某种负面情绪，她就会失去表达欲望。尤其对方是纪司北。

她知道这对纪司北很不公平,所以正在努力平衡自己的心态。

但爱和痛都是不受控制的事情。

想重新靠近他是本能,无法放下痛苦也是本能。

卫生所条件简陋,质朴的女医生操着不算纯熟的普通话提醒程安之,她最好去县城医院给脚踝拍个片子。

程安之说不打紧,应该是轻微扭伤。女医生给她开了点消肿化淤的药,叮嘱她近期最好静养。

次日程安之却要返程,她像不怕疼似的,提着行李跛着脚办理退房。

"你确定不休养几天再走?"民宿老板蹙眉问她。

"不打紧。"她问老板,"您支付宝账号是您的手机号码吗?"

老板确认后,她当即转了一笔账过去。

"这是?"

"麻烦您帮我把钱捐给寨子,修一修下山的路,再给卫生所添一些简单的医疗设备。"

老板一时之间失语了。

程安之笑着说:"我很喜欢这个地方,还会再来的。希望我再来的时候不会再摔跤了。"

老板问:"那要不要留一个捐赠人的名字?"

程安之不假思索,在纸上写下"徐清宴"三个字。

她捐出来的这笔钱正是徐清宴买下她那幅画的钱。

不管爷爷在世人眼中名声如何,她都记得,爷爷教导她和姐姐要乐善好施。她的爸爸也是个很善良很慈悲的人。

他们在天之灵,看到她不忘做个纯良之人,会感到欣慰的。

昨夜程安之回了一个表情包,轻描淡写地回避了纪司北的提问。

纪司北想打电话给她,翻出通讯录,又迟疑,担心突然旧事重提,会让两人陷入新的困境,一下子变得瞻前顾后。

他怀疑过纪泽安这番话的真实性,也已经私底下找人去细查。可他心里只要代入当年程安之的反应,就觉得纪泽安口中的事情是合乎逻辑的。

这让他找到的那个"真相"又被推翻。

他现在找不到纪泽安,否则想立刻撬开他的嘴,问出当年之事。

他又发消息给程安之:你愿意跟我聊聊你爸爸的事情吗?

发送后觉得太莽撞太心急,匆匆撤回。

可程安之已经看到了。

她说:抱歉哦,我不想一遍遍回忆这些事情,以后你不要再问了,好吗?

她在"好吗"的后面加了个卖萌的表情符号,让一句将他推远的生疏回应变得俏皮,掩盖住真实语气。

纪司北起床去倒了杯冰水,一饮而尽后,怔怔地看着安静而黑暗的客厅,在沙发上坐了良久。

程安之回到南城之后,被程静之强行带去医院做检查。

程静之的父亲患有帕金森,她陪父亲来医院看病的频率很高,对这里轻车熟路。

等叫号的时候,程安之问程静之:"姐,没想过带大伯回澜城看病吗?澜城有全国最好的神经内科。"

程静之摇头:"他什么脾气你还不了解吗?在南城,病得再重也不用担心有人说三道四。一旦回去……"她欲言又止。

"可是没有什么比好好活着更重要。"程安之握住姐姐的手,"我很后悔,当初没选择让我爸回澜城做康复治疗,我不希望你也有遗憾。"

程静之静默了,蹙眉看向旁边坐轮椅的病患。

程安之跟姐姐讲起她跟那位傲慢新郎之间发生的事情。

程静之听后,冷声道:"鼎盛时人人谄媚,萧条后恨不得人人落井下石。我最是瞧不起他们这帮小人。"

"其实事后我觉得挺可笑也挺没必要的。等有一天我不再被这些人影响,是不是才算我真的变得强大了?"程安之说完,低头看了眼自己红肿的脚踝。

她在心里默默祈祷——千万不要让我打石膏!

这时手机响动,程安之按下接听,电话那头的男人说他来南城了,飞机半小时后起飞。

"谁?"程静之问。

程安之歪一下头:"徐清宴。"她已经习惯了徐清宴的说走就走,说来就来。

程静之听到这个名字,发出一声冷笑。

一个小时后,程安之的检查结果出来了——脚踝韧带轻微撕裂。医生用夹板将她脚踝固定,要求她住院一周。

南城机场不大,往来航班很少。

现在不是旅行高峰期,航站楼里一点也不热闹,程静之一眼就看到坐在行李箱上等得不耐烦的徐清宴。

程静之跟徐清宴同岁,曾在苏城见过三面,第一面互看不顺眼,第二面差点吵起来,第三面见面不说话,当对方是空气。

让程静之来接徐清宴,是程安之做得最忐忑的决定。

"嗨,静之。"秉持绅士风度的徐清宴给了程静之一张帅气的笑脸。

程静之全程戴着墨镜,唇角未曾扬起,不说话,不看他。上车后,她打开车载音乐,放着时下最流行的说唱音乐。

最厌烦听 rap 的徐清宴默默塞上蓝牙耳机。

下车前,徐清宴上下打量程静之一眼:"胖了。"

"谢谢。"程静之皮笑肉不笑,开了车门先下了车。

护士替程安之在住院部办理入院手续时,程安之坐在轮椅上仔细研究自己脚上的夹板。

如果是石膏,还可以在上面画画,夹板的话,没有太多可发挥的余地,她畅想了一下后,下单了一组文创插画贴纸。

来异地旅行也能沦落到住院的地步,程安之感慨自己命途多舛。

她还得瞒着耿慧洁,否则耿慧洁说不定会立刻飞来照顾她。

偏偏想什么来什么,耿慧洁很快发来一则视频通话请求。

程安之当场熟练运用轮椅将自己移动到看不见医院具体标识的角落,又用身后的窗帘把轮椅遮住。

"在哪儿呢?"耿慧洁问她。

"在外面。"她含糊其辞，又说，"清宴马上就到了，到时候我跟他一块儿回去。"

"既然清宴去了，你再陪他好好玩玩吧。"耿慧洁忽然压低声音，"静之不在你旁边吧？"

"不在。"

"少让她跟清宴接触，他们俩合不来。"

"好。"没聊几句，程安之找了个借口，挂了视频。

护士这时进来通知："程安之，有人找你。"

她一抬头，不是程静之也不是徐清宴，而是从"精分小纪"中走出来的纪司北。

纪司北黑着一张脸，眼睛里明明有关切，却硬生生被他皱起来的眉头压下这一分温柔。

他刚剪了头发，没有穿正装，黑白灰搭配的休闲穿衣风格和白色球鞋，让他整个人透出一股既清爽又蓬勃的风华意气。

"你怎么来了？"程安之莫名有种不可思议的感觉。

遮挡轮椅的窗帘还未来得及扯开，她拉住窗帘下摆，想要继续遮挡。

"程安之你几岁了？"纪司北大步走过来，扯开窗帘，视线落在她绑着夹板的脚踝上，眼神顿时锋利了几分，但很快又柔和下去，露出一些怜惜。

他压低声音问她："疼吗？"

"我二十六了。"程安之正经回答道，又嬉皮笑脸，"不怎么疼。"

"你知道这是我第几次在医院里找到你吗？"纪司北的眼睛里有倦色，有怒气，有淡淡的无奈。

程安之细算了一下，问："第四次？"

她话音刚落，程静之和徐清宴双双走到门口。

"司北？"程静之惊讶着开了口。

她惊讶的神情让纪司北看出来，程安之很久不在姐姐面前提他了。

"静之，好久不见。"

程静之看到男人的眼眸一瞬间黯淡下去，再看一眼病号，她的神色与他百分之九十相似。

徐清宴倚在门框上打量着这个曾经听过，后来在杂志上看过，但始终未曾谋面过的男人，觉得他跟自己想象中不太一样。

应该是设定不一样。他所认为的纪司北远没有现在这样有温度。

"探视时间马上过了，留一个陪护跟我去办陪护证，其余家属请尽快离开病房。"

护士一声令下，程静之最先做出反应："我留下，你们二位先走吧。"

"你家里还有长辈需要照顾，还是我留下陪安之吧。"徐清宴又开口。

程静之反对："大哥，安之是个姑娘，你一个大男人怎么照顾她？"

"我又不是没照顾过她，她那几年总是生病，有一回昏迷了将近三天，慧姨走不开，是我亲自照顾的……"

"那个，其实医院有护工，而且我也不是不能动，你们都回吧。"程安之瞥了眼纪司北，他刚好转过身，她没看清他脸上的表情。

她听见他对护士说："我来吧。"

话落，纪司北投给程安之一个只有她看得懂的眼神，不容置喙道："我陪你，可以吗？"

"请问你是？"徐清宴打破节奏，明知故问。

程安之吞下一口呼吸，刚想开口介绍一下纪司北，程静之先她一步开了口："安之以前的男朋友。"

"哦。"徐清宴仿佛听见一句再寻常不过的话。

"给你们三分钟时间商量一下，商量好了我再进来。"护士工作时间繁忙，没空听他们互相介绍，离开的时候又嘟囔了一句，"演修罗场呢？"

气氛又凝结。

程安之胡乱抓了一把头发，恳求道："都走，好吗？我只是脚踝受伤，不是瘫痪。"

"我有话要跟你说。"纪司北看着程安之的眼睛，强调一句，"很重要。"

"微信聊。"程安之不觉得让他留下是正确决定。

"程安之……"

"你没看到她不想跟你聊吗？"徐清宴打断了纪司北的话。

两个男人互相看着对方，彼此的眼睛里都有暗生的互斥情绪。

就在他们僵持不下时，程静之走过去找护士去办陪护证了。

程安之大舒一口气，视线落回纪司北的脸上，他正看向她的脚踝。

她避开了视线，又下意识地用窗帘遮了遮自己的脚踝。

就在刚刚等待办手续太无聊的时候，她用包里的笔在固定的夹板上画了堆有的没的，其中一个符号是她胸口文身的简化版，只有纪司北知道。

她不知道纪司北有没有留意到这个细节，为了掩饰心虚，她下意识朝他浅笑一下："换大号，小号太吊诡了。"

纪司北深呼一口气："你就皮吧。"

护士第三次来赶人之后，两个男人前后脚离去。

程静之收回视线，点评道："还是你前男友看着顺眼一点，难怪你会念念不忘。"

"清宴也很帅啊，他嘴巴很性感好吧。"

"性感？你亲过？"程静之白了程安之一眼。

程安之抠了抠眉毛："那倒没有。"她只亲过纪司北。

"徐清宴就是个登徒子。"程静之恨恨道。

程安之曾经怀疑她跟徐清宴之间发生过不为人知的故事，但无法佐证，眼下听她这样说，大胆问："你跟清宴是不是……"

"不是，没有，不熟。"程静之三连否定。

程安之耸耸肩膀，表示遗憾。

"你跟纪司北现在是什么情况？"程静之问她。

程安之说："朋友关系。"

"朋友？"

"对，朋友。"

程静之回想一番程安之分手时的经历，提醒她道："复合不是一件容易的事情，你把自己的心整理清楚。"

程安之摊手："谁让我还喜欢他呢，我看着他就很高兴。你说像我这种倒霉蛋，三天两头来医院报到，谁知道哪一天会不会得个什么胃癌肝癌肠癌什么的……"

"你闭嘴吧。"程静之瞪了程安之一眼,觑她道,"确定做好重新开始的准备了吗?"

程安之释然地笑了一下:"我要跟着心走一次,不想被命运牵着鼻子。"

程静之回想过去,喜欢纪司北的程安之的确是最好的程安之,热情、上进、勇敢、生动。

她好久好久没看到妹妹眼睛里的神采了,方才纪司北一出现,程安之的眼睛就亮起来了。

徐清宴走在纪司北后面,看见他去找医生询问程安之的腿伤情况,也凑过去听了一耳朵。

跟医生沟通完之后,纪司北一回头,对上这双桃花眼,他聚起眼睛里的锐气,对徐清宴说:"谢谢你从前照顾安之。"

"不客气,我也不是替你照顾的。"徐清宴绅士地点了一下头,先往前走。

纪司北走在后面,拿出手机用自己的微信号添加程安之为好友。

对方通过后,他第一句话就是问她:那次为什么昏迷了三天?

程安之很快回:不是持续性昏迷,间歇性头晕而已,清宴夸张了。

纪司北猜测或许是因为父亲离世,她悲痛欲绝。他抿住唇,又问:他是怎么照顾你的?

程安之:我们俩还没到可以翻旧账的关系吧。这条不回。

纪司北犹豫一会儿后,问:他是不是喜欢你?

程安之:略。

略……

以前纪司北不知如何作答时,会这样回复。她还真是学到了精髓。

纪司北绷起唇角打字:你好好休息,我明天来看你。

程安之又问他:你来南城是专门来找我的?

纪司北:不然?

程安之:你不忙吗?

纪司北:再忙也需要过私生活。

程安之:你从前可不是这样的。

纪司北：我从前怎么样？

程安之：略。

纪司北皱着眉头收起手机。

文字聊天果然效率低下。这种沟通方式显然不适合他。

程安之又发过来一条消息，是一篇网友推荐的南城吃喝旅行攻略。

她说：纪总时间宝贵，希望不虚此行。

纪司北回了个冷漠笑脸。

他最多只能在南城待两天，目的也不是吃喝玩乐。

出了医院大门，纪司北跟徐清宴一左一右分道扬镳。

徐清宴走出几步之后，回头看这个男人，他的身姿跟程安之画上的某个背影高度重合。

他咂咂嘴，过了这么多年，这个男人为什么可以一点也没变。

纪司北第二天来医院看程安之，给她带了一套拼图。

他记得她从前喜欢玩这个，昨天晚上特地跑去买的。

没过多久，徐清宴也来了。他买了玫瑰花、小蛋糕、一套漫画书和文创贴纸。

相比之下，徐清宴的排场真有些隆重了。

"啊，我也下单了贴纸。"程安之即刻拆掉一张贴纸，把脚踝上的夹板装饰了一番。

一旁的程静之看了眼纪司北的脸色，吐槽程安之道："多大了还玩这个，幼不幼稚啊。"

徐清宴抢话道："怎么就幼稚了，安之是学画画的，她一直就喜欢这些小玩意。"

纪司北揉了揉鼻底，他从来没给程安之买过这些小玩意。

程静之又冷脸对徐清宴说："安之不喜欢玫瑰花。"

"妹妹不喜欢，姐姐喜欢也行啊。"徐清宴把这束粉玫瑰递到程静之面前。

程安之"扑哧"一声，一侧头，坐在窗边沙发上的纪司北抱着胳膊，正用一种审视的目光看着她。

这目光很傲慢，仿佛在质问她——你跟徐清宴很熟吗？

"对啊,很熟啊。她甜笑着看他:"纪司北你推我出去吹吹风吧。"

纪司北推着程安之出门后,程静之把玫瑰花往窗台上一放,没好气地靠在窗边。

"静之,我们俩有两年多没见过面了吧。"徐清宴坐在沙发上,长腿交叠,丹凤眼眼尾带笑,"你不会记恨了我两年多吧。"

程静之理了理叠在肩头的长鬈发,冷声道:"我记恨你什么?"

"不记恨就好。"徐清宴把蛋糕盒打开、小叉子放好,送到她面前,"那天早上起床,你说你想吃蛋糕……"

"闭嘴!"程静之烦躁地抓了一把头发,威胁徐清宴,"你要是敢在安之面前提起这件事情,我肯定不会放过你。"

"你怎么总是这么凶呢。吃蛋糕吧,不要怕胖,其实你胖一点好看,你之前太瘦了,一点肉感也没有……"

"徐清宴你有完没完啊!"程静之夺门而出。

徐清宴淡定地把蛋糕盒放下,眼尾的笑意勾人又轻佻。

纪司北按照程安之的指令把她推到了天台。

南城的空气比澜城要湿热许多,春末已经达到夏天的气温。

天台被骄阳炙烤着,程安之抬起手遮住眼睛,看见身侧纪司北笔挺的投影。

她一抬手,病号服的宽大袖口耷拉下来,露出一截贴着纱布的细白手臂,除了被包扎的地方,其余皮肤上也有擦伤和刮痕。

纪司北皱眉问她:"怎么摔伤的?"

程安之仰头看着他:"雨天路滑。"

"为什么不告诉我?"

"你又不是医生,我告诉你干什么。"程安之笑。

纪司北说:"你从前有个小感冒都会吵着要我去瞧你。"

"那你烦吗?是不是每次看见程安之的短信和电话,都眉头一皱,"程安之学着纪司北的声线,"这姑娘又整什么幺蛾子,又要我骗我去看她,烦死了……"

"我为什么要烦你?"纪司北走到程安之的面前,看着她的眼睛,"程安之,我什么时候烦过你?"

"行吧行吧,你不烦我。"程安之没想到这家伙还刨根问底起来了,她推开他,"你挡住我的光了。"

纪司北往旁边挪开一步,迎着风而站,说:"我收到程安之的消息,听说她生病,当然会烦,不是烦她要我去看她,而是烦自己不是医生,烦她为什么又生病了。"

程安之心尖一颤,怔怔看着他的侧影,他突然解释这些做什么。

风灌进纪司北的袖口,他双手插兜,看向远处的山脉。忽然,他回了头,看向程安之的眼睛里多了些柔情。

程安之在他回头的一瞬间移开了视线,故意抱怨:"那你以前怎么不说?"

"因为以前太年轻,第一次交女朋友,没有经验。"

"是第一次被一个女孩死缠烂打吧,那会儿我们还没在一起呢。"

"你对我还有什么误解?"纪司北蹲下去,视线与她平行。

程安之佯装镇定:"没了。其实我也不在乎你烦不烦的,你再烦,最后不也还是来看我了吗?"

"这倒是。"纪司北再"冷漠",最终也融化在她的一腔娇柔里。

他又问了一遍:"你确定没了?"

"你纠结这个做什么?"程安之被他灼灼的目光看得有些焦躁,伸出手把他的脸偏向一侧。

指尖的触感比在车里的那次要有温度得多,纪司北看向她细长的指节:"我觉得你对我的误解挺多的。"

程安之还没有反应过来,他弯腰在她身前,拍了拍自己的肩膀:"前面轮椅过不去了,我背你去前面看看。"

搂住他的脖子时,程安之心中有压抑不住的悸动。她在心里鄙视自己——紧张个什么劲啊,这是你前男友啊程安之!

但心跳还是很快,她贴着他的背,生怕他感受到。

"程安之你心跳好快,怎么,如今学会矜持了吗?"纪司北的声音近在耳侧。

程安之控制了一下情绪后,将脸靠在他的肩头,闭上了眼睛。

"累了?"他问。

她不接话。

"你轻了好多。"他又柔声道,"当然,你以前也不胖。我的意思是你现在太瘦了。"

"嘘,纪司北,别说话。"

纪司北不作声了,听见她清浅的呼吸,想起自己第一次背着她走在夏天夜晚,那晚她的心跳也像现在这样剧烈。

当时他想,她一定很喜欢他吧。

"以前你好少背我。"程安之自己又打破沉默,她突然从他的背上跳下来,单脚站着,看着他问,"你小时候看过《蓝色生死恋》吗?"

纪司北扶稳她,摇了摇头。

"以前我觉得好浪漫,现在觉得不吉利……"程安之指了指自己的病号服。

她三两句跟纪司北讲了下剧情。

纪司北听后皱眉笑了:"你怎么总有这么多戏。"

"你不就是喜欢看我演戏吗?"程安之把皮筋松掉,黑色的发丝随风飘起来,她捂住自己的心口,摆出柔弱的姿态,气若游丝道,"纪司北,我只能陪你到这儿了,我走了……"

"演得好烂。"纪司北伸手敲了一下她的脑门,"这么喜欢演,不如演一下你眼中的纪司北吧。"

"以前的纪司北还是现在的纪司北?"她问。

"五年前的纪司北。"

"你这是什么恶趣味?"程安之不解。

纪司北补充说明:"从这一刻开始,你就用从前纪司北对程安之的态度来对待我,演好一点。"

程安之拿手晃了晃他的眼睛:"你没事儿吧?"

他当然不是恶趣味。

他是想看看,她眼中的纪司北在她心里究竟扮演着什么角色,她是不是因为他曾经的冷漠、傲慢和忙碌,而不敢跟他交心。

过去的程安之的确很喜欢纪司北,但是她的喜欢似乎总那么小心翼翼。

她明明经历了那么多,他却从来没有听见她说过一句"难过"。

这些年,他总在想,分手时她的那些狠话中,究竟带有多少真心的成分?

第六章 / 热潮
那你追我吧

◆

1

程安之跟纪司北回到病房时,程静之和徐清宴双双不见踪影。

纪司北的航班两个小时后起飞,他陪程安之吃完午饭后便要启程。

"出院那天我来接你。"他走时说。

程安之推辞:"别飞来飞去的了,我跟清宴一起回去。"

纪司北不说话,微微漾起唇角看她。

"好吧,我等你。"程安之乖巧一笑。

纪司北走后没多久,程静之的母亲林双提着一袋水果进门。

"安之,我出电梯时看到一个人很像纪司北,不知道是不是看错了。"林双的语气略有犹疑。

程安之点点头:"是他,他来看我。"

"你们俩和好了?"林双轻微蹙眉。

"算是吧……"

"安之你想清楚了。"林双背过身去削水果。

留在世上的亲人就这么几位了,程安之知道他们都很关心自己。

她轻轻地"嗯"了一声:"我会的。"

她又问:"大伯这几天怎么样?"

"不太好,主治医师希望他住院,可是他不肯,回头你也去劝劝他。"

程安之敛眸:"伯母辛苦了。等过几天出院,我来找大伯好好聊聊。"

"你说咱们家怎么就这么……"林双叹气,她抹了抹眼角,转过身来,"安之,你自己要好好的。别再沾染那些权贵,一辈子平平顺顺的就好。"

"好。"

程静之走进门,瞥见妈妈又红了眼睛,无奈地坐在窗边发起呆来。

程安之逗她:"又跟清宴吵架了?"

"我可没这个闲工夫。"

林双问程安之:"你说的是当年给你爸爸做康复治疗的,徐医生家的那孩子?"

"对。"

"他也来看你了?大老远的,真是有心了。"林双又道,"这孩子很不错的,一表人才,性格也好。其实安之你也可以考虑考虑他,多给自己一个选择。我记得他那会儿对你非常好。"

"得了吧,他花着呢,可别耽误我们安之了。"程静之反驳道。

林双白了程静之一眼:"说得好像你没换过几个男朋友似的,年轻的时候多一点尝试,没什么不好。"

她又把话题转回程安之身上:"老围着一棵树转,连阴影都是相似的,有什么意思?"

下午林双离开之后,程安之对程静之说:"伯母好像不希望我跟纪司北在一起。"

程静之不以为意道:"爷爷出事后,咱们家发生这么大的变故,她跟我爸一直心有余悸,忌讳纪家跟那些达官显贵来往密切。你听着就好,自己的事情自己拿主意。"

程安之点点头,若有所思地看向窗外。

几天后,程安之恢复良好,提前出院,和徐清宴一起返回澜城。

在登机口时,徐清宴接连打了好几个哈欠。

程安之问他:"昨晚没睡好吗?"

徐清宴伸了个懒腰:"睡得很好,就是有点累。"

程安之眯着眼审视他:"大哥,我怀疑你别有用意。"

徐清宴戴上墨镜,遮住眼睛里的疲惫,不做解释。

"啧……"程安之朝他抱一下拳,"佩服佩服。"

话落,程安之心里又一"咯噔"。昨晚程静之一夜未归,早上回家,面对林双的责问,她声称在公司加班,可她瞧着并不像是加班之后的疲态,反倒整个人神采奕奕。

"徐清宴,你不会跟我姐……"

"没有,怎么可能,你想什么呢……"三连否定。

措辞和程静之如出一辙。

程安之露出狐疑的目光。

她拿出手机,发消息给纪司北:**你有没有觉得静之跟清宴之间有点怪?**

纪司北收到程安之的消息时,公司的财务经理和法律顾问刚从办公室离开。

他匆匆看了一眼消息内容后,没顾得上回复,即刻打电话给纪泽安。

纪泽安的"桃色事件"牵扯出他一大堆烂糟事,除了糜烂的私生活,纪司北还查到他私人有一笔巨额欠款,款项金额超出了他手中所有私产的总值。

且上面显示,他已逾期多日未还。

霓虹初上,"暮色"餐厅。

纪司北空等一个小时之后,纪泽安发消息说他不来了。

纪司北只好请主厨换了菜色,又约了纪泽安的太太。

纪泽安的太太姜茉很快赶到,穿一条黑色长裙,戴复古珍珠耳环,气场和姿态不输给纪泽安任何一任绯闻"女友"。

姜茉很自律,为了保持身材,她很少吃晚饭。落座之后,她看见满桌都是低脂食物,优雅地对纪司北说:"有心了。"

"上回送过去的礼物,表嫂可还满意?"纪司北没什么胃口,说话的时候用小银勺不停地拨弄白瓷碟里的鱼子酱。

"我很喜欢。"姜茉看了看他的衬衣袖口,那里有一道浅浅的钢笔印迹。

她知道他写字一直用钢笔,还留着一支前任送的钢笔。她还挺喜欢他的前女友程安之,比顾斯宜讨喜多了。

"喜欢就好。"

姜茉莞尔一笑："我这个人是个直性子，有话我就直说了。这次事情的处理结果我很满意，让你费心了。"

"表嫂客气了，我今天请你吃饭，不是来跟你邀功的。是有一件事情，我本想找表哥相商，可是他一直躲着我，但是事情紧急，我觉得有必要让你先知晓，代为转达。"纪司北取出身侧的纸袋，递到姜茉面前。

姜茉打开一看，当场色变。

"我就知道他迟早要把纪家败光……"良久之后，姜茉开始低声抽泣。

"表嫂，事已至此，我们得先想解决办法。老太太如今年纪大了，舅舅血压又高，我不想让长辈们跟着操心。"纪司北言辞恳切。

姜茉急急抬起头："司北，你有解决办法对不对？你愿意帮泽安，对吗？"

纪司北抿唇浅笑一下，随后眼尾涌上一抹冷淡："表嫂，纪家的生意我从来不掺和。外公走后，为了家族和睦，我跟我妈主动放弃所有股权分割，仅仅只要了现在纪家的宅子，可如今表哥动了来之科技什么心思，你我心知肚明。"

他点到为止，话说完，松了手上的小银勺，松弛地抱着胳膊靠在椅背上。

姜茉看着他深潭一般的眼眸，成竹在胸的气势让他的心思昭然若揭。

她心中清楚，纪家对他们母子多有亏欠，纪泽安这次又理亏在前。他若要心甘情愿地帮忙，那只有一个理由。

她轻声问道："司北，你想收回股权，对吗？"

"是。"纪司北坦坦荡荡，当场拿出一份股权认购书，"与其让表哥靠动'来之'的歪脑筋去填他的窟窿，不如让事情变得简单一点。我要股权，纪家拿钱退出，财务和法务已经帮你们清算过，这笔钱到手，你们不仅能还清欠款，还有不少结余。"

"可是……"

"可是来之科技未来不可限量对吗？"纪司北清浅笑道，"但'来之'只有清除障碍，前景才会更广阔。烦请表嫂回去好好劝劝表哥。"

落地后，程安之打开手机，纪司北没有任何回复。

她心里叹气，行吧，以他如今的身份，他只可能比从前忙上百倍。

程安之跟徐清宴告别后，打车回到租的房子。快到家时，她给自己点了份外卖。

简乐悠不在，屋子里一片漆黑。她有点累，脚踝也疼，只开了一盏廊灯，呆呆地坐在鞋柜旁的地板上等外卖。

这几年她有很多这样的时刻，孤独、无解、漫长……

她总是在这种时候想起从前的时光。

想她每一次放学回家大声叫着"爷爷"，乖巧地等着爸爸。有时候她和静之一起进门，伯母会嗔怪着数落她跟静之的叽叽喳喳，慧姨会催促她们赶紧洗完手去吃水果和点心。

后来，家里多了个妹妹，她每次回家，一定会在第一时间去摸摸未未肉乎乎的小脸……

那时候，爸爸每晚都会跟她在餐桌上聊天，他们聊美学、电影、旅行，甚至是爱情……

程安之撑着脑袋，视线渐渐模糊。

纪司北从"暮色"离开后，打开手机查看他跟程安之的共享定位，发现她已经回了澜城。

他这才想起他忙到忘了回复她的消息，确认她的位置后，急忙开车赶了过去。

车子经过 T 大时，他瞥见一个背画板的女孩站在校门口等人，想起从前有一回也像这样，程安之在电影院门口等了他两个小时，等他赶到，电影都散场了。

那是他出国前夕，各种事情堆在手上，总没有时间陪她。

那天他赶到后，她等得都犯困了，却没有半点怨言，还打着哈欠跟他说："只好看夜场了。"

…………

电梯门打开，纪司北踏进灯光昏暗的楼道，一道光从某一户里透出来，打在地板上，像一道指引。

纪司北悄声靠近，想给程安之一个惊喜。一转弯，看见她抱着膝盖坐在门口的地板上，脚边还堆着一个外卖纸袋。

她好像坐了很久，神思是抽离的，与在他面前的鲜活明朗模样呈现两个极端。

她没有哭，姿态却比痛苦更让人觉得伤感。

直到纪司北缓缓走到面前，程安之才发现门口来了人。她猛然从地上站起，笑意立刻堆了满脸："你怎么知道我回来了？"

纪司北猜到她突然起身会头晕，一把扶住她的肩膀，问："刚刚在想什么？"

"在想自己是个傻子，竟然点错了外卖。"程安之的情绪抽离得很快，没事人一样提着外卖纸袋自嘲，"本来是想吃炒米粉的，可我竟然点成了过桥米线。"

"那我们去吃炒米粉？"纪司北提议道。

程安之抱起双臂，朝他抬了一下下巴："你之前可是从来不吃炒米粉的。"

"是吗？我吃东西方面是不是很……"他一时之间找不到合适的形容词。

"很难搞，很不合群。"程安之耸了一下肩膀，"我们一共也没约过几次会，每次都是吃很无聊的东西。"

"那走吧，现在去吃炒米粉。"

"你确定？"

"确定。"

春末的晚风像陈年老酒一般让人沉醉，T大后门的小吃街上，聚满了贪享夜宵的食客。

程安之不仅点了炒米粉，还点了炸串、臭豆腐和酒酿小丸子。

纪司北看着满桌的食物，问程安之："从前我真的没跟你一起来吃过这些东西？"

程安之啄啄下唇，指着一根炸串，问纪司北："知道这炸的是什么吗？"

纪司北蹙眉辨认："肉？"

"什么动物身上的？"

纪司北答不上来。

程安之揭秘："小郡肝你都不认识，我真服了。"

他是认识的，但没这样吃过。

冷色灯光下，程安之的脸上涌现出一抹安静的文气。但她吃东西的样子很生动，让人看着很有食欲。

她似乎很开心，边吃边讲一些俏皮的事情，全然把刚刚家门口那个悲伤的影子留在了过去的时间里。

"搬到我那儿去住？"纪司北忽然很想做晚上给她留灯的人。他的个性就是如此，一旦决定要做一件事情，就绝不拖泥带水。他让程安之等了他两年已经是很没效率的事情，他不想再白白浪费时间。

可话说出口他才意识到，他只会比她的室友回家更晚。

程安之却笑得眉飞色舞："好呀，会不会进展太快了点？"

"你想得美。"纪司北被她逗笑。

她听后，娇声叹气："对啊，这才是纪司北。"

夜宵吃到午夜时分，T大校园陷入静谧，校园外围的林荫道只剩下风吹树叶的声音。

有难舍难分的不同校小情侣在后门告别，女孩抱着男孩的腰，呢喃低语。

程安之收回视线，纪司北从一家24小时药店里走出来，他穿着烟灰色的衬衫，气质如清风皎月，步伐轻盈，目光坚定。

她喜欢他奔向自己的姿态。

纪司北站定后把白色药盒塞进程安之的包里："疼了就吃。"

是一盒胃药。他担心程安之刚刚吃得太多太杂，夜里胃会不舒服。

程安之问他："你还记得你上回给我买药，买的是什么药吗？"

"不记得。"纪司北回答迅速。

"啧啧，回答得这么快，好假。你肯定记得。"

两人走在春夜里，仿佛回到了五年前。程安之忽然倒着走，看向纪司北。

只要被程安之这双眼睛看着，纪司北就一定能感觉到她的爱意。

所以当年她提分手的时候，他要求见她一面。

但程安之把自己藏在苏城的医院里，没有见他。他等了好久也没等到，她的爱意和苏城的晨雾，一同消失在大雪天。

纪司北替程安之看着她身后的路，看见她走路时脚踝仍有些吃力，打算第二天一早带她去澜城最好的骨科复诊。

程安之却主动跟他报备了一下自己的行程："明天跟'定格'谈完合作，我得回苏城了。"

她在澜城没有家了，她的家在苏城。出国前夕，她肯定想多陪一下家里人。

纪司北点点头，淡笑一下："嗯，你按你的计划来。"

程安之突然停下脚步。

"怎么？"他问。

程安之双手叉腰："纪司北你是不是学不会追人啊，你就不能说你希望我留下来吗？永远一副'行吧，随你，反正我无所谓'的样子。"

纪司北抿抿唇，学她的样子，也双手叉腰："程安之，那你能不能不要总是试探我。想留下来就留，想跟我在一起就明说，我没有忙到没时间陪你的地步，距离你出国还有四五个月，你暑假再回苏城陪未未也不晚……"

"耐心这么快就用完了？"程安之鄙夷地看了一眼纪司北，摇了摇头，叹口气，抬脚走人。

"哎哎哎。"纪司北拉住她的胳膊，"走吧，跟我回家，明天去我办公室里画画。"

"我不去。"程安之跟他拉扯。

"你想去。"

"我不想去。"

"我想要你去。"

"……行吧。"程安之笑了。

程安之第三次来"2706"，总算不是扮演被"反感"的客人角色了。

她登堂入室，细致参观了一番，看到了曾经放在纪家阁楼里的旧落地灯，也看到了自己送给纪司北的画。

"还想参观什么，柜子要不要打开看看？"纪司北逗她。

程安之指了指他的床头柜："打开，我看看里面有没有好东西？"

纪司北照做，里面并没有程安之说的"好东西"，她努努嘴："那你得备点儿了。"

这时秘书打来电话，纪司北走到一旁去接。程安之回到客厅里，坐在沙发上等他。

待纪司北打完电话回到客厅，程安之已经靠在沙发背上睡着了。

她的睡姿很不放松，眉心浅浅皱起来，双腿规规矩矩地靠拢在一起，手心里攥着手机，界面停在屏幕主页，背景图是耿未一周岁时，他们一家四口拍的全家福。

纪司北弯下腰，轻轻取出她手里的手机，想将她放平，让她躺着好好睡一会儿。她却下意识地把手机抓紧，倏然睁开眼睛，就这样呆呆地看着他，眼神里的情绪让他感到陌生。

很快，她低头揉了揉眼睛："电话打完了啊。"

纪司北坐在她身侧："困了就去睡觉吧，想住哪一间房，你自己挑。"

程安之好像没完全醒，又揉了揉眼睛。

纪司北想起她冬天那会儿眼睛总发炎，拉下她的手腕："别这样揉。"

她听话地把手放下，定了定神，说："我第一次来的时候，你把我关在门外。"

这是睡蒙了，开始翻旧账了？

纪司北"嗯"了一声："你前男友要是亲自给你设计婚纱，你也会想把他关在门外。"

"我不会，我没你那么小气。我告诉你，我做婚礼策划是专业的。"程安之还是忍不住揉眼睛，又说，"那几次看到我，我眼睛发炎了你也不心疼，每次都讽刺我是戏精，还说我脑子不好……"

纪司北回想自己那时候的确挺过分的。

"我不会抽烟，没学过。"她又道。

"你到底做什么梦了？"纪司北靠近她的脸，看见她的眼角红了，皱眉道，"别揉了。"

"我想'酸奶'了,你送给我的'酸奶'陪了我好多年。"她继续说着自己的心里话。

"我办公室里那只挺乖的,你拿去养。"纪司北逐渐放柔了声线。

程安之点点头,喃喃道:"还有什么来着,想不起来了……"

纪司北提醒:"去年年底,'来之'做新年礼,我没有用你画的'酸奶'。"

"我不过就是开价三百万而已,纪总又不是出不起,你真是一点诚意也没有。"

纪司北揉揉鼻底:"行,我明天就亲自找你买授权去。"

程安之得意地笑笑,做了个合上书页的动作:"好了,旧账翻完了,你不是追求效率吗?"

她朝纪司北的卧室歪了一下头:"纪司北,我看中你的房间啦。"

陡然转变的话锋让暧昧攀上她的眼睛。

纪司北理想中他们重新在一起的节奏应该更稳一点。

她的痛苦、悔恨、孤独和无助,都还被她压在心里。她对他没有信任,更没有依赖。

他们只是忍不住想要靠近,却不知道靠近之后能不能回到过去。

而他想要知道的真相,仍旧有一大半沉在海底。

"眼睛为什么总是发炎?"他不再看她,但伸出手,握住她的手。

程安之低头把玩他的指节:"这得问医生啊。"

"是不是总哭……"纪司北偏头看她的眼睛,笑意立即止在了里面。

他试探,接着说:"看到爸爸醒不过来,看到爸爸离开……"

程安之咬住唇,眼角弯下去。

"现在依然会愧疚吗?会恨自己太在乎纪司北……"他拿出"底牌"。

程安之猛地挣脱开他的手:"既然你不困,我就先睡啦。"

纪司北重新牵住她的手,将她按在沙发上。

氛围沉下去,像窗外的月被黑云经过,笼住一半的明亮。

纪司北弯腰从茶几上摸了烟盒,取出一支,自己点燃。

"我学会了抽烟。"他说。

程安之没吱声,侧头看着他的侧脸浸在淡淡烟雾里,看他娴熟夹烟的另一只手。

微弱的烟灰跌落。

他又说:"我恨过你,一度恨到怀疑人生。但是现在,我宁可你是因为别的原因才要跟我分手,也不愿意你嘴上说着还喜欢我,心里却一想到爸爸就对我耿耿于怀……"

"我没有……"程安之又轻声重复一遍,握紧他的手,"旧账翻到去年冬天就好了,再往前就别提了,好不好?"

"程安之,这五年,我没有一天不在想你。"

程安之鼻头一酸。

"可是,有什么用呢。你不要我了,你宁可一个人哭坏眼睛,都没有给我打过一个电话,发过一次消息。"

"对不起。"程安之落下一滴泪水。

"程安之,别哭,哭了不漂亮。"纪司北一把将她拥进怀里,"这些年你一定很难过吧。我们一起找回过去的程安之和纪司北好不好?"

2

程安之一觉睡到第二天中午。

纪司北卧室里的窗帘遮光效果极好,她打开才知道外面已经艳阳高照。

餐桌上摆放着已经凉透的早餐,牛奶杯下面压着一张字条:好好吃饭,睡醒打电话给我。

纪司北在少年时期,曾跟随澜城一位出名的书法家学过几年楷书,他从前的硬笔字有些楷书的风骨,落笔和提笔苍劲有力,行笔很正。

这张字条的字迹与他早年的风格有些不一样,字形稍稍松驰了,字体更加飘逸,尤其是"好"字,有些偏行书。

程安之小时候跟爷爷学国画,顺带练得一手好行书。但是随着课业负担变重,她的字迹越来越随性,也越来越有自己的特点,在初中时期就形成了她独有的风格。

某年春节,纪家老太太还请她给纪家写过春联。

外人或许看不出,但她看出来了,纪司北如今的字有些像她。

他嘴上说着"恨"和"难以释怀",心里却始终没有割舍。只是一个字迹，就能让他露出破绽。

程安之收好这张字条，然后把他归还的那支钢笔拿出来，摆在餐桌最显眼的位置上。

手机响动了一下。

纪司北发来消息：醒了吗？

她回复后，去热没吃的早餐。

纪司北又发来一条：来我这里，一起吃午饭吧。

她把食物放进冰箱，简单收拾了一下，出了门。

路上，纪司北又打来电话。她按下接听的时候还在想，就这么等不及吗？破镜重圆真香定律这么准？

电话那头纪司北却抱歉称，临时有个急事，不能陪她吃午饭了。

说不失落是假的，可这种感觉却是那么熟悉，让她熟悉到觉得没所谓。

程安之边说"没关系啦"，边让司机改了地址，开往"定格"工作室。

今日温度上升，窗外阳光满溢的澜城仿佛一夜之间入了夏。

出租车经过风荷大厦后门时，程安之看见几位干练的职业女性，手捧着咖啡一起走进大厦。她快速拍了张照片后，从包里翻出 iPad 和电容笔，画了张速写。

她参加了一个绘画 APP 的速写打卡活动，花了二十分钟画完摩登女郎们，又上传打卡后，出租车刚好停在"定格"所在的艺术园区门口。

靳柏杨外出未归，让程安之先自己玩会儿。

今天工作室正好来了几位签约画师，正聚在一起合绘一张图。程安之跑出去凑热闹，一位相熟的画师把笔递给她，要她画五分钟。

画面已经挺满了，是一个春困的女孩在春日午后的阳台上浅眠。程安之没有太多可发挥的余地，她想了想，在女孩的脚边添了两只打架的猫，原本静态的场景一下子活泼起来。

合绘完成之后，其中最出名的那位画师把作品扫描上传到绘画 APP，提到了其余几位画手，包括程安之。

半个小时后，程安之增加了好多粉丝，上一条速写打卡点赞量瞬间破百。

靳柏杨进门的时候，正好看见程安之捧着手机笑。

得知刚刚发生的事情之后，靳柏杨觑她："要不是你荒废了几年，现在插画圈肯定有你一席之地。现在只要你稍微经营一下社交平台，人气暴涨是迟早的事情，至于涨这么点人气就开心成这个样子吗？"

程安之其实是最近才尝到插画市场日益繁荣的甜头，她说："我上大学那会儿，大家都没什么展示的机会，CG绘画更是不普及。现在看到这么多画师被关注，插画衍生出来的价值也越来越大，当然很开心啦。"

靳柏杨提出疑问："其实我很好奇你这几年为什么没画画，宁愿去做婚礼策划，也没想过往画手发展？"

程安之很坦诚地说："因为需要向人民币低头啊。成为知名画师之前，收入肯定不稳定。加上我的学历是有点问题的，想找个跟专业更贴合的工作在当时有点难。"

"学历是什么问题？"靳柏杨问。

程安之低头笑笑："回头再跟你细聊。"

纪司北跟纪泽安一直谈到傍晚。他们表兄弟从小到大算得上是兄友弟恭，像这样剑拔弩张的对谈是头一回。

谈之前，老太太那边就发了话，不管怎么样，不能伤了兄弟和气，然后又格外叮嘱纪司北，在商言商的同时也不要太苛待自己的哥哥。

纪司北不明白所谓"苛待"指的是什么，他也不想深思。外孙和孙子的地位，在老太太那儿是有一定悬殊的。虽说手心手背都是肉，但到底掌心的那块肉在里面，一旦发生危险，肯定是比手背的肉要更受保护的。

纪泽安在转让股权的合同上签下自己的名字之前，用异样的目光打量了纪司北一番，说："司北，我从来没有哪一刻觉得你这么不像我的弟弟，而是像我的敌人。"

纪司北低头笑笑："表哥言重了。我们都姓纪，永远是一家人，是利益共同体，何来敌对关系？你放心，财务那边会立刻打款，你的燃眉之急马上就迎刃而解了。"

纪泽安胡乱写下自己的名字后，将签字笔重重地扔到纪司北的面前："从此以后，大家各自珍重吧。"

他起身，气势汹汹地离去。

纪司北抬起头看着他的背影，那些小时候一起玩乐的场景，在一瞬间成了泡影。

纪司北想起外公临走前的教诲，老爷子说："司北，你虽然是弟弟，但你们差不了两岁，泽安性子没有你沉稳，他莽撞的时候，你记得在旁边多提醒他几句。纪家以后仰仗他，也需要你……"

纪风荷在律师宣读外公的遗嘱之后，有问过他，外公这么安排，比纪泽安能力更强的他有没有觉得不公平。

他说没有。因为在他很小的时候，外公总是把纪泽安抱在怀里，而让他坐在腿边的那刻，他就已经清楚，哪怕他们都姓纪，在外公心里，泽安也始终是最亲的后辈。

其实他很感激外公这般分清楚亲疏，这反倒激励他更加独立，也更加有野心。

程安之送给他二十岁的生日礼物，很没新意，是她画的一幅画，画的仍旧是他，但是那幅画的名字叫作《野心家》

她在画的背面写了这么两句话——纪司北，做个野心家没什么不好。我喜欢你野心勃勃的样子，我相信，总有一天，你的野心会成为你的羽翼，带你乘风破浪。

纪司北绕了一段路去"定格"接程安之一起吃晚饭。

上车后，程安之发现纪司北心情不错，问他："下午去干什么啦？看样子应该很顺利吧。"

纪司北点点头，轻描淡写道："我把纪家持有'来之'的股权拿回来了。"

程安之听后，花了点时间消化这个消息。她其实不太清楚来之科技跟纪家之间的渊源，只是看一些新闻八卦时，偶然看到有媒体分析来之科技的发展阻力，传闻跟纪家势力的干预有关。

明白这番后，她对纪司北说："恭喜你呀小纪，二十岁那年立下的誓言，在你二十八岁的时候就提前实现啦。"

二十岁的纪司北，立下了往后不依靠纪家的誓言。可惜创业艰辛，他失败过一次之后，向现实低头，在创立来之科技之初接纳了纪家的投资。之后两种势力难以磨合，他身为创始人一再决策受阻，只有他知道这场内耗带来的损伤有多大。

现在，他终于摒除一切阻力，带领来之科技开启新的篇章。

纪司北伸出手拍了一下程安之的头："谢谢小程。"

程安之借机问他："如果不是因为'来之'早就注册了，前几年你应该不会用这个名字吧？"

"注册了就不能更换吗？不能再注册新的吗？"纪司北反问她。

程安之当即露出得意的神色。

某人却又说："其实我某些方面还挺懒的，我懒得去注册新的了。"

"哦。"程安之甜甜笑着，"感谢你这么懒，懒得都忘了去忘记自己的前女友。"

"你说得对，我不光懒得忘记前女友，还懒得找女朋友，所以才让你这些年来不停地钻空子。"

程安之无言以对，伸手给他鼓了鼓掌。

等红灯的时候，程安之拿出手机想看看自己有没有继续涨粉，点开消息提醒，一个叫"纪来之"的人给她所有的画作都点了赞。

纪司北带程安之来到一家私房餐厅。

进院子时，程安之看到装修风格很是"极简"，像极了一个小型美术馆，还以为是吃法餐或者西班牙菜。等菜单呈上，她才知道这就是一个地地道道吃澜城本帮菜的地儿。

有意思的是，餐厅每日会出一份招牌菜单，预约的宾客只能按照菜单享用美食，不能自己做选择。据传这里每天只招待六桌客人，昂贵的价格让大部分人望而却步。

菜单上有一道菜的名字，叫"翡翠青苔"，程安之看见的时候手指一颤。

她问纪司北："这儿的位置这么难订，你是很久之前就开始排号了吗？"

纪司北慢悠悠地喝着一杯他也叫不上来名字的花茶，说："我抢了梁云暮的号。"

程安之把菜单推到他面前："这家你之前来过吗？"

"没。"纪司北的视线也停在"翡翠青苔"上，"点一下这道菜，你尝尝看。"

这顿饭吃得比想象中要安静，气氛由轻松到严肃的转变，从程安之在菜单上发现这道熟悉的菜开始。

服务员把"翡翠青苔"端上桌的时候，程安之下意识地看了眼对面的纪司北，然后她夹了一颗虾球做的"翡翠"放进他面前的瓷碟里。

"你真的没来过吗？"再问这个问题时，她没看他。

纪司北卷起衬衣袖口，松掉领口第二颗衬衣扣子："没来过。"他把虾吃掉，说跟他多年前吃到的味道差不多。

"你觉得口感有变化吗？"他又问程安之。

程安之没接他的话，而是扭头询问一旁的服务员："请问这道菜是你们餐厅自己研发的吗？"

"不是，是我们一位主厨研制的。"

"我可以见见他吗？"

等主厨过来的时候，程安之不再动筷子。

"翡翠青苔"是程老先生为这道菜取的名字，菜的创意来源于程家曾经的私厨。这道菜的做法其实不属于澜城菜系的范畴，有些中西结合，口味又偏厨师的家乡广东。

程安之只尝一口就知道，厨师没有变。

纪司北第一次去程家参加程老先生的寿宴，曾在宴席上尝过这道菜，他也没想到多年后还能再次品尝到相同的口感。

片刻后，一位年逾六十、鬓角已花白的厨师进了门。

"安之？"他先认出程安之。

程安之当即从餐椅上站起来："宋伯伯。"

宋主厨不敢相信又满眼激动地走到程安之面前："安之，我以为你跟你爸爸去苏城之后就没再回来过，真没想到还能在这里见到你。"

"你还好吗，宋伯伯？"

二人寒暄时，纪司北主动退出包厢。他走到院子里，在夕阳笼罩的小院里兀自站了一会儿。

他想起程老先生寿宴时的情形，那几乎是程家最鼎盛的阶段。他在那个时候认识程安之,她明媚、夺目,跟她的姐姐静之站在一块儿,成为宾客们口中最动人的风景。

她们姐妹俩并不看重自己的家世,也不屑维持长辈们口中的淑女形象,她们当众凑在一起讲小话,模样生动俏丽。

讲到他,妹妹毫不避讳地看向他,目光直白、恳切、坦坦荡荡。

纪司北再回包间时,宋主厨已经走了。程安之的姿势没有太大变化,只有一双眼睛,陷进往事里无法自拔。

宋主厨不知程文卿后来的遭遇,听闻后悲痛万分,是程安之反过来安慰之后他才平复情绪。

他对程安之说,她的爷爷是个极有风骨又心怀慈悲的人,她的爸爸也是一个正人君子,程家遭难是时运不济,让程安之放宽心,千万珍重自己,要好好生活。

回家的路上,程安之对纪司北说:"谢谢你呀,让我终于又尝到了这道菜。"

他们临走时,宋主厨还安排人多打包了一份送给程安之。

车厢里正播放一首英文老歌,是程安之曾经喜欢听的。但她好像没有留意到,客套地跟纪司北道谢后,就转过头去看车窗外的风景。

纪司北说:"我抢了梁云暮好不容易等到的号,他正恼我,要不我们去探望一下孕妇?刚好顺路。"

程安之伸了个懒腰,说今天什么都没准备,还是改天再去。

"累了?"纪司北问她。

程安之点点头,说:"我睡会儿,到了叫醒我就好。"

纪司北从后视镜里打量她的眉眼,忽然后悔今晚的安排。

等车停在地下车库时,程安之仍沉沉睡着。

纪司北没有叫醒她,取走她抱在怀里的包,塞了个舒服的抱枕给她。

她的包沉甸甸的,包口大开着,里面什么东西都有。纪司北看见一张褶皱的,像是胡乱塞进去的小票,拿出来一看,购买记录上面有巧克力、卫生巾和三盒安全套。

他忍不住笑了。

就在这时,程安之睁开眼睛,视线往下落,看见他手心里的小票,她面不改色地把小票抽了回来，哼一声："未雨绸缪懂不懂？"

她的脸上仍有倦意，一双刚睡醒的眼睛，比完全清醒时多了几分混浊之意。

纪司北看着她，说："巧克力已经拆封了，但其余两样都没动。"

程安之摊手："天时地利人和。"

纪司北仍旧看着她，也不接话。

"什么眼神啊你。"

程安之拿手在他眼前挥了挥，被他一把抓住。

纪司北像握住一个精美滑润的玉器，带着缠绵的姿态，抚弄、赏玩。

只不过是被轻抚指节，程安之却已经感觉到呼吸化作春水的黏腻。她太久太久没有过这样的触感了，只想立刻融进去，想被人好好爱着。

耳际传来安全带松动的声音，程安之正要倾身，男人柔软的唇欺压过来。

理智如山石遭遇暴雨，四散溃败。

说久违是场面话，说熟悉感是谎话，交融的混乱呼吸最真切。他们像一对初次接吻又不缺经验的熟龄初恋情侣，在逐步试探中，把掺杂着痛与遗憾的爱欲当成一场复播的电影，以崭新的形式重映。

双双站在电梯里时，程安之拿出手机检查自己的唇角，确认有印迹后，她报复般地掐了一下纪司北的手心。

纪司北不以为意，深深攥紧她的掌心。

踏出电梯的那一刻，程安之跟纪司北耳语："待会儿先洗澡。"

她话音刚落，纪司北接到梁云暮打来的电话。对方语气很急，一连串妇科医学用语听得纪司北又是绷唇，又是蹙眉。

傍晚陈夕纯因血压突然升高住进了妇产科的 ICU，十分钟前，她羊水破了，值班医生鉴定羊水三度混浊，她现在需要紧急剖宫产。

梁云暮在电话里跟纪司北说，他这辈子从来没有这么慌过，陈夕纯要是出了什么事情，那他就不活了。

…………

等纪司北赶到手术室门口时，梁云暮正靠墙站着，眼睛死死盯着"手术中"三个字。

纪司北印象中这家伙从未有过这么颓且丧的状态,那句"我就不活了"应该是他这辈子最不符合性格的一句话。

离预产期还有一个半月,从医学上来说,这个急不可耐要出生的小孩属于早产儿。梁、陈两家的长辈都还没做好准备,陈夕纯也没料到自己会提前做妈妈,一应待产的东西都尚未准备齐全。

程安之在离医院最近的母婴店帮忙购置缺少的待产用品。耿慧洁生耿未时,她全程参与,相较于两个什么都不懂的男人,她算是有一点经验。

选择婴儿用品的颜色时,她通通选择了粉色。陈夕纯说她只想生个小女儿,而且她说自己做过梦,肚子里就是女儿。

等程安之一脚踏进医院大门时,纪司北正好打来电话,生了,母子平安。

"是男孩?"程安之皱眉。

"嗯。"纪司北口气淡淡的。

陈夕纯一切安好,小崽子也很幸运地没呛到混浊的羊水,但因早产,被送去了新生儿科住保温箱。

按照产科ICU的规定,虽然陈夕纯已平安生产,各项指标也正常,但她仍然需要观察一天后才能转回普通病房。

梁云暮不能陪她,也不能陪孩子,心情越发低落。

纪司北站在楼道里陪着梁云暮,新晋奶爸说起孩子的性别直叹气,他说他跟陈夕纯连闺女的乳名都想好了,叫"小荷",因为孩子出生时节正是"小荷才露尖尖角"。

"男孩也能叫小荷。"纪司北敷衍地安慰他。

"你确定?"梁云暮露出鄙夷的目光。

程安之去新生儿科送小孩子的用品时,跟护士软磨硬泡,见了小孩子一面。

她被这个软软的红彤彤的小东西萌化了,偷偷录了一小段视频,又拍了两张照片,然后把照片发给孩子爹妈。

梁云暮收到照片后,递给纪司北看,兴奋道:"刚刚送出来时我都没敢看,其实他好可爱哦。"

纪司北瞥了眼这个小家伙,很给面子地"嗯"了一声。

他其实不觉得小孩是可爱的生物,他是一个对人类幼崽无感到冷漠的没爱心的大人。

纪司北跟程安之来医院的路上,程安之还唏嘘说,她曾以为这个孩子是纪司北的,甚至畅想了一番他做爸爸的情形。

做爸爸的情形?纪司北稍微想想,就觉得太离谱。

热恋时期,他也曾跟程安之说过一些跟未来有关的情话,甚至立下过一句要跟她结婚的誓言,但他从来没想过要跟她生一个小孩。

耿未当年出生后,程、纪两家的长辈乐开了花,老太太亲自给她做小衣服,纪风荷每天都要去程家探望她……

程安之多了个可爱的妹妹,心思从自己身上收了些回去,他心里很是替她开心。可每次他碰上这个小肉团子,大家拱他抱一抱的时候,他却避之不及。

程安之有一次对他说:"纪司北,你是不是不喜欢我妹妹?那你一定也不喜欢我,因为爱屋及乌啊。"

他坦诚道:"是,我不喜欢幼崽。"

程安之也不生气,只是啧啧嘴:"那可怎么办,你迟早是要做未未姐夫的啊……"

…………

梁云暮忘了纪司北不喜欢孩子,又点开程安之发的那段视频给他看。

程安之俏皮的声音立刻从听筒里传出来——

"嘿,小伙子好好长肉啊,早点从保温箱里出来跟我们玩……哎呀,是笑了吗?有酒窝哦……爸爸妈妈会喜欢你的,长大我教你画画哈……臭小子,都是因为你,耽误了叔叔阿姨的好事……"

最后一句是什么鬼?

梁云暮刚想再看一遍,发现这条消息被撤回。

他似笑非笑地看了一眼纪司北,纪司北严肃正经地转过身:"她说得没错,你儿子来得非常不是时候。"

梁云暮扔打火机打纪司北:"你有病啊。"

程安之撤回消息后默默祈祷"梁陈"夫妇没有看到视频。她收起手机，腹部一阵痛感，紧接着就感受到一股热流。

纪司北坐在护士站对面的座椅上等程安之，见她一出现就去找护士借卫生巾，心领神会地将今夜的期待往心里压。

程安之整理好自己后，他们开车回家。车上，程安之又翻出小家伙的视频看，看着看着就露出温柔的笑容。

她睨了一眼沉默开车的男人，问他："小梁哥一定开心坏了吧？"

"他喜欢女孩。"纪司北快速作答。

"那你呢？喜欢男孩还是女孩？"程安之随口一问。

"没想过。"纪司北揉了揉鼻尖，"不过我倒是有养女儿的心态。"

"嗯？"

他从后视镜里看着她。

"我啊？"程安之匪夷所思。

纪司北没吱声，过了好一会儿，说："你有时候真的挺皮的。"

程安之抿唇眨了两下眼："我只对你皮。"

纪司北"嗯"一下，正经说道："下次别再对着刚呱呱坠地的小毛孩抖机灵了。"

他又补充："不怪小崽子，怪你在车上磨磨蹭蹭，不然我们早到家了。"

程安之"嘿哟"一声："我可没有磨磨蹭蹭，是某些人……"

正好遇红灯，车停下，她的嘴巴也被迫停下。

轻柔的一下触碰，纯得像悸动的初吻，不带一丝一毫的情欲。

纪司北靠回椅背，扯一扯衬衣领口，车窗外风涌进来，又潮又凉，霓虹灯照进他清亮的眼眸里，平白无故又让他生出几分纯情。

程安之心中怅然，他真的没变，有一个矛盾到迷人的灵魂，带给她的触感在纯和欲之间反复横跳。

每每产生亲密举动，都使她一面带着成年人的邪念沦陷，一面又动心于他的赤诚。

见她颔首浅笑，难得露出羞涩之态，纪司北又抓住她的手，大拇指的指尖轻点她的无名指指尖，往下刮蹭。

又痒又麻的触感弄得程安之心里躁动不安，她按住他的手："歇会儿吧。"

红灯结束，车继续往前开。

纪司北抽回手，塞了块巧克力在程安之的掌心。

程安之吃着巧克力，忍不住感叹："到底是时间教会人成长啊，纪司北你现在很会谈恋爱啊。"

"我以前很差劲吗？"他蹙眉问。

"可能是以前我们相处的时间太少了吧。"程安之又说，"以前我经常会觉得你没那么喜欢我，但是现在，我觉得你好像很喜欢我哦。"

"以前为什么觉得我没那么喜欢你？"纪司北突然就想跟"过去"较劲。

程安之鼓了鼓脸："那你就说你现在喜不喜欢我。"

"我在问你之前。"

"之前不重要了啊。"

纪司北抿住唇，眉心皱了又平，平了又皱。

又过了两个十字路口后，他才开口说她想要听的话。

他说："年纪小的时候看文艺片，觉得又爱又恨的主角简直是有病，后来自己体会了一遍才明白过来，这不是病，这是甘愿被一个人牵着鼻子走，甘愿向她低头。程安之，我有时候觉得这真的很魔幻，因为只有跟你产生关联的时候，我才会体会到真正的痛苦……当然，也曾得到真正的快乐。"

程安之的反应能力和领悟能力在这一刻失灵了，她只产生一个念头——她要动一动他的行车记录仪，把他刚刚这段话录下来。

纪司北在她眼前打了个响指："再跟我谈一次恋爱吧，让我查漏补缺，反思并改进。"

程安之牵起唇角："好啊，那你追我啊。"

3

纪司北昨夜没睡好，各种原因都有，最重要的一条是他后来被程安之挤下了床，被迫去了客房。

他难搞的地方体现在方方面面，比如他极度认床，所以在客房没睡好。

昨晚入睡前，程安之还是温柔的、可控的，可睡着之后，她变成了另一个女孩。

他们未来如何在一张床上和平共处？

此题暂时无解。

纪司北正陷入深思，秘书进来通知，姜茉来了。

姜茉带来了纪司北想要从纪泽安口中得知的真相，跟程、纪两家后来越来越疏远的原因有关。

那都是发生在他出国之后的事情了。

姜茉在他的办公室里待了一个小时，他便跟往事拉扯了一个小时。

此刻他想起程安之昨晚说的那句以前不觉得他多么喜欢她，终于有了代入感。

姜茉留下一幅画在纪司北的办公桌上，画作出自程安之的爷爷程允仁先生。

老人家画了一对在古树下背对而坐的孩童。一个孩童拿树枝在地上画画，皱着眉头，不情不愿，画的是一只惊恐的狐狸；另一个孩童手里拿着算盘和铜钱，喜笑颜开，扬扬得意，算盘上显示的钱数是三个亿。

拿树枝画画的孩童代表程老先生自己，他形容自己是狐狸，活在权力中心，被迫一生算计；拿算盘和铜钱的是纪老爷子，他正谋得一桩大生意。

两人背对而坐，暗示他们已经背道而驰。

姜茉说，这是程老先生的遗作，临死之际托人送给纪老爷子。纪老爷子收到画后，把自己关在书房整整一天。那之后没多久，纪家仅用三个亿中标澜城当年最吃香的一块地皮，开启了纪家的黄金时代，而程家就此走向衰落。

画中的疑点实在太多。

纪司北问姜茉："外公在这个事件里到底扮演着什么角色？"

姜茉说她知道的就这么多了，她作为小辈和受益人，没有资格去评判长辈在一场权力纷争中的立场。

她提醒纪司北，程允仁当时的处境决定了程家的下场，程家衰败并遭人唾弃是必然的，纵然纪家曾经扮演过倒戈的角色，也不足以对程家的倾覆造成什么重要伤害。

纪司北不是不懂什么叫识时务，外公这一生殚精竭虑，在苦难中摸爬滚打才给了纪家后辈荣华富贵，他的选择和他的立场，绝不仅仅是为他个人。

可为什么命运偏要这么捉弄他，让他跟程安之置身于急湍的两岸，让他最尊敬的人做了那个理智却冷漠的摆渡人，眼看着程安之一个人顺流而下，坠入深潭。

程安之知道长辈们之间的博弈吗？程文卿突发脑出血跟这件事情到底有多少关联？

纪司北不敢深思。

姜茉能透露这些消息，本质是对纪司北的答谢。

自从纪司北收回股权后，不出他所料，纪家的氛围从表面温馨走向冷淡疏离，老太太为此发愁，偏头痛加剧。于是，纪司北决定从自己在来之科技的占股中抽出百分之三赠与纪泽安和姜茉的小女儿。这是他为了维系纪家和睦的一次妥协。

姜茉也很有诚意，她不仅带来这幅画，还告诉了纪司北他出国后发生在程安之身上的一桩离谱往事。

…………

又是一个纪司北有应酬的晚上，程安之约简乐悠一起吃晚餐。

席间简乐悠刷了下朋友圈，在美术学院某个学长的动态里，她看到一个很像纪司北的男人的侧影。

"这不会就是纪学长吧？"简乐悠将手机递到程安之的面前。

照片是偷拍角度，学长自拍，顺带捎上一个模糊的男人侧影，配文是"跟很久不见的大神同学一起吃了很愉快的一顿饭，好想念T大的其他同学哦"。

程安之对这个学长并不陌生，拧眉看了一会儿后，发消息给纪司北：*忙完了吗？*

纪司北很快回复：*刚结束。要不要去接你？*

程安之握着手机发了会儿呆，说：*不用，我跟小简想多待一会儿。你早点回家休息，不用等我。*

简乐悠发现程安之情绪不对劲，问她怎么了。

程安之擦了擦嘴，咬住奶茶吸管，说："这个学长是苏临川的发小，他知道那件事情。"

"苏临川？"简乐悠眉头一皱。

程安之喝了口冰奶茶，凉意穿过喉咙进了胃里。

那是程老先生含恨离世的第二年，程文卿受困多日后，程家一再被调查走访，耿慧洁疲于应对，年纪尚幼的耿未整日看不到爸爸妈妈的笑脸。

某个秋夜，不可一世的苏临川将程安之堵在女生宿舍楼下，塞给她一张五星级酒店最顶尖套房的房卡。

"别做纪司北的'舔狗'了，他心里只有他自己，什么时候把你放在过心上？也别指望纪家能帮你们家什么，纪家老爷子是个见风使舵的好手。现在能帮你们程家的只有我。程安之，只要你愿意陪我一晚，我立马就跟我爸知会一声，这样你爸爸的处境必定会好得多。你自己权衡一下吧。"

当天晚上，她照例跟纪司北视频。见她心不在焉，纪司北问她怎么了，被苏临川羞辱的事情她说不出口，就谎称身体不舒服。

纪司北关心了她一两句之后，接到一通电话，她听了个大概，好像是银行那边催他还款。

费城那一天的天气很好，他走在阳光之下，俊朗的面庞却失了少年英气，眼里悄无声息地住进一抹颓然。

程安之当即反应过来，应该是他创业出现了危机。

纪司北从不示弱，不愿被程安之看到自己颓丧的一面。程安之便装作不知情，插科打诨绕开这一幕，挂掉视频通话之前，她还跟他开玩笑，说请他一定要好好吃饭，保持强健的体格，这样见面之后，才能好好弥补她好几个月都见不到他一面的痛苦。

纪司北的脸消失在屏幕上后，程安之压抑的情绪瞬间喷薄而出，她哭着折断了苏临川硬塞给她的房卡，很快又擦干眼泪，替心绞痛发作的耿慧洁去哄年幼的耿未睡觉。

这件事情发生没多久，程文卿被调离澜城，远离了这场风暴。有不少人在传，这是程安之跟苏临川之间一场见不得人的交易。

…………

程安之回到"2706"时，纪司北正在书房里办公。

他很专注，笔挺地坐在书桌前，英俊的眉眼让人移不开视线。

程安之没有打扰他，兀自去洗澡，洗完站在阳台上吹风。初夏的晚风吹进她的湿发里，她下意识摸了一把，触到一手的冰凉水珠。

"回来了怎么不叫我？"纪司北的声音近在咫尺，他站在她身旁，看着她洗完没吹的头发问，"这样不会感冒吗？"

程安之在发呆，稍稍一惊，随后摇摇头，语气很随意地问他晚上跟谁一起吃饭。

"一个老朋友。"他含糊其辞地解释。

"唔。"程安之心领神会地点点头。

纪司北伸手撩起她的湿发，将她带回浴室，站在镜子前替她吹干头发。

程安之穿着一条垂感十足的睡裙，曲线凹凸，她却不如往常那样敏感，完全没发现纪司北悄然变化的神色。直到纪司北的手从背后绕过来，倏然攀上去，她浑身一抖，下意识按住他的手背："干什么呀？"

纪司北吻着她颈后蜷蜒着贴合肌肤的头发，问她："发什么呆？"

"哪有啊。"她不承认。话落才注意到镜子里的情形，她在前，他在后，她睡裙前侧的风光实在是有点张扬。

她微微含胸："我穿件衣服再来吹，等我五分钟就好。"

"这么急吗？"纪司北却又拿出正人君子的做派，语气稍微有些置身事外，眼睛里也没有太多欲望。

程安之看他的神色，意识到他刚才那一下就只是像一次试探。

她一整晚的情绪黑洞变成玻璃弹珠，一颗颗砸向透着猜忌的心，打不烂肉，但让骨肉都生疼。

她放下吹风机，问他："忍得了吗？"

纪司北不知如何作答。

"换作之前你是忍不了的。"程安之垂下眼眸，"我不想猜来猜去，绕来绕去……我知道你去打听我跟苏临川的事情了。"

"是。"纪司北干脆坦白。

程安之耸耸肩："打听到什么了？传闻有没有听说？"

纪司北绷住唇角。

"你信吗？"程安之又问。

他当然不信。

程安之未等他回答，说："如果不信，为什么还要去查。"

话落她打开吹风机，利落地吹着自己蓄了一个冬天加一个春天的长发，手腕却突然被按下，吹风机的风仍往外送，吹鼓了她腰间的衣料，纪司北将她转过身，强硬地欺身而下。

纪司北手掌的力度仿佛在宣示主权，程安之骤然乱了呼吸，沉沦几秒钟后，她用尽力气把纪司北推开，只身往外跑。

纪司北把她堵在卧室门口，一双锐利的眼睛散尽所有的锐气，只剩下温柔和疼惜。他低沉开口："对不起，但是听我把话说完好吗？"

程安之垂着脑袋，看着自己的脚，视线却是虚的。

纪司北问她："为什么当时不告诉我？"

程安之抬起头，平静的笑容、寡淡的目光，筑成一张冷静到不像她的脸。

她用很轻很无力的声音说："因为当时年纪小，被爱冲昏头，只想做你喜欢的程安之，懂事的程安之，省心的程安之。因为纪司北真的很忙，忙到没时间听我诉苦……"

"对不起……"

"求你了，别再说对不起了。你没有什么对不起我的，那都是我自己的选择。"程安之胡乱摸了一把耳边的湿发，"还想继续的话，就不要让我觉得累，这些年我累够了，拜托了。"

纪司北看着她倦怠到极点的眼神，眼前的程安之的确让他感到陌生，但又真实到令他心碎。

他抱紧她，对她说："谁让你甩了我五年呢，我总得弄清楚原因，不然我会一直处在说不定再一次被你丢掉的惶恐中。如果纪司北没那么喜欢你，他就不会这么害怕了。"

程安之将脸埋在他的胸口，平息着自己的情绪。片刻后，她踮脚去吻他的唇。

两人跌跌撞撞陷入一片柔软，最后关头，纪司北想确认她的状态，拉下衣料，却看到浅淡的红色印记。他冷漠地起身，扔了条薄毯替她遮羞："程安之你就搞我吧。"

程安之躲在薄毯里笑得直打滚，她真是爱死了他被她吊着一口气，上不来下不去的暴躁样子。

这种时候的纪司北是偏离正轨的纪司北,也是带给她真实感的可爱的纪司北,罕见又迷人。

一周后,程安之从简乐悠那儿听说,苏临川的生意涉嫌违法,人正在接受调查。

她像听一则社会新闻,没有太多情绪。

梁云暮的生意链跟苏临川有交叠的地方,纪司北让他出面"办事"的时候,不知当年事的他很是好奇地问:"他哪儿惹你了?"

纪司北云淡风轻地给蜥蜴喂食:"他看上去就不是什么好东西,违法乱纪的事一准少不了他,不信你就去查。"

第七章 / 旧梦
背道而驰的两家人

◆

1

程安之搬到"2706"一周后,纪司北的书房被改成了她的姓。她添了小书架放自己的绘本,买了组合柜放置画具画材,还在窗边立了画架,纪司北的书本则被她细心收拾了一番放置一旁。

这天她翻到一沓书法练习,竟是纪司北在临摹她从前的行书,她当场拍照发给纪司北。

某人没回,装作这事他没干过。

他们曾经的恋爱被异地占据了大部分时间,程安之一直觉得没感受到的爱,竟在复合后不断流露出细节。

靳柏杨极力邀请程安之参加夏季概念展,她开始为提交参展作品而发愁。她最近没有太多灵感,绘制的好几张图都不满意,但这些图上传到社交平台后收到的反馈却很好,其中一张颜彩作品在某平台点赞过了万,甚至让她接到两个商业合作的邀请。

陈夕纯的宝宝的满月宴也等着程安之去策划,她一下子忙起来,又找回一些工作状态。

这天程安之去月子中心探望陈夕纯,给陈夕纯带了一张小画,画的是她上回来,看见陈夕纯坐在摇椅上抱宝宝的模样。

梁云暮见画里没有自己,托程安之再画一张一家三口的。程安之同他开玩笑,狮子大开口,要他按照市价约稿。

陈夕纯又在一边帮忙抬价:"安之现在小有名气了,一画难求。

你价开低了她可不画。"

"是吗？"梁云暮拿出手机点开程安之在某社交平台的主页，"嚯，人气这么高啊。"

程安之是用笔名发的画作，问他们夫妻俩怎么知道自己的账户名称。

陈夕纯说："你每次发新作品纪司北都会分享链接给我们啊。"

程安之一噎。

梁云暮随口问："安之，吃回头草的感觉怎么样？"

程安之"暗讽"回应："比你当时用结婚请柬骗我的滋味要好得多。"

"哎哟，这还记上仇了。"梁云暮又说，"你这么喜欢小孩，早点生一个吧，我特想知道纪司北这家伙当爸爸会是什么样子。"

"肯定别扭死了。"陈夕纯断言道。

前几天纪司北来看她，正巧遇到小崽子哭闹，这家伙起初还没有多大反应，听了五分钟后，蹙眉去了外面客厅。

后来小崽子被哄好，她要纪司北抱一下，他死活不肯，皱眉看了眼小家伙后，问她："怎么还没长开？还是皱巴巴的。"

会不会说话啊……

程安之知道纪司北对幼崽"过敏"，并不是很期待以后的事情。但她是喜欢小孩的人，用相机拍了好多张小崽子的照片，说回头用来当速写素材。

梁云暮想起之前她发的视频，借小朋友的口吻问她："那天耽误了叔叔阿姨的好事，不知道后来他们有没有补回来呀？"

程安之听得耳朵一热，故作淡定地耸耸肩膀："少儿不宜。"

来之科技去除股东压力后，发展又上了一个新台阶，某人忙到说早晚安的次数都越来越少，更别提有精力做其他事了。

老太太听说两人和好，托纪风荷把程安之叫回纪家吃饭。

纪司北恰巧出差，程安之一个人去。经过程家曾经的院子时，她匆匆瞥了眼，没敢细看。

阳台上挂着小主人的一串风铃，小花园里多了个狗舍，花木都不是从前的了，外墙也翻新过……总之这里再也不是她的家了。

进了纪家大门，里头传来中药味。老太太近日心情郁结，头风发作，靠中药调理。

纪风荷领着程安之去到二楼露台，老太太坐在摇椅上晒太阳，初夏的天气她还盖着厚厚的毯子，比上回纪风荷生日宴时憔悴了一圈。

程安之知道因纪泽安丢了"来之"股权的事情，纪家陷入了一个分裂的局面，纪司北也有段日子没回来看老太太了。

纪风荷提点过纪司北，可他最近真的很忙，暂时无暇顾及孝敬长辈。

他也不是愚孝的后辈，所以在这件事情上态度略有些强硬。而且在他看来，他已经做出了最大的让步。

老太太从前待程安之好，程安之看她这样，心中不落忍，想尽办法逗她开心。

"要是他外公还活着，看到你们又和好了，会开心的。安之啊，你纪爷爷最喜欢你了。"老太太冷不丁冒出这么一句话。

程安之也曾揣测过，纪老爷子的态度究竟是代表他自己，还是代表纪家。但从老太太和纪风荷对待她的态度上来看，她始终不好做判断。

老太太又拉住她的手："瞧你气色也不太好，改天来我儿，让中医先生也给你开个方子调理一下。这些年吃了不少苦吧，往后好好养着。"

纪风荷在一旁摆弄果碟，把程安之爱吃的那几样放到她面前，见她面对老太太提往事略显局促，便绕开这个话题，问她今后有什么打算。

程安之说忙完手头的事情，暑假回苏城陪陪耿未，就要启程去留学了。

她们这才得知她要出国的事情。

想起过去，纪风荷说："从前你们是因为异地分的手，现在都长大了，再面对这个问题应该能成熟应对了。安之，司北是个工作狂，你多体谅，有什么委屈尽管跟我说。"

听纪风荷这样说，程安之想，那对方必然不知道后来纪老爷子是反对她跟纪司北在一块儿的。

老太太这边又教导道："司北脾气硬，无论发生什么事情，孰对孰错，他都不会先示弱。你性子好，从前也一直是你迁就他，但往后你得硬气一点,别什么都依着他顺着他,一味迎合对方对你们的成长没好处的,得互相鞭策,感情才能长久。"

程安之只得应声。

当天晚上,纪司北跟程安之视频通话。

说到白天她去纪家吃饭的事情,纪司北问道:"老太太身体怎么样?"

程安之如实道出,让纪司北这次回来后就去探望。

屏幕里的纪司北沉默了,人陷在酒店沙发里,衬衣领口被扯乱,周身徒生一股落寞。

程安之盯着他的锁骨看了一会儿后,起身去换了件衣服。

她再回到镜头前时,纪司北咬着下唇,笑着皱眉:"你又要玩什么花样儿?"眼睛里的混浊之气藏也藏不住。

她换衣服时,身体入了一半的镜头,也就露了一半的雪白。她像是浑然不觉,一丝羞涩也无。

越是大方越是坦诚,他看得越沉浸。

从前她也是个不扭捏的性子,时常比天蝎座的他更像个天蝎座。

程安之换了条吊带睡裙,短款、大领口、纯白色,她屈膝坐起来的时候,肩带滑落,腿侧的衣料也滑落。她偏还一副正经模样,拿了本薄书在脸侧扇风:"今天好热。"

"热就开空调。"纪司北不想隔着手机跟她闹。

"没到开空调的时候呢,我体寒,你不知道吗?"

纪司北不接茬了,移开视频,喝了半杯冰水。

镜头那边她又抬高了胳膊在扎头发,黑色的发丝落在细白的小臂上,绕出一股绯靡之气。

"早点睡。"纪司北想撤退了。

程安之天真地看着他:"现在这么没有定力吗?"

纪司北没接茬。

"行吧行吧,我再去换一件衣服就是了。"她故弄玄虚。

"有本事你就对着我换。"纪司北冷笑一声后,调整好看客坐姿。他想,反正待会儿没法好好睡了,干脆陪她把这出戏演完。

"我当然有本事啊。"程安之当即跑过去拿了另一套睡衣过来,"看完记得付费啊。"

看着她用手指挑下吊带，胸口的风光展露一半时，纪司北抿唇偏过了头。

"到底是谁不敢啊？"程安之又遮住。

纪司北眼底的光变得锋利起来，看回她，命令道："脱掉。"

程安之却不继续了。她套了件保守的睡衣，手绕到里面把吊带裙取掉，又松掉头发，戴上眼镜，满脸写着"禁欲"两个字。

"又玩我呢？"纪司北靠回沙发背上，又是胡乱地扯了把领口。

程安之"咯咯"笑了，笑过之后又撒娇："心情好点了吗？"

"不好。"纪司北嘴脸冷淡。

"因为我不好，总比因为别的人不好要好。"程安之对着他甜笑，"这件事情你没做错什么，老太太那儿我会帮忙安抚。你安心出差哦，回来再把刚刚欠你的补上。"

视频通话结束后，纪司北恨极了这种看得见摸不着的感觉。可一细想，再难熬，也比过去这五六年要好过。

她不在的这些年，他连翻看她的旧照片都是一种自我损耗，就更别提幻想别的事情了。

老太太今夜失眠，半夜上了阁楼，开了灯，翻了些纪老爷子的旧物出来。

纪风荷听见动静后跟上来，一进门就看见老太太坐在藤椅上默默垂泪。她站在门边，没去叨扰。

"风荷，以后纪家再也没有和睦的光景了，你爸爸临走之前交代的话，我没有做到。"

纪风荷正想开口宽慰，老太太又说："是我们把你哥哥，把泽安惯坏了，让你们母子一再退让。司北其实没有做错……早知道，这个家就该交给他。"

"司北现在靠自己也能独当一面了，就任他自己去闯吧。"纪风荷给老太太披上披肩，"您宽心，儿孙自由儿孙福，泽安他们再不济，也有爸爸留下的信托。"

老太太抹了抹眼泪，走到角柜边从里面拿出一些书信："风荷，这些日子我总觉得我不大好,我也不知道我还能活多久,有件事情得让你知道了。"

纪风荷心中酸楚,迟疑道:"您说。"

"当年程家的事情扑朔迷离,我最近收拾你爸爸的旧物,发现了这些,是安之的爷爷写给他的信,你先看看吧。"

信一共有七八封,按照时间顺序摆放。纪风荷一封封看完后,不可置信地看向老太太。

互通书信的初始,两位长者是挚友身份,后来是同盟,到最后,却是敌对关系。最后一封信的时间写在程老先生去世的一周前,他在信中指明他已经知道自己的下场会是如何,又称没想到他如此信赖的至交竟然早早就倒戈。言语很含蓄,读不出更深层次的内容。可是哪怕是点到为止,也揭示了一件重要的事情,那就是程家当年出事,跟纪家脱不了干系。

纪风荷理了理纪司北跟程安之恋爱的时间线,推测程家的后辈不一定知道两位长辈后来的关系变化。

那五年后,决绝分手又回头的程安之,后来知道了吗?

老太太对纪风荷说:"司北已经查了一段时间了,但是他错了方向。你再去细细地查,从你哥哥那儿入手,当年很多事你爸爸都是托他去办,如果事情真的是我们想的这样,那现在泽安跟司北交恶,你们当心泽安拿安之这个软肋伤到司北。司北这孩子心重,要是这一回,他跟安之就这么散了,他这辈子都不会好过。纵使事业有成又如何,一辈子没有心爱的人在身边,没滋没味。"

纪风荷叹着气把信件收起来:"难怪他一直怀疑他外公当初跟安之说了什么。可如果是这样,以安之的性子,她不会回头。"

"她爷爷走得太突然了,恐怕程家的后辈都不知晓当年事。"

"我尽快去查。"

"你也探探安之的口风,我总觉得这孩子比从前能藏事了。"

"好。"

2

升温后,颜料变干的速度加快,但程安之的灵感却没有找回来多少。

简乐悠说是因为她沉溺在爱情中，人一旦觉得幸福，创作的敏感度就会下降。悲观的状态之下，画家才能创作出更深入人心的画作。

程安之下午去了趟"定格"，靳柏杨又催她交作品。

"再出去走走？"靳柏杨很喜欢她去苗寨采风回来后创作的几张作品，只可惜跟概念展的主题风格不相符。

程安之说最近没机会出远门了。

两人正闲聊，程安之接到辜雨打来的电话，说她人在医院。

程安之火急火燎地赶到医院后，才发现辜雨不是受害者，而是施暴者。

辜雨误伤了她的"男朋友"。

几个月前，辜雨因租房结识了一位比她大八岁的男士，两人顺理成章地发展，昨晚辜雨偶然得知这个男人竟然是已婚状态，立马提出分手。男人却不肯放手，今天去辜雨工作的美甲店死缠烂打，并出言不逊，声称辜雨自己就是私生子，那她妈妈肯定做过别人的情妇，她又为什么不可以？

辜雨的确没有爸爸，但她妈妈一生清清白白，岂容这个男人玷污。她一时冲动就伤了男人的脸。

"安之姐姐，他说要告我，我该怎么办啊？"辜雨见到程安之后泣不成声。

程安之一边安抚辜雨，一边跟她了解一些细节，得知男人伤得并不重之后，程安之独自一人走进了诊疗室。

刚包扎完伤口的男人顶着一张"咄咄逼人"的脸，程安之自称是辜雨的姐姐，迎上去后就跟他算账。

妹妹被迫做了第三者，姐姐岂有不找上门痛打渣男的道理。程安之没跟他掰扯受伤的事情，先一顿劈头盖脸谴责他没有道德，要他赔偿妹妹的精神损失。

"千万别欺负辜雨是外地人，我在澜城也有那么点关系，等我找到你太太及你的家人，告知他们你在外面做的这些烂糟事，回头再告你个诽谤污蔑诈骗，你吃不了兜着走。"程安之话锋一转，"聊天记录、监控我这儿应有尽有，回头我打印一份，就贴在你家正门口。"

男人瞧着程安之不像是好欺负的，气势弱了下去。

程安之又冷笑一声："告去吧。看看你这屁大点伤，你老婆孩子会不会心疼你，有没有律师肯受理。"

说完她转身就走，徒留男人一脸茫然。

程安之带辜雨去了医院隔壁的咖啡店，辜雨缓过来后，自责太冲动了。

"没出什么大事就好，这种渣男就该打。"程安之提醒她，"以后看男人眼睛一定要擦亮。"

"我就是受不了他污蔑我妈，他说我妈要不是做小三有了报应，怎么会瘫痪……"

程安之也翻滚起心绪，她何尝没听过类似的话，一句"报应"曾反复击溃过她的心理防线，那些痛苦叠加的难耐，每一次都像尖锐的利器碾过心脏，留下一个又一个溃烂的缺口。

徐清宴收到程安之的消息后也立刻赶了过来，见两个女孩好端端地坐在咖啡店里，他大松一口气。

辜雨见到徐清宴后很是惊喜，在康复医院的那段时光，她在程安之和徐清宴的帮助下渡过了最大的难关。

送程安之回家的路上，徐清宴打趣她："你们这么厉害就把问题解决了，还找我干什么？"

"这不是怕自己能力不够，留个后手嘛。"程安之当时不知事情轻重，权宜后想到曾做过法务工作的徐清宴也在澜城，立马打给他。

徐清宴咂咂嘴："怎么不找你那万能的男朋友？"

程安之这才惊觉，她好像压根就没想到要麻烦纪司北。

这并不是信任问题，而是纪司北在她心里，从来都不是一个可以庇护她的设定。

最难熬的时刻都是她自己熬过来的，小小的困难更加不必劳烦他。

程安之去洗澡时，纪司北在她的画架旁看到她屏幕亮着的手机，上面是她和一个叫辜雨的女孩的聊天记录。

最新的一条是——

辜雨：安之姐姐，今天真的很谢谢你跟清宴哥。你们俩总是在我有困难的时候帮助我，我想找个时间请你们吃顿饭。

再往上看——

程安之：你先冷静，不要慌，我马上就来医院。

程安之：辜雨，别哭，姐姐相信是事出有因，不管发生什么，我都会陪你。

尽管十分好奇程安之这一天到底经历了什么，她跟辜雨又是什么关系，可纪司北依然没有翻看她更多的聊天记录。

程安之洗完澡回来时，纪司北坐在书桌上办公。

"你今天都忙什么了？"纪司北装作不经意地问她。

程安之回着辜雨的消息，随口答道："没忙什么，去了趟'定格'，又见了几个朋友。"

"什么朋友？"

程安之抿唇抬起头，纪司北从前从来不过问她的行程。她想了想，把今天发生的事情简单地跟他描述了一番。

纪司北听后，低头不停地把玩她送他的钢笔，随后，他带着没有温度的笑容抬起头："所以遇到这种事情，你第一时间想起了徐清宴，而不是我。"

程安之微微怔住。

这个问题她自己思考是一回事，他问出口又是另一回事。

她该怎么解释？

说他缺席了五年，她早已习惯没有他的生活。还是追溯到第一次恋爱的时候，因为他总不在身边，所以她根本不擅长扮演一个柔弱的需要他保护的角色。

程安之在等一个跟他推心置腹的时机，跟他讲一讲徐清宴或者辜雨，可是那些往事一旦悬上心头就伴随苦楚，她就难以启齿，更不想以此来收获他怜惜的目光。

让纪司北这样一个心重的家伙去聆听一遍她的心路历程，换来的只能是他的自责。她当然相信他会加倍地对她好，但她更希望，他们依然能像初恋时期那般简单纯粹。

她害怕如履薄冰的相处，更害怕他们之间就这样撕开一道裂纹，成为日后谈之色变的理由。

最终她冲着他温柔地笑，走到他身边，拉住他玩钢笔的手，缓声道:"辜雨的事情到底有些难以启齿,清宴是她熟悉的哥哥,他出现,她会更有安全感。我当然想到你了,你是我最亲近的人,我怎么可能没有想到你。"

程安之一旦变得乖巧,再加上巧言善辩,纪司北会本能地觉得她失真。她的懂事在他眼中是一种倔强的保护色,他至今也没有攻破她这道防线。

他没有回握她的手,但定定地看着她沐浴后漾着水光的眼睛,说:"过去这五年,徐清宴在你心里,一定比我要重要吧。"

"吃醋啦?"程安之搂住纪司北的脖子,清幽的香氛味道扑鼻而来。

"他跟静之有故事,跟我就是好朋友的关系。"程安之扳过他的脸,亲了下他的唇角,又说,"之前在南城我不是都解释过了嘛。"

纪司北没有说话,他握住钢笔的尖端,用了些力气抵在桌面上。程安之的掌心再次覆上来,伴随一声轻叹。他听见,这才放下笔,手掌贴住她的。

"我对你而言,是不是只是一个仅供赏玩的玩伴,只能拥有你快乐的一面,不能陪你共经风雨?"纪司北顿了顿,无奈地拍了下她的掌心,"那如果喜爱被消磨殆尽,我是不是就没有任何价值了,就像你小时候丢掉的那个布娃娃?"

"怎么会呢。"程安之伏在他的肩头,"我只是希望你把精力放在更重要的事情上,不要受困于这些琐碎的生活里,我会照顾好我自己。"

"你听过婚礼誓词吗?一定听过吧。程安之,我知道你吃过很多苦,可我不想一笔带过,只做个冷漠的看客。你可以不跟我谈过去,但你得把你的未来交给我,你要信任我。这不是琐碎的生活,这才是两个人在一起的意义。"

提到"婚礼"和"未来"这样的字眼,程安之莫名有种被定下终身的宿命感。

曾经纪司北也说过要娶她,但那更像是即将分别的热恋情侣给对方吃下的一颗定心丸,属于特殊语境中的情话,够浪漫,却草率。

而眼下这番表达有了烟火气,是俗世爱情里的一场共识,是爱人之间的交心。

说这句话的纪司北，甚至让程安之忘了从前的纪司北。

"好。"程安之把脸埋在他颈窝里，湿润的发丝揉在他的侧脸。

又湿又凉的触感贴在脸颊上，纪司北抬手摸了摸她的脸："我也想做你的朋友，我会觉得这是一件幸福的事情。"

"那让我学着做你的朋友吧。"程安之轻声道。

"下次知道该怎么做了吗？"纪司北问。

"知道啦。遇到搞不定的事情第一时间告诉我的好朋友纪司北，要是自己搞定了，也要第一时间跟我的好朋友纪司北分享。"

"嗯，要说到做到。"

"好。"

小崽子的满月宴，定在"暮色"。

程安之策划了一个"未来"主题，把陈夕纯和梁云暮对小崽子的期许都设计进这个大主题里。

纪司北问她："给一个喝奶的孩子设定这么多期许，他知道后真的不会累吗？"

"他懂什么？"程安之摊手，"满月宴本来就只是为了感动第一次做父母的两个大人呀。"

一针见血。

"要不要抱抱孩子，他多可爱啊。"程安之逗他。

纪司北摆手："我怕我弄疼他。"

程安之问："你是不是不喜欢男孩？"

"我养你就够了。"

宴席还未结束，程安之收到程静之发来的消息，他们一家要来澜城了。

程安之在离 T 大附属医院不远的地方租下了三室一厅，等待姐姐一家的到来。

她事先跟纪司北报备过，说这件事情她自己操办就好，纪司北没多言，随她去。

这晚程安之正跟请来的钟点工阿姨一起清扫房屋，纪司北派人送来许多家用电器和居家用品,安装的人员挤了满屋。

程安之给他发消息:你这样搞,我大伯伯母他们肯定会盘问我的。

纪司北:那你就受着。

程安之发了翻白眼的表情,问他:我该怎么感谢你?

纪司北:先欠着。

程安之:谢谢!

纪司北:略。

纪司北又派了一辆车给程安之,为程静之一家在澜城出行所用。

程静之他们到澜城的这一天,耿慧洁特地带着耿未从苏城赶过来为他们接风。一大家人坐进纪司北安排的这辆七座商务车后,程安之才深感纪司北心细。

程安之的大伯程文耀问她:"安之,这是你哪个朋友帮忙安排的车?"

她坦言:"是纪司北。"

程文耀没吱声,跟妻子林双交换了一个眼神,似有若无地叹了口气。

程安之不明就里,摸了下程静之的手。

程静之对父亲解释说:"就是纪家的外孙纪司北啊,以前安之他们家的邻居,安之跟他在一起过的。"

"听你妈说过了。"程文耀口气有些沉,扭头看向坐在最后排的耿慧洁,"两个孩子和好的事情你知道吗?"

程安之在耿慧洁这里没有秘密,耿慧洁自然一切都知晓。她是支持程安之顺着心意生活的,对程文耀说:"他们俩有感情基础,司北这孩子也靠谱。"

"靠谱……"程文耀淡淡地重复了一下这两个字后,看向窗外他离开后多年未见的澜城街景,满目的物是人非。他想起父亲和弟弟在世时程家的热闹光景,又想起他们离世时的凄风苦雨,眼眶一阵酸涩。

林双看出丈夫的愁绪,握紧他发颤的手。

这一幕被程安之看进眼里,她心中酸楚,心头被一丝隐忧环绕。从上回在南城林双的态度,她就感觉到,大伯和伯母好像并不乐意她跟纪司北复合。

她甚至会想,是不是大伯和伯母仍在责备她当年因为纪司北而气病了爸爸。

老太太听说程文耀一家和耿慧洁都回了澜城，立刻让纪风荷安排一场接风饭局，林双却以程文耀要即刻入院为由一再推辞。

最终程安之只带着耿慧洁和耿未赴宴。

耿慧洁跟纪风荷也曾算得上是知交好友，后来不同的境遇加上两个小孩的决裂导致她们多年未有往来，眼下见面，两人之间始终流动着一股淡淡的凝涩氛围。

纪司北今日特地抽出时间来陪她们吃这顿饭，耿未早忘了小时候有这个人的存在，见到他，听说他是姐姐的男朋友，童言无忌，好一通盘问。

耿未："我小时候真的认识你吗？"

纪司北："认识。"

耿未："那你带我玩过吗？为什么我一点印象也没有？"

纪司北："玩过，但那时候你不记事。"

耿未："可是我家的相册里没有你啊。"

纪司北："你姐姐有，我们三个人拍过照的。"

耿未："是吗？姐姐我要看。"

从程安之口中确认这件事情之后，耿未又问："那为什么这几年我没见过你，姐姐一直没有男朋友的。"

纪司北一时语塞。

耿慧洁替纪司北解围，对耿未说："哥哥去美国留学了，回来后又干了一番大事业，很忙的。"

耿未摊手："好吧，都没有时间陪女朋友，那可真是太忙了。"

耿未又打量了纪司北一会儿，偷偷对程安之说："还是挺帅的。"

程安之哭笑不得。

"司北哥哥，你要对我姐姐好哦。"耿未走到纪司北面前站定，又继续说，"她帮妈妈照顾爸爸和我，很辛苦的，身体也不好，爸爸走了她好伤心，你……"

"未未，快回来吃东西吧。"耿慧洁打断了耿未的喋喋不休。

老太太瞧着耿未这股子机灵劲儿，说简直像极了程安之。她开纪司北的玩笑:"有这么个伶牙俐齿的小姨子,你以后就等着吃瘪吧。"

纪风荷打小就喜欢耿未这个小丫头,今日一见面就送了厚礼。

趁着大人们逗她,问她:"回澜城上学好不好?和妈妈一起回来生活,跟姐姐和哥哥在一块儿。"

"我想和姐姐在一起,可是那外婆怎么办?"耿未看了看耿慧洁,摆摆头,"不了,我还是跟妈妈在苏城陪外婆吧。"

耿慧洁看出来老太太和纪风荷的热情,耿未的话算是替她回绝了她们的心意。这些年她日子过得平淡,再让她回归从前复杂的人际交往,她也无心应对。

老太太借着话题,提了提自己心中的大事:"看到安之和司北又重新走在一起,我是真的很高兴,在我心里也没有比安之更好的孙媳妇儿了。我近来身体不太好,怕是很快就要去陪司北的外公了,我唯一放心不下的就是司北的婚事,我还想在活着的时候看着他娶妻生子……"

程安之听到这一句,抬头看向纪司北,他气定神闲地摆弄面前的餐具,满眼淡定。

这时纪风荷又说:"从前他们年纪小,也都没毕业,我们就没敢提婚事,现在时机刚刚好,可以考虑了。"

程安之抿唇,这就是传说中的催婚?

"司北,你是什么打算?"耿慧洁觉得他的态度更为重要。

纪司北也没想到今天这个场合如此适合催婚,老太太每况愈下的身体他看在眼里,可他私底下还没有跟程安之就此事讨论过,长辈们便这样催,实在让他难做。

程安之跟他是一样的心思,替他开了口:"我们俩还没聊到这一步,我马上要去读书,还是等我回来之后再说吧。"

她转过身,又安抚老太太:"您好好养着,别说晦气话。"

程安之接话太快,纪司北心中反倒有了些反差,她话说得没错,可听进他心里,仿佛她对此事并无太多期待。

"那先订婚怎么样?"纪风荷又提议。

耿慧洁表了态:"这事安之自己拿主意就好。"

一直未张口的纪司北在这句"订婚"之后,终于开了口。

他毕恭毕敬地对长辈们说:"安之愿意什么时候嫁,我就什么时候娶。我没有别的心思。"

我没有别的心思……嫁……娶……

这算得上是一句情话吗?还是只是一句应对之言?

程安之内心是有触动的,当然,如果不是在这种场合,她的感受会更加深刻。

她曾经是真的好想嫁给纪司北,想占据他的全部,想将他套牢,也让他套牢自己。

后来生活教会了她,人生不只有爱情,她也以为再也不会跟他有交集,一度丧失对婚姻的期待。

那现在呢?

想跟他共度余生吗?

想。除了他,不会是别人。

她从十几岁就爱上的人,她坚信自己会爱一辈子。

可是好像除了婚姻,她对他,对自己,还有更大的期待。

他们尚且还在以"朋友"之名,完成更成熟的恋爱体验。未来,她还想跟他做挚友,做知己,让他真正了解她的成长,然后再跟他一起走进新的人生阶段。

上帝让他们重逢,让他们继续相爱,已经足够厚待。其余的事情,她想要一步一个脚印,不着急地往前走。

3

程文耀和林双的态度让老太太生了疑心,纪风荷这边调查的进度就加快了些。

老太太记起老爷子去世之前,这对夫妻曾去医院探病过几次,便找来纪泽安的父亲询问当年事。

一问才得知,夫妻俩曾为了程文卿不堪的境遇去求过老爷子,但老爷子未见也未提供帮助。

纪风荷一听,心中顿感不妙。

从纪家回去之后,耿慧洁把纪家长辈希望两个小孩定下来的事情告知了程文耀、林双夫妇。

在耿慧洁心里，她毕竟是程安之的继母，程安之的父亲不在了，那程安之的婚事，伯父程文耀自然有权过问。

何况程文耀和林双一直待程安之如亲女儿，程安之也打心底里敬重并依赖伯父伯母。

林双听后急问："那就这么定了？"

耿慧洁瞧她似乎不喜这桩婚事，又看看程文耀的反应，他眉心深蹙。

耿慧洁心里打起鼓来。

"你们是觉得有什么不妥吗？"她沉声问。

程文耀犹豫再三，和盘托出当年事。

他愤愤不平道："纪家当年能平步青云，那是父亲给他们的恩惠，可我们家遭难时，纪家老爷子不仅袖手旁观，还生怕纪家受牵连，要跟我们断绝往来。文卿出事之前就像早有预兆，他是叮嘱过的，要安之专注自我，少把心思放在纪司北身上，以后也不要嫁进这种家庭。"

林双叹气："慧洁，你不能什么事都依着安之。有件事情你可能不知道，文耀后来整理爸爸的遗物，里面有纪家老爷子的书信，当年的事情他是参与的了，程家遭难跟他脱不了干系。"

耿慧洁震惊地看向程文耀。

程文耀点头："我知道你跟纪风荷有些渊源，要不是安之非要跟纪司北有牵扯，这事原本我不想再提。"

纪司北终于得空休息，要程安之列一个三天内可以实现的愿望清单，趁短暂的假期帮她实现。

程安之当即列了七八个，比如一起去动物园、一起去夜骑、一起做饭、去露营等等。

"原来我们俩之前没做过的事情有这么多。"纪司北后知后觉。

"你才知道啊，跟你谈恋爱真的太无趣了。"

"那以前我们俩都干什么了？"他问。

程安之想了很久，说："学习，以及做运动。"

…………

青山雾霭间，黑色迈巴赫绕山而行。

程安之坐在副驾，用手机拍下一段视频。

"纪司北,这是我们俩第一次一起来云山露营。快笑一下。"

镜头对准他。

纪司北极其不擅长"入镜",他应付般地牵一下唇角,说:"别拍脸。"

程安之偏要拍他的脸,说:"我看你那些杂志和宣传照拍得蛮好的呀。"

"那是应付工作。"

"那你也应付应付我吧。"程安之鼓了一下脸,不高兴地说,"我们俩一共只有三张合照,你知道吗?"

纪司北拧眉,他没算过,但记得其中两张是在何种情形下拍摄的。

一张是她二十岁生日当天,另一张是他出国的前一晚。其余的关于他们的"合影",都是她用画笔的方式呈现。

"今天我要拍一百张。"程安之蛮横地立下决心。

"拍一千张吧。"纪司北如是说。

总要满足她一回的。

这次复合,程安之是来打破过去的纪司北的。

到地方后,纪司北寻了个适合扎帐篷的位置,独自动手。

早年他跟"梁陈"夫妇弄了辆房车自驾去美国西部游玩,积累了丰富的旅行经验,后来他们又去过一次英国北部,在堆满黑色岩石的海边山谷徒步,还被暴风雪困过三天。

大前年春节,他陪纪风荷和老太太飞了趟拉萨,去年夏天,他去西城参加互联网峰会,跟几位同行一时兴起去了趟若尔盖草原,看了青海湖。

这是缺席的五年,他把所有的旅途一一讲给程安之听。

"你呢,这五年有没有去什么地方玩过?"他也想知道程安之的生活。

程安之埋首研究帐篷的组织架构,淡淡道:"这五年,除了澜城和苏城,我哪儿也没去过。"

她是十分爱玩的人。爷爷和爸爸也认可读万卷书不如行万里路,所以她十二岁便跟静之深度游过欧洲,十五岁去过日本,十八岁毕业旅行去了南美……

"记得你之前想走川藏线，还想去长白山滑雪，等你明年回国，我来做旅行计划。"纪司北对她说。

程安之抿唇点头："但愿纪总到时候能有时间陪我。"她抬起相机，拍视频留证，"来，工作狂，把刚刚的承诺再说一遍。"

纪司北勾唇一笑，对着镜头原封不动地把刚才的话又说了一遍，最后还补了一句："明年元旦之前，要是我做不到的话，就罚我娶不到老婆吧。"

"啧啧，一点诚意也没有，娶不到老婆能是什么伤心事。"程安之不以为意。

纪司北敲敲她的脑门，又跟她说起一件没有人知晓的事情。

"被困在雪山里的时候，我曾经写过遗嘱。"

"遗嘱？"程安之不觉得这能是他干出来的事情，又问，"遗嘱还留着吗？"

"留着。"

"那我回去就要看。"

"好。"

扎完帐篷后，他们开始爬山，去看日落。

营地离最佳观景台有五公里的路程，体力不支的程安之走到一半就想放弃。

纪司北搀着她走，给她定了个增强体能的运动计划。她一听，连声拒绝："别了吧，我这辈子就这样就好，我不需要强健的体格，我的运动能力够用就行。"

纪司北还是打算回去之后开始监督她运动。

程安之冷不丁地又说："其实我真的好佩服你，不管发生什么，你都可以保持上进且自律，可以坚持住自己的理想，还能做到心态不崩。"

她就做不到。

她在最低谷的时候，只想做一只烂泥臭虾。她失去了对生活的热忱，也无所谓能不能看到第二天的新日。

每一个难熬的夜晚，她都想，要是就这样睡过去了，也挺好。

去陪爸爸和爷爷，还有只陪她到三岁的妈妈。

纪司北却哼笑一声："你以为我没有过堕落的时刻吗？"

刚分手的第一年，也是他创业失败后最难挨的一年。他浑浑噩噩了好一段时日，堕落到梁云暮每次帮他整理房间，都大骂他怎么成了烟鬼酒鬼，堕落到他打破了自己恪守的种种信条。

他不敢听"程安之"这三个字，也不敢看任何爱情电影。有一回，他跟梁云暮在酒吧遇到一个华人留学生，那人唱了一首程安之爱听的情歌，他当即拂袖离去，冲到人烟稀少管制混乱的街区，顶着一双醉眼，用英文大骂这该死的人生。有性感的应召女郎拦住他的去路，想帮他疏解情绪，他毫无绅士风度地将其推开，因此惹恼了女郎的男性同伴，并跟对方大打出手。

后来鼻青脸肿地坐在警察局里时，他无限颓唐地问一旁的梁云暮："是我真的太差了吗？我还有挽回她的可能吗？"

是这一刻，梁云暮才认清，有些人越是擅长掩盖真心，也越是深情。纪司北跟程安之的这段感情，看似他始终处于上风，他才是那个更被在乎的人，可最终放不下的却也是他。

那晚之后，纪司北决定放下骄傲，再回一次头。

他买了回国的机票，落地后直奔苏城，可看到的却是她和另一个男孩坐在院子里的藤架下，她脸上笑意盈盈，一如从来没有经历过跟他的那段过往。

她看上去那么轻松，可见她过得比自己好。

纪司北轻描淡写地道出这段经历后，却不想听程安之的任何评价。

程安之也不知道自己可以说点什么，能让他释怀。

她拉紧他的手，安抚他道："好啦，都是我不好，以后好好补偿你好不好？"

"那你呢？分手之后，你到底是什么心态？"他问她。

什么心态……

她的世界都毁灭了，她没有心态了。

更大的悲怆覆盖在失恋的落寞之上，纪司北真的变得不重要了。

爸爸一个月后才脱离生命危险，从ICU转回普通病房时，形同枯槁。

有人告诉她，脑出血像他这么严重的病人，其实从出血的那一刻开始，无论这条命还保不保得住，他的神识都已经走了。

在医院陪护一周后，她看到爸爸被切开气管、肺管，无法自主呼吸和进食，又常常衣不蔽体地被医生、护士和护工轮番检查以及清理。

这样尊严全无地活着，几乎比死了还要痛苦。

爸爸会在她一遍遍哭着喊他的名字时机械性地流下生理性的眼泪，可就是醒不了。后来他终于睁开眼睛了，能听得懂简单指令，却在她问"爸爸你要是记得我就眨眨眼的时候"，死死地瞪着双眼，一次眨动也无。

她以为是爸爸仍在生她的气，被巨大的自责裹挟着，痛不欲生。

心疼丈夫的耿慧洁对她说，如果自己将来也有这一天，希望作为子女的她放弃对自己的治疗，不要救自己。

…………

程安之无法深刻地回答纪司北这个问题，她只说："爸爸病了，我没空想其他的。后来有空想了，也晚了。"

"所以你也想过我吗？"

程安之停下脚步，深深看着他："为什么不想？纪司北，你是我十七岁就看中的人，我整个青春都是你。"

只不过她的青春太短暂了。

"如果早知道是这样，我会陪在你身边。"纪司北看着她的眼睛。

是他太年轻气盛，过于专注自我感受，过于在乎自己的自信心，忽略了她的境遇。

程安之却摇摇头。

他们往前走就好，还在一起就好，没必要再后悔自责。

浑圆落日坠入山间，霞光消散的最后一刻，山林过渡在质感高级的灰色之间。

程安之说这是最美的颜色，是调色盘里调不出来的颜色。

纪司北问她："那这次回去你会有灵感吗？"

程安之也不知道会不会有，但她觉得只要还享受画画就好。

她突然想起他曾经说的那句话，看着他："在纪司北眼里，程安之功成名就也好，一事无成也罢，都没所谓，对不对？"

"对。"

"突然好想做条咸鱼啊。"她伸了个懒腰。

"那就做一条咸鱼。"

程安之笑了,踮脚搂住他的脖子:"纪司北现在简直温柔得不像话。"

"那你愿意嫁给他吗?"纪司北双手捧住她的脸,"我们安之长大了,不一定还像小时候那样喜欢纪司北了,他现在也会偶尔心慌。"

程安之没说话,吻住他的唇。

他们在天黑的一瞬间拥吻,用爱意定格住这场黄昏。

"纪司北,我现在还是好喜欢你哦。"

程安之从来都不吝啬表达自己的感情,喜欢纪司北的时光也是她最热爱人生的时光,她终于又把这样的人生找了回来。

她抱着眼前这个男人,感受他的心跳。

真好,兜兜转转,他还在原地。

这是快二十七岁的程安之。

他们相识,她爱上他,即将十年。

回家之后,程安之第一件事就是找纪司北讨要他当年写的遗嘱。

内容很短,短到不像是遗嘱,而是一封《人生之憾》。

最后,他写的是——

> 下辈子再遇到程安之,别让她喜欢我了。算了,下辈子,别让我再遇到她了。

程安之逗他:"下辈子偏要你再遇到我,上帝要是公平,就让你先喜欢我,劳心劳力地追我一次。"

纪司北努努嘴:"那我一定好好追,从头到尾不放弃。"

话落他拿出一枚戒指,不由分说地套在程安之左手的无名指上。

程安之对他做了个提裙礼:"合作愉快。"

两人正要按照程安之的愿望清单完成下一项内容时,纪风荷打来电话,说老太太不太好了,要他赶紧带程安之回家一趟。

程安之跟纪司北赶到病房时，纪泽安跟姜茉正带着小女儿守在老太太床边，纪泽安的父母则端坐在沙发上，与纪家年资颇深的律师低声交谈。

纪风荷背对着所有人站在窗边，藏住悲痛的情绪，只有偶尔抬起来遮掩的手臂暴露出她在默默垂泪。

老太太一把拉住纪司北的手，纪泽安一家三口离开病床旁。

纪司北眉头紧锁，双手覆着外婆被各种针管仪器缠绕的一双手，倏然想起外公去世前的情形。

那时也是这般焦灼难耐。

"你外公是最中意你的，只不过他是个思想传统的人，你别记恨他。"老太太说话已然吃力，但语气格外淡然，"跟泽安好好相处，你们到底是兄弟。"

纪司北安静聆听，思绪偶尔飘远，回到小时候跟外公外婆相伴的场景，心中的伤感像晨起的浓雾，湿透了冰冷的孤城。

他是没有父亲的人，但外公外婆的爱补足了缺失的这一块。从记事起，就有人不断提醒他，他是外孙，外公外婆对他再亲，他也不会成为他们的心头好，真正姓"纪"的纪泽安才是他们最宠爱的小辈。

但是纪风荷告诉他，爱就是爱，无论多少，他只要记得外公外婆也爱他就好。所以他不攀比，不失衡，不骄纵也不自卑。

同时，懂得了认命。

"好好待安之。"老太太目光恳切地看向他，"收一收性子里的傲气，要学会低头。"

"好。"纪司北答应着，侧头看了眼一旁的程安之，她红了眼睛。

"不管发生什么，都站在安之这一边。"老太太忽然一声长叹。

"我会。"纪司北握紧她老人家的手。

老太太摆了摆手："你去吧，叫他们都出去。安之一个人留下。"

纪泽安最先露出鄙夷之态。纵然老太太再喜欢程安之，她也尚未进门，怎么就成了比纪家所有人都重要的角色。

退出病房后，纪泽安邀纪司北一起去楼道抽烟。

纪司北未动他递过来的烟，按着扶梯看向天窗之外，今日澜城会有一场暴雨，铅灰色的天空低悬着厚重的黑云。

程安之记得纪老爷子临终前也曾住在这间医院,那天她来看他,听他教导,也是这样一个压抑的阴天。

老太太死死握住程安之的手,空空垂泪。

"奶奶。"程安之也掉了眼泪,"您慢慢讲,不着急。"

"安之啊。"老太太眼里掺杂着的愧疚情绪让程安之感到莫名的熟悉,老太太轻声道,"我们纪家对不住你,对不住你父亲。"

程安之心跳变急。即便她当年因为纪爷爷的那番话,回家跟程文卿起了争执,但事件产生的影响远远轮不到德高望重的长辈来致歉。

老太太情绪失控后,心率不断上升,程安之顾不上揣测其他,急急安抚她。

"你就当司北不是纪家的人,这一切跟你纪阿姨也无关。安之,奶奶知道你看似没心没肺,其实心地最是柔软,司北何尝不是,他也是真的喜欢你啊。你答应奶奶,要跟他好好的,好吗?"

一句"你就当司北不是纪家的人"让程安之的大脑一时之间被恍惚和困惑占据,她怔怔地看着老人家病弱的面庞,莫非纪爷爷临终前的托言另有含义?

她忽然惊觉这愧疚的熟悉感从何而来。

"风荷,风荷……"老太太说完这些话后,在一种释然的情绪中呼唤女儿的名字。

程安之立刻将纪风荷叫进来。

没过多久,纪风荷将脸捂在老太太的手心里,用艰涩的语气告知大家:"妈妈走了。"

程安之闻声落泪,偏头看向纪司北,他满脸颓然,敛去了锋芒的眼里是悬而未落的湿涩。

她从未见过他湿润的眼眶,这是头一回。

耿慧洁藏着一肚子话要对程安之说,一通告知老太太病逝的电话打来,她瞬间找不到方向了。

程静之瞧她为难,打电话让程安之回家一趟。

"婶婶,这事让我来说吧。"

耿慧洁摇摇头:"还是我来说。我最知道她对司北的心意,我慢慢说给她听,让她自己做决定。"

程安之却被纪泽安绊住了回家的脚步。

雨幕落下,程安之坐进纪泽安的车里。雨滴打在车窗上,急促、激烈,车内氛围暗潮涌动。

他们曾经也相熟,程安之叫纪泽安一声哥哥,秉着"爱屋及乌"的心情,她曾对纪家所有的人都很友好。

纪泽安的一席话说完,程安之在老太太那儿得到的困惑顷刻间散尽。

程安之听到"程家沦落到这般田地,跟我们家老爷子脱不了干系"时,骤然抬起头,心缩成一个点,呼吸仿佛被夺走。

窒息之感宛如当初医生向她跟耿慧洁宣告"患者很可能会持续植物人的状态,直到死亡"。

纪泽安按下打火机点燃一支烟,微微眯着眼:"安之,这件事司北早就知道了。"

纪司北在陪纪风荷处理后续事宜。

纪风荷整理老太太签署的文件时,从中拿了一份资料放在纪司北面前。

"我知道你也在查,但是查了一半就没往下进行了。"纪风荷说。

纪司北打开文件袋,是程家当年事件的调查始末,在检举揭发人的名字里,他骤然看到外公的名字。

纪老爷子当年用此招换来了一块黄金地皮,在离世的最后一年给纪泽安留下了一个最辉煌的纪家。

对应上程老先生的那幅画,纪司北比想象之中要克制。他明白过来,这也是为何后来外公不肯出面帮助程安之父亲。

外公一早就背叛了盟友,站好了新的队伍,又怎敢怜惜旧盟友的后辈。

纪司北沉默着,微微抬了抬手握了把呼啸而过的风,他好像提前感知到有什么东西即将流逝。

尽管逃避了一段时日,可它还是来了。

以及带着对外公某种敬仰的坍塌,跟随着他并不信奉的宿命论,裹挟了他自认为失而复得的顺遂人生。

他拿出手机想打给程安之，想问外面下这么大的雨，她回去的路上有没有淋雨。

可按下了拨通又匆忙挂断。

他不知道接下来将以一种怎样的心态面对她。

程安之不完全信纪泽安的话。

即便纪司北早就知晓眉目，也一定不知晓事件全貌。如果纪司北知道，这件事情不会轮到纪泽安来告知她。

她压抑着情绪问纪泽安："为什么要告诉我这些？"

纪泽安深深吐出一口烟雾："因为不想看司北快活啊。"

爷爷欣赏弟弟，奶奶偏爱弟弟，人人都说他纪司北能力出众，只有他才能挑起纪家的大梁。

程安之听后轻蔑地笑了，笑纪泽安心胸狭窄，也笑他贪得无厌，愚蠢而不自知。

"安之，你不会懂的。你们觉得老爷子把一切都给了我，而实际上呢，为了纪家能稳固地位，被迫跟不爱的人结婚的是我，收拾他留下的烂摊子的也是我。纪司北做了什么？他拿着老头的一笔巨款去完成他的梦想去了。他不肯为纪家做任何一点事情，他明知道顾家能给纪家带来什么，却丝毫不肯给顾斯宜好脸，他这样做，不就是打我的脸不想让我好过吗？自私的人是纪司北，不是我……"

"说够了吗？"程安之疲惫地合上眼皮，"纪泽安，做人不要'又当又立'。你是块扶不上墙的烂泥，这不是纪司北造成的。长辈给了你机会，是你无能。纪司北创业初期的确倚靠过纪家，可他早就还清了。小时候，你爷爷抱着身为哥哥的你而把更年幼的弟弟撇在一边的时候，纪司北没有记恨过你，长大后你处处不如他，可他也从不得意，从不在长辈面前邀功，就是为了保护你那芝麻大点的心眼。他收回股权，是因为你想用下三滥的伎俩阻碍他的理想，他对你已经一忍再忍了……"

"哪怕这样你还要替他说话吗？"纪泽安打断程安之，点燃第二支烟，"果然是个能为了他把自己的爸爸气成植物人的'舔狗'性子。"

"啪!"

程安之一记耳光扇在了纪泽安的脸上。

纪泽安也不甘示弱,推搡中,他手上的烟头触到了程安之的下颌。

车门被重重地被关上。

程安之下了车,冲进大雨中,身影被冰冷的钢铁森林吞噬。

她在大雨中漫无目的地走了一个小时,直到雨停,她才从脱序的状态中清醒,随后打车去了程家的老宅。

这栋房子后来卖给了程家的远房亲戚,程安之与这家人关系疏远,没有进院子,就呆呆地站在门口。

她和姐姐在院子里玩闹的情形仿佛就在眼前。

那时候,爷爷不忙的时候,会陪她们一起看书,她们的书都是爷爷挑的,看完之后,爷爷会抽查她们讲观后感。

伯父和伯母更加严格,看到静之永远蹙起眉头问有没有认真上钢琴课,问她有没有坚持练晨功,到底想不想好好学京戏。

爸爸最温柔也最好说话,他每次出差都给她们带各自喜欢的礼物,静之喜欢各种各样的手作,而她喜欢收集每个地方的邮戳。

有一回爸爸去大阪出差,带回一个龙猫造型的日式南部铸铁风铃,她和静之把风铃挂在门廊下,风一吹,清脆悦耳的声音就传进耳朵里。

程安之猛然回头,门廊下空空如也。

记忆中的片段像一场没有对白的老电影,程安之转过身,好像能看见曾经的自己和姐姐一起撑着伞经过,看到爷爷站在门廊下等她回家,看到爸爸笑着对她说:"安之,愣什么,进来啊。"

可她往前踏了一步,这些幻想就全部消失殆尽。

然后程安之去到墓园,找到纪老爷子的墓碑。

"能不能告诉我,您当初劝我跟纪司北分手的那些话,究竟是您对他的深谋远虑,还是仅仅只是愧疚,是您担心未来总有一天我会知道这个秘密……可是,您为了纪家做的这一切,又关纪司北什么事呢?他从来都不是这个事件的受益人,我又该怪他什么呢?怪他姓纪?有一个道貌岸然以德报怨的外公?"

程安之在风雨中异常镇定。

"您还记得我爸爸吗？他在出事之前仍在关心您的病情，而您呢？"她埋首坐在地上，"好遗憾啊，您应该遇不到他了，毕竟他在天堂，与您云泥之别。"

说完，程安之转身离开，回了她跟简乐悠的出租屋里洗了个热水澡，换了身衣服，这才去找程静之。

路上纪司北发来一条消息：淋雨了吗？

她回复后刚把手机收起来，程静之发来一条催促消息：速回。

程安之一进门，就看见耿慧洁端坐在餐桌上，其余人都不在。

"回来了啊。"

"嗯。"

气氛往下沉，压抑和晦涩的氛围有些像程文卿出事后，她们俩第一次谈心时那样。

"安之，有件事情我觉得你应该知道。"

"你说。"

耿慧洁的语气带着些许迟疑，毕竟他们没有实质性的证据去怀疑纪老爷子所为。

待她说完之后，发现程安之比她想象中的要冷静，她问："安之，这事你怎么想？"

程安之整个人趴在餐桌上，埋着头，低声道："慧姨，我好累啊。"

耿慧洁见状，说："你自己权衡，自己拿主意。"

"好，我会好好想清楚。"程安之的额头死死地抵着餐桌的台面。

她又一次想起爸爸出事的那一天。

那天程安之去到苏城时，程文卿刚结束一天的忙碌工作，状态已然不太好。

"爸爸，为了调任苏城的事情，你是不是去找纪爷爷了？"她当时满心都是纪老爷子劝她跟纪司北分手的事情，语气有些急躁。

程文卿不解，问她这话是什么意思。

她说："爸爸，以后我们一家人平平淡淡地过日子不好吗？如果你工作不开心了，就辞职，我会努力赚钱养家。是你告诉我做人要有傲骨，你为什么要去求纪爷爷帮你解决工作问题，现在他觉得我们程家想要攀附他们，想要把他们也卷进去……纪爷爷还说我会拖累纪司北……"

程文卿陷在沙发里，闭着眼睛养神，好似没有听进去女儿的话。

程安之见他这样，心更急了："爸爸，我不想跟纪司北分手，你知道的，这一年多，我们一家人都很压抑，纪司北就是我心里的一个出口……"

"安之，你就这么在乎纪司北吗？"程文卿徐徐开了口，"纪司北真的比爸爸还重要吗？"

"我不是这个意思。"

"你纪爷爷跟你说什么了？"程文卿强撑着精神继续说道，"安之，你不觉得你过于沉迷这段感情了吗？自从你喜欢上纪司北，你的世界里就只有他。其实爸爸希望你做一个更加专注自我的人。你有才华，也有热忱，你该把精力和心思多放在丰富自己身上。人这一生很长，爱情并不是我们生活的主旋律，我希望你成为一个脱离爱情也可以快乐的人。"

爸爸的一席话让程安之呆住。这是他第一次跟她聊这个话题，她也是第一次知道爸爸看待她这段感情的真实态度。

程文卿不断揉着自己的额头，音色略微低了几度："爸爸对你这几年的状态有点失望。"

程安之的心态是在"失望"两个字中崩掉的。

她的眼泪"唰唰"地往下流："所以现在你也来谴责我是个'恋爱脑'，对吗？那你告诉我，我变差了吗？我退步了吗？"

"安之，爸爸的意思是希望你能……"

程安之却丝毫听不进去，继续哭诉道："因为喜欢上他，我才想努力变成一个更优秀的人，我认真读书，考上了T大，我在画室里待的时间比任何一个同学都要多……"

"我从来没有否认你的努力。"程文卿深深叹气。

"那你到底想表达什么？"

"安之，不要激动，也不要偏激，爸爸只是想提醒你一些事情。"程文卿冲程安之招招手，"别哭，你过来，听爸爸慢慢说。"

程安之站在原地，没有动。

许久后，她重申一遍最开始的话："爸爸，你说过，程家变成这样，不完全是无辜的。但纪家是生意人，是靠纪爷爷白手起家才有了今天，他的身体已经撑不了多久了，如果咱们家已经是一团死灰，就不要搭上纪家后辈的命运去冒险了，算我求你了。"

程文卿满目荒唐地看着程安之："你还是在替纪司北考虑，你心里哪里还有爸爸啊……"

他话说到一半，疲惫仿佛到达了顶点，就那么坐着，晕倒在沙发上。

程安之是很久之后才知道，去找纪老爷子求情帮忙的不是爸爸，而是伯父伯母。爸爸也想着维护她跟纪司北的感情，从未动过去找纪家帮忙的心思。

他对她说这些话，是知道自己首次脑出血之后情况危险，想提醒她，要她学会举重若轻地面对感情，不要沉迷，不要一味追逐，更不要爱情至上。

因为他或许就只能陪她到这里了。

第八章 / 冷水
相爱不作数，变成眼前的陌路

◆

1

老太太的葬礼按照她的遗愿，一切从简。律师在葬礼过后宣读遗嘱，特地要求程安之在场。

程安之戴着一只薄薄的口罩，遮住下巴上被烟灰烫伤的地方，身上黑色的衣服将她未施粉黛的脸衬出一股病弱的娇柔。

纪司北有两日没见到她了，觉得她周身的气场更显沉静了。

他自己心里装着事，又处理着丧事的各项事宜，面对她的姿态也跟从前不同。

方才在道别仪式上，两个人隔空相望，彼此的眼睛里都有悲伤和压抑，对视的一瞬间，纪司北心里越发空，眼神也不再像往日那般坚定。

程安之更是率先移开了目光。

相邻而站时，纪司北伸出手握住程安之的，几秒钟后，程安之回握住他。

手里的温度原本各自不同，相触一会儿后，纪司北满手的凉变得温热。

"感冒了吗？"他问程安之。

这次倒蹊跷，程安之淋了许久的雨，身体却无恙。她本能地摇了一下头，随后把口罩揭了下来，伤口迟早要被他看到的。

"怎么弄的？"纪司北低头蹙眉凝视这一块红色的烫伤痕迹。

程安之抿一下唇："磕的。"

她晃了一下他的手掌，提醒他，纪家其余的家庭成员进了这间休息室。

程安之避开纪泽安的视线，平静地看向窗外初晴的天气。

纪泽安看了眼程安之，低声问了纪风荷一句什么。

纪风荷淡然回答："这是老太太的意思。"

紧接着，律师进门，正式宣读遗嘱。

老太太把一应房产全部留给了纪风荷。纪家的产业多半已是烂摊子，仅有的有效持股，她分给了纪泽安的妈妈、姜茉以及姜茉的女儿。而她剩余的私产、当年的嫁妆和以个人名义置购及存储的海外资产，全部赠予了程安之。

"遗嘱给我看看？"纪泽安的父亲在律师念出"程安之"这个名字时，强烈要求查看遗嘱细节，又问，"当时有录音或者视频为证吗？老太太是清醒的状态吗？"

律师淡然道："我先宣读文字版，稍后再为各位播放视频。"

纪泽安倚在窗边抽烟，置宣读仪式若罔闻。隔着纪司北，他斜睨着戴口罩的程安之，视线落在他们交握的双手上，眼中写满不屑。

程安之听见自己的名字后，偏过头看了身侧的纪司北一眼，纪司北目光平和，深色的瞳孔里没有出现任何代表惊讶的情绪。

她又看向纪风荷，纪风荷端庄地坐在离律师最近的沙发上，跟纪司北同样的泰然自若。

遗嘱宣读完毕后，律师打开投影仪播放视频。纪风荷不忍去看，起身走远。

视频里交代的内容跟遗嘱里一模一样，老太太眼神笃定，声音清晰。

纪司北也只看了一半就撤回目光，他偏头看程安之，程安之的眼睛漫上一层水光，但她不逃避，静静地凝视屏幕。

律师收拾东西离开的时候，纪泽安绕到程安之和纪司北的身后。

他伸手拍了拍纪司北的肩，对程安之说："程家人苦了这么些年，眼下被老太太补偿这么一大笔，他们该很感激你吧。"

程安之即刻起身将纪司北拽走，两人没走几步远，又听见纪泽安说："司北，我要是你，我这辈子都没脸见程家人。"

程安之的手被松掉，她反应过来时，纪司北已经冲过去扯住了纪泽安的领口。

"司北——"长辈们急声制止。

纪司北最终没有出手,但是他用轻蔑到极点的语气,轻声对纪泽安说:"知道外公为什么更宠你吗?因为你弱啊。"

然后他像扔掉一个最污秽的垃圾般将纪泽安推倒在地。

程安之说想回"2706",纪司北便带她回来。

一路上他们说话极少,彼此对有些事情心知肚明,但都不宣之于口。

进了家门,程安之看到贴在客厅落地窗上的愿望清单,问纪司北:"是不是没有时间完成了?"

"有。"纪司北说自己又休了三天假。

"现在对自己这么不严格吗?"程安之笑。

纪司北耸一下肩膀:"女朋友跟事业同样重要。"

他们在家里宅了一整天,自己动手做饭,吃完饭一起刷碗,累了互相依偎在沙发上看电视,傍晚时坐在露台上喝茶看黄昏,到了夜晚,疯狂且投入地将对方揉进自己的身体里,肆意宣泄爱意。

第二天一早,他们乘早班机去了离澜城一千多公里远的某座南方城市。

这是昨天晚上看电影时,程安之临时起意的行程。

当时她指着屏幕里茂密的南方森林,说:"我好想看南方的树,南方的花。"

纪司北即刻订了机票。

他们去到这座城市的动物园、电影院、博物馆,吃当地最特色的美食,看陌生的城市夜景。看完晚上又赶到最近的海滨城市,翌日一早在海边看日出。

原来三天就可以做完恋爱中所有情侣必做的事情。第二次跟纪司北的恋爱,程安之觉得她会记得很久。

回程的飞机上程安之睡着了,纪司北看着她的睡容,靠近她,拍下一张合照。

这段时间他们拍了好多的合照,都留在程安之的相机里。纪司北也不知道他还有没有机会得到那些照片,所以总是在她不知道的时刻,用自己的手机偷偷留存一些。

第一次跟程安之恋爱的时候,他还没有学会表达自己的爱意,以至于让程安之经历了一段孤独的旅程,让她被人诟病成"恋爱脑"。

他从来都不是完美的纪司北,更不是完美的爱人。

快要二十九岁的他,是在失而复得中才学会如何去爱。

但是有一点他比任何人都要确定——

程安之是他唯一爱过的女孩。

程静之守在父亲的病床边,又开始嘀咕他前几天偷跑出医院的任性行为。

"既然决定回澜城治病,就好好听医生的话。"

程文耀偏头看向窗外,问:"安之去哪儿了?怎么好几天没看见她了?"

"你就别管她的事了。安之这些年够苦的了,随她去吧。"程静之苦心相劝。

程文耀没吱声。

前几天下午,纪司北毕恭毕敬地坐在他对面,脸上再无少年时的傲气。

他们说了很多的话,但他大部分时候都只是安静耐心地聆听,直到他拿出安之父亲给他发的最后一条短信。

纪司北看完后,露出认命的神情。

临走的时候,纪司北对他说:"其实安之并不是爱情至上的人,她把亲情看得很重,她很在乎你们每一位。她最想做的事情就是回到过去你们一大家人团聚的时候。往后,就拜托你们好好照顾她了。祝愿您早日康复。"

纪司北深深地鞠躬,离去的背影仍像小时候那般孤傲,只是步履不再匆匆。

桀骜的少年终于成长为讳莫如深的男人。

程文耀想起他跟安之的少年时代,父亲程允仁曾对他赞不绝口,称他做事有定力,有野心,有谋略,前途不可限量。唯有一丝担忧,孙女程安之是偏爱浪漫的姑娘,生性天真,又有一颗玲珑心,因年幼丧母,渴望被爱,或许更适合找一个可以长久陪伴她的伴侣。

可是程安之对纪司北的感情坦率而可爱，因为这一份喜欢，她不断提升自我，从娇柔的小女孩一路成长为独立懂事的大姑娘。

如果不是两家之间的恩怨过往被重新翻出来，他们身为后辈，心中纵然有难以磨灭的恨和怎么也迈不过去的坎，他也会让安之这一生顺着她的心意去生活。

程文耀也不知道自己利用弟弟最后的托言来做这一把斩断程安之和纪司北关系的匕首，是不是太过残忍。

那条短信上写着：检查结果出来了，不太好。做手术之前想跟哥哥交代几件事情。慧洁和未未有她娘家可依仗，我还算放心，可安之我始终放心不下，她年纪尚幼，还望哥哥督导她多专注自我，少沉迷恋爱。近日我听到不少纪家传闻，隐约跟父亲的事情有关，或许纪司北不是她的良配，希望哥哥嫂嫂多替她把关，必要时候替她做决断。我只想要安之这一生简单平顺就好，希望程家的后辈都远离权贵纷争。

车子驶入机场高速，程安之把呼啸的风关在车窗外。

她看了会儿窗外的风景，对纪司北说："这几天我好开心。"

纪司北问她："那现在纪司北是合格的男朋友了吗？"

"九十分吧，还有可以进步的空间。"

说完这句话，程安之忽然低下了头，手指沿着无名指上的戒指滑动。

她想起那天纪司北说，最好在她出国之前把结婚证给领了，这样就不担心颜控的她去到帅哥众多的欧洲会把持不住。

她正伤感，不知道这枚戒指还会戴多久，纪司北突然开口对她说："程安之，我们就到这儿吧。"

她没有抬头，任由酸涩漫入喉咙口。

"没有纪司北的程安之，也能成为最好的程安之。"纪司北单手扶着方向盘，用另一只手拍了拍程安之的头，"我们安之未来一定会成为大艺术家的，对吧？要坚持自己的梦想，持之以恒，像十七岁时一样勇敢，一样无畏，一样充满热忱。"

车子在前方路段汇入车河，他们坠入这残忍的每天都上演告别的俗世。

程安之偏过头，笑意盈盈地看向这个她爱了十年的男人。

他们的默契在十年前就已经成型。
她问他:"那十九岁的纪司北喜欢十七岁的程安之吗?"
他笑笑:"喜欢的。"
谢谢。

只用了一个晚上,程安之就创作完成了"定格"夏季概念展的参展作品。

画的是"一次分别",温柔的底色,通透的笔触。一个年轻女孩走在黄昏中的破损旧街道,斑驳的墙壁上以碎片的形式展示着他们的过往。

有十七岁那年的初相识,有二十岁生日那天的礼服裙,也有二十六岁他们一起去南方城市的旅行片段。女孩脚下的水泽里是男孩离去的背影,模糊、不具象,但带走了一些女孩身上的光。

简乐悠起床后,看见程安之弯腰在画架前收拾颜料和笔,走过去一看,被她画面的完成度折服,昨晚睡觉前她不过才起了个笔。

简乐悠确认,程安之的灵感回来了。

艺术家的灵感果然要在痛苦中催生。

"早啊。"程安之抬起头,伸了个懒腰,打着哈欠说,"我要出门锻炼身体了,要一起吗?"

简乐悠宛如在听笑话,这人什么时候做过运动啊。

程安之换上跟纪司北去露营那天下单的一套运动服,一个人践行他说要带她一起运动的约定。

她扎起马尾,穿上球鞋,去到T大校园里,跟随晨跑的学弟学妹们,开启了增强体质的健康计划。

跑完步,她独自去后街吃早餐,胃口很好。她吃完回家洗澡,然后沉沉入睡。

一觉睡到下午四点,程静之打来电话,说林双和耿慧洁在家做了很多好吃的,要她早点过去吃饭。

程安之起来换了条漂亮裙子,化了淡妆,戴上前段时间纪司北给她买的耳环。她走出公寓大楼,走在铺满余晖的热闹街道上,步履无比轻盈。

耿未来给程安之开门，"哇"一声："姐姐今天好漂亮。"

程静之立刻迎了过来，露出一双笑眼："乍一看，我还以为你只有十八岁呢。"

耿慧洁见程安之的状态比那天来好了不止一星半点，正暗想她会做什么打算，林双在耳边说："安之打小就喜欢粉饰太平，看着让人心疼。"

餐桌上，程安之在一个不经意的瞬间，道出她已经跟纪司北分手的事实。

耿慧洁和林双静默不言，程静之垂下眼眸，筷子快要把餐碟戳出一个洞。

"姐姐没有男朋友了吗？不要姓纪的哥哥了吗？"耿未忽然比了个"耶"，"那清宴哥哥终于又有机会了。"

程安之在餐桌下踢了一下程静之，知会大家道："暂时不要给我介绍男朋友，等我去了欧洲，还怕没有帅哥陪我玩吗？"

饭后，程安之陪程静之去医院里给大伯送饭。

程静之问她："刚刚你踢我干什么？"

程安之说："你跟清宴之间有没有鬼，你自己心里知道。"

"拜托，我跟他能有什么鬼？"程静之浅浅地瞪了程安之一眼。

"行吧，那我就当不知道。"

"你知道什么了？"

"我不知道啊。"程安之摇头装傻。

程静之抬头看了看头顶的云，暗暗想，但凡徐清宴有纪司北十分之一的专情……

可是再专情又有何用。

俗世男女都要接受命运摆布，因缘际会都是命中注定。

程静之问她："伤心吗？"

"当然。"

程静之扭头看她，她平静的脸上并无伤情。

程安之拉住姐姐的手，说："这一次终于有了失恋的感觉，还挺奇妙的。人总是要成长的，并且要朝前看，对吗？"

"2706"的书桌上放置着几份文件，每一份上都有程安之的签名，纪司北端视她的字迹，她的名字。

　　程安之没有要老太太赠予的那部分遗产，通通给了他。

　　那天她走的时候，除了自己原本带来的东西，只带走了他送的那枚戒指。

　　她犹豫了好一会儿，说："戒指我就不还了，毕竟内圈还刻着我的名字呢。"

　　也有他的名字。

　　她关上门离开，那一道关门声，像小时候撕掉了一张旧日历。只不过这一页和童年的旧时光不同，他甚至觉得她带走的是他的部分人生。

　　梁云暮打来电话，约他跟程安之去家里看小崽子，他说今天就不去了。

　　对方听出他状态不好，问："吵架了？"

　　没有。以后也没机会再吵架。

　　"还放不下老太太呢？"梁云暮又问。

　　他忽然意识到，两次分手的时间点还真是巧得离谱，上回是外公走，这次是外婆走。

　　留在他身边的人，越来越少了。

　　他是习惯与孤独为伍的人，也曾饱尝失恋的痛苦。这一回，情绪比想象中淡。但是像抽丝剥茧，那些细密的疼一点点在他的身体里窜。

　　比如，他听见电话里传来小崽子的哭声。他会想，他或许这辈子都不会成为一个父亲了。

　　不是因为他恐惧幼崽，而是因为能跟他一起孕育小生命的那个人，他再也抓不住了。

　　每天醒来，他都要一个人吃早餐，忙完工作回到家，再也没有人占据他的书房，把颜料弄到他的地板上。

　　第一次分手，起码还有恨意支撑。这一回，情绪连支点也没有。

　　"说话啊，安之不来，你来不来？"梁云暮仍在电话那头等他回复。

　　"不去，累了，想睡一觉。"

　　从来没有关过的闹钟被他关掉，手机也调成静音。他倒头就睡，一闭眼就是那年夏天。

十八岁的程安之趴在书桌前打哈欠，对他说："纪老师，你别看我做题能力一般，但是我可会谈恋爱了，你要不要试试？"

他面无表情地在她的解题步骤上画红线，问："你谈过很多恋爱吗？"

她用手撑着脸，手指飞快地绕着衣服上的系带，说："哪能啊，我只是见到你就会了。"

…………

那一晚的阁楼好似在空中摇晃。

二十岁的程安之浑身涌动着绮靡的少女气息。抽身之后，他俯身亲吻她的唇，她眼角凝结着泪水，明媚的脸上终于出现一丝羞涩之意。

她问他："做得很好啊，你真的是第一次吗？"

他照抄她之前的回答，说："我只是看到你就会了。"

…………

南方城市的湿热扑面而来，进门急急相拥的他们忘了开空调。

大汗淋淋地躺在酒店的床上时，程安之的手指轻轻拨弄他坚硬的发丝，说："纪司北，你好像从来没有说过你爱我。"

"你想听吗？"

她却摇头："算了，你别说。"

…………

纪司北忽然从睡梦中醒来，看了看时间，不过才睡了四十分钟。他揉了揉眼睛，拿出手机编辑了一条消息发给程安之。

发送之后，他才意识到不妥，急忙撤回。

程安之恰好在跟简乐悠发微信。

看到纪司北发来一条消息，她犹豫了两三秒后，点进去看。

这句话却正被他撤回，只在她的视线里停留了不到一秒钟。

哪怕她再多犹豫一秒钟，她恐怕就看不到这句话了：*程安之，我爱你。*

美好且心酸的结局。

却不是程安之想要的终点。

2

"定格"夏季概念展上,程安之的三幅作品均在展出第一天就被人买走。

买家不是同一个人,程安之没有问是谁,靳柏杨也没特地透露。她名气不大,但"定格"为她设定的售价却不低,于是她又分别画了三幅小画托靳柏杨赠予买画之人。

收到打款后,程安之将钱存进程静之的户头,用于大伯治病。

这日徐清宴和辜雨来帮程安之搬家,各自从她这里搜罗了一些她的废稿,称裱好后放在家里做装饰画。

辜雨翻到几张风景小画,画的是离澜城市区不远的云山,画面中有两个人影,一男一女。她起了好奇心,问程安之画的是谁。

程安之说是一对老朋友。

"老朋友?"徐清宴翻了翻这几张图,在人物身上找到程安之和纪司北的特征,可他什么也没多问。

从前程安之只画纪司北一个人,现在,画面里多了一个自己。

现实和艺术作品,总得有一个是圆满的。

东西打包好之后,三人一起回苏城。苏城的夏天比澜城更浓烈,程安之陪耿未度过炎炎夏日,听了一整个夏天耿未的琴声。

转眼入秋,她在米兰度过自己的二十七岁生日。

9月27号这一天,纪司北翻看了数十遍程安之的朋友圈,想看看她会不会在生日这一天更新状态。

不知道在异国他乡,有没有人为她庆祝。

直到过了午夜,她都没有发任何东西。除了朋友圈,她的社交平台也没有任何更新。

她在以画师身份常驻的几个APP和网站人气日益增多,其中流量最大的那个平台,她的粉丝数量已经到了五万,最高赞的作品是《一次告别》,转赞评超过了十万。

这张图的原稿当初展出在"定格"的夏季概念展,纪司北托助理匿名买下,从此挂在他的书房。

其余两幅画被另外的买家捷足先登，他原本想都收回来，花高价也不足惜，可最终想想，没有必要。

程安之正在发光发亮，必将成为未来绘画圈耀眼的一颗星，欣赏她的人会层出不穷，他不可能是她画作唯一的买家。

纪司北在输入栏里打下"生日快乐"四个字后，才发现时间已经到了 28 号。他把字一个一个删掉，退出跟她的聊天界面。

11 月 6 号的前一天，程安之用新的笔名，在"定格"和"来之科技"合作的漫画 APP 上连载了自己的第一部长篇漫画。

第一卷就多达 105 张图，标题是《祝你生日快乐》。

6 号当天，这则漫画上了 APP 首页精选，成为当日顶流。

很少有画师会用综合材料手绘漫画，程安之开创了新的风格。她用 105 个分镜，讲述了一对少年男女从相识到相知。但故事并不完全按照时间顺序展开，她别出心裁，以一个老太太的回忆录的形式来展开叙述。

老太太便是她自己，一生只爱了一个人，举重若轻地怀念了那个男人一生。走到人生尽头之际，决定提笔写下这一生中最明亮的记忆。

纪司北的小助理在负责漫画 APP 运营的同事群里看到这则漫画的后台截图，大家正在激烈讨论——

△是哪位画手太太下凡装小萌新了吧。

△这画风太特别了。我还是第一次看这种风格的漫画，每一个分镜质量都好高，都可以拿来做壁纸。

△这一张的校园怎么这么像 T 大啊。

△就是 T 大吧。咦？我们纪总也是 T 大毕业的，画里这个少年的设定也有点像他哎。

△精选还不够，给这个作者做个特别推荐吧，她很可能给我们 APP 引流。

越看越充满好奇心，小助理花了一刻钟的时间点进 APP 看完漫画的第一卷，心潮澎湃地走进老板纪司北的办公室里，把这则漫画强烈推荐给他。

纪司北刚打完一通越洋电话。他跟西雅图分部的负责人在沟通某个技术问题上出现分歧,此刻正处在一种"生人勿近"的低气压里。

看着小助理喋喋不休又有些混乱地推荐一则漫画,他实在是想拿胶带封住这人的嘴巴。

他从来不看漫画。

"看吧老板,里面这个男生真的很像你。"

男生……

今天是纪司北的二十九岁生日,按照虚岁来说,他已经三十了,无论如何都称不上是男生了。

"养蜥蜴的人真的不多见。"小助理又补充。

是这一句让纪司北产生了那么一点兴趣。他答应会看,转头就又去跟西雅图的技术人员做进一步的沟通。

当天晚上回到家,纪司北在洗澡时想起小助理说的这则漫画。洗完澡,他坐进书房,拿出手机下载这个APP。

当初这个项目是下面的人层层推进的,他全程都没有过问。上线的那一天他接受媒体采访,被问到当初为什么要跟"定格"合作这样一个项目时,他的回答非常官方。

梁云暮私底下跟陈夕纯吐槽:"初衷是为了谁他心里清楚,装什么大尾巴狼呢。"

陈夕纯摊手:"那总不能说是为了帮助前女友实现梦想吧。"

APP下载完成后,纪司北点进去看漫画,需要注册账号,他给自己设定的昵称是——小南找不到北。

一开篇便是老太太的背影和叙述口吻,他认真看下去,越看越觉得这个可爱的老太太有一个跟她相似的灵魂。

他退出来又看了遍画师的笔名和漫画标题。

酸奶有点甜,《我的90分前男友》。

他确信,这是披着马甲的程安之。

难怪小助理倾情推荐。

小助理看了一刻钟,他看了整整一个小时。

这是11月6号的最后一个小时,他在自己二十九岁生日的尾巴上,看到了她画的这篇漫画的第一卷,标题是——《祝你生日快乐》。

评论已经多达一千多条,小南找不到北的这条"谢谢"淹没进去,成为最不起眼的一句。

　　一个月后，圣诞节将至，程安之和两位同学一起去集市买圣诞树及装饰。
　　回到公寓，他们刚要动手布置，程安之接到程静之的电话，说程文耀这几天病情加重。
　　程安之立刻买了回国的机票，乘晚班机往回飞。
　　落地澜城时正好是圣诞节当天，她去医院探望过程文耀之后，和简乐悠约在一家火锅店见面。
　　因为担忧程文耀的病情，程安之食不知味。
　　简乐悠跟她一起叹完气后，问她漫画的下一卷什么时候更新。
　　她说："最近没时间画。"
　　"我的天哪，你知道有多少读者在期待吗？"简乐悠随手给她看了看评论。
　　评论里面出现最多的字眼是"催更新"。
　　程安之也很着急，但是着急没用。按照她的进度，她应该要开始画少年和女孩确定恋爱关系的这一节了。
　　现在断更绝对会被理解成存心吊大家胃口。
　　果不其然，第二天晚上没有更新的她收到了言语更激烈的"催更"，她一条条翻过去，里面有个叫"小南找不到北"的昵称实在太惹眼。
　　他只说了两个字：加油。

　　…………

　　另一边，纪司北正结束了西雅图的出差，受邀飞往位于纽约和费城之间的母校参加一场演讲。
　　演讲后，离圣诞节还有一天，他思虑再三，从纽约飞往米兰。
　　纽约到米兰的距离要比澜城到米兰近太多。
　　程安之公寓楼下有一家别致的咖啡店，她学校里的图书馆里有最美丽的装饰画，纪司北在这两个地方各坐了半天，没有向任何人打听她，也没有打算主动去找她。
　　如果是偶遇，便是缘分。
　　但果然，他们没有缘分。他没有遇见她。

当天晚上纪司北便飞回澜城。

落地后，有广播提醒澜城飞往米兰的航班将在四十分钟后起飞。

…………

吃完火锅的程安之坐在登机口，听见广播提醒飞机还有四十分钟起飞。

这时她的邮箱收到一张照片，发件人是咖啡店的老板，拍的是她公寓楼下咖啡店里的一张留言。

这些留言并不对外展示。只是老板跟程安之相熟，特地拍给她看，原因是他对上面的中文实在很好奇。

留言内容是——

△祝你圣诞节快乐。

△祝你新年快乐。

字迹像她，却不是出自她之手。

程安之即刻打开手机里的"共享位置"查看纪司北的所在，这才惊觉，自己换手机后，并没有设置这个功能。

如果不是这样，他们或许不会擦肩而过，哪怕再以"朋友"之名见一面，叙叙旧。

她点开他的微信，忽然很想说点什么。

纠结了二十分钟后，她打了一句"你在哪儿"发送过去，结果收到"不是对方好友"的提醒。

终于，他们连朋友也不是了。

《我的90分前男友》连载到第二十卷的时候，程安之跻身知名画师的行列，变得一稿难求。

彼时她要准备毕业作品，忙到焦头烂额，第二次出现断更。

读者们换着花样儿催更新，甚至有几位洋洋洒洒写文字版故事扩写，以及男女主角平行时空的番外。

谁让她把故事断在两人分手这里，大家等得肝肠寸断又挠心挠肺，只能自己产粮。

毕业展是程安之心里的头等大事，虽说为期一年的深造只能给她带来专业上的精进，无法进行学历上的提升，但她还是想要完美完成。

从 T 大毕业前夕，她被父亲的病情所困，缺席了毕业设计，导致延期一年才拿到毕业证书。这是她心里一段绕不过去的遗憾。

一年之间，程安之的画风发生不小的变化，画工也精进不少。她的笔触比从前更加松动，用色也更加大胆。

现在她的画作匿名发在任何平台，网友们都可以一眼认出作者是她。鲜明的个人风格让她在画圈站稳一席之地，也被甲方们争相追逐。

徐清宴去柏林谈合作，绕路来米兰看程安之，正巧赶上程安之的毕业展。

"之后什么打算？"徐清宴问她。

程安之的计划是暂时不回国。她与巴黎一家艺术机构签了为期一年的合作短约，可以以工作签的名义继续在欧洲逗留，她打算在法国过夏天，在英国过秋天，冬季去北欧。

她只要背着画板，走到哪儿都不会觉得孤单。

"跟我姐还没有进展吗？"程安之笑。

徐清宴耸肩。

他出国的前一晚，程静之穿戴整齐从酒店离开时，说这是她跟他的最后一次了。

"我快三十岁了徐清宴。"她头也不回。

二十四岁那年的一次脱轨，让他们俩走上非正常的爱情故事轨迹，没有人愿意给那晚一个说法。

之后两人又异地蹉跎几年，再见面时各自与其他人发生故事，往事变得不再值得追忆。

后来是南城相逢，他们在程安之的病房里各自耿耿于怀。

徐清宴返程前的那一晚，递给程静之一张房卡，嘴上却说："不来也无妨，我就当是最后的结局了。"

程静之最终还是去了，该发生的也都发生了，可从前没有勇气定论的事情如今也依然没有定论。

后来的后来，他们变成"一周一次"的不合格情人，没有恋爱的名头，只贪图身体的愉悦。

这样的关系该如何改变，徐清宴也找不到方向。他不渴望婚姻，谈过几段无疾而终的恋爱，认为那是世间最麻烦的事。

他跟程安之说，他做好了孤独终老的准备。

程安之笑道："那敢情好，你、我、静之，我们三个就一起孤独终老吧。"

纪司北三十岁生日当天，连绵阴雨之后的澜城放了晴。他陪纪风荷去云山上的清安寺烧香。

离寺庙一公里的地方有座吊桥，上面是游客挂满的姻缘锁。

纪风荷知道他去年跟程安之来过，隐晦地跟他提起旧事，问他有没有挂过锁。

他不说话。

"到底挂过没有？"纪风荷追问。

"没有。"纪司北别过脸看山间未散尽的雾。

他跟程安之都是不爱凑热闹的人。那日他们经过这里，看到买锁刻字的情侣排成长队，见程安之全然不感兴趣，他便没问。

走到桥的另一端，程安之问他："这种事情你肯定不会做的吧？"

他下意识想说"是"，但想起自己要往"称职男友"的方向发展，便说："你想挂，我们就回头。"

她笑笑，说算了，人太多，就不凑这个热闹了，况且会挂情侣锁的纪司北实在怪诞。

"真的吗？"今日人少，纪风荷走上吊桥，想去看看热闹。

纪司北站在原地没动。

没寻到蛛丝马迹，纪风荷回了头："肯定是你不愿意挂。"

纪司北懒得辩驳。

纪风荷又道："你在感情里太克制了，除了……当心孤独终老。"

她本想说"除了安之，没有人受得了你"，话到嘴边又收回。

孤独终老便孤独终老，这是纪司北最不畏惧的一个词。

在菩萨前进香时，纪风荷对他说："三十而立，许个愿吧。"

纪司北从来没向神佛求过任何东西，也不知今天是怎么了，跪在蒲团上双手合十的一瞬间，他决定用今日生辰讨一个唯一的心愿。

他这一生，不再有什么别的期许，唯独一件事情，是他午夜梦回的挂念——

愿程安之顺遂无虞。

烧完香后,纪风荷去禅室小坐,纪司北先行离开。

对面山间有露营的年轻人在游玩,传来一阵嬉闹声。纪司北走到吊桥处,想去看对面的山景。

经过那一片铜锁时,他忽然止步,走到写着去年那个年份的区域,发现上面还有空余位置。

排队买锁的时候,他觉得自己八成是魔怔了。轮到他,庙里的师父问他要刻什么字,他一笔一画在纸上写下他们俩的名字。

走过去挂锁时,他吹毛求疵地想在空余的地方寻一个好位置,这么一拨弄,突然看到有一只锁身上出现一个"程"字。

不过一个相同的姓而已,他仍急促地把这只被遮挡在最里面的锁拿出来细看。

上面却清清楚楚写着"程安之&纪司北",以及"永不分离"。

程安之在挪威最北部的小岛上看极光时,跟随同伴们一起许下愿望。

心里划过纪司北的名字时,心口像浇了一抹青柠汁水,涩感往她的喉腔里涌。

曾经以为他要跟别人结婚的时候,她已经祝过他岁岁平安,往后除了平安,她还希望他快乐。

他三十岁生日那天,她更新的卷名是——《百岁无忧》。

3

国内一家艺术杂志邀请程安之拍摄新年特刊,主题跟青年艺术家有关,于是她在结束冬季旅程后回了国。

拍摄当天,在化妆的时候,程安之在上个月的杂志上看到骆教授将在T大美术馆举办画展的新闻。

她问工作人员:"骆教授的画展结束了吗?"

"还没,后天才结束。"

"谢谢。"

耳旁传来一个沉稳的男声:"你是T大毕业的,之前应该上过骆老的课吧。"

搭话的是近几年名声大噪的画师隋唐，他擅长画古风，跟程安之同样喜欢研究综合颜料，但以岩彩为主，两人的风格大相径庭。

"是的，以前很幸运地上过骆老的油画课。"程安之答道。

"那要不要一起去看展？我也还没去过。"隋唐邀请道。

程安之笑笑："好。"她从来不排斥跟专业人士一起看展。

见他们熟络，拍摄的时候，摄影师特地要求他们俩拍了组氛围感十足的合照。

被隋唐半搭着腰的时候，程安之后背都是麻的。

"紧张？"隋唐问。

程安之挠头："不习惯。"

"单身？"

"嗯。"

隋唐勾唇："画前男友画得挺好。"

程安之没搭腔。

"程小姐你的笑容再自然一点。"摄影师不太满意程安之的状态。

"先歇歇吧。"隋唐随意地轻拍了一下程安之的后脑勺，又对造型师说，"这套衣服不适合她。"

程安之跟造型师去换了条白色的长裙，剪裁利落，衬出她的好身段，但胸前的花朵装饰让她出了戏，因为太像纪司北给她做的那条礼服裙了。

不过后来的拍摄，她却没有之前那么拘谨了。

拍摄过半时，主编亲自来盯进度，见隋唐满脸和气，并不像往日那般难搞，偷偷跟摄影师耳语。

"今天怎么回事？"主编的愉悦心情都体现在弯起来的眼角上。

摄影师说："可能是跟程小姐格外投契吧。"

"他们很熟？"

"不知道。但有才华的人吧，总归是惺惺相惜的。"

这边一位美术编辑插了句嘴："程小姐的画风在现有女画师里面是最灵的，隋唐眼高于顶，也能对她青眼有加，就是对她的认可。"

"是，她的未来不可限量。"

风荷大厦被纪司北收回自己名下后，经过一番革新，有了新气象。

顶楼的一半继续租赁给梁云暮经营咖啡店和餐厅，另一半，被来之科技的合作方"定格"征用，用于做小型展览。

再往下，有新入驻的电影院。

最新上映的影片巨幅海报悬挂在大厦之外的广告位，其中有一部引进的境外电影海报是手绘插画风格，出自程安之之手。

这张海报在风荷大厦上露了一个月的脸，对面办公室里的纪司北也就看了一个月。

小助理感叹着："安之学姐现在真的好厉害啊。"

纪司北沉默无声，翻到手边一篇程安之今年秋天的专访，其中的一个提问是——你的爱情观大概是什么样子的？

她说："随着成长，爱情在整个人生中的占比越变越小了，爱情观其实也就没多大意义了。"

"这种想法跟你笔下的前男友有关吗？"

她回答得十分克制："作品是作品，生活是生活。"

"那你现在的感情状况是单身还是在恋爱状态里？"

"哈哈，此题略过。"

小助理又在耳旁嘀咕："以前还想请安之学姐给我女朋友画一张头像的，现在恐怕是请不起了。"

纪司北听得心烦，问："你还没分手吗？"

"老板！"

程静之读到这篇专访时，问过程安之，这个问题为什么要略过。

程安之无奈："说单身就是忘不了前男友，说恋爱是骗人……"

程静之睨她一眼："那你想脱单吗？"

"想啊。"程安之摊手。

"想个鬼。"程静之被她气笑。

T大美术馆是去年冬天新建的，现在成为T大最鲜明的标识之一。

纯白的外墙高耸，设计既突出又高级的屋顶让场馆气质陡然上升一个台阶，馆外的场馆介绍里有"来之科技"四个字。

纪司北是出资人。

程安之跟隋唐一起进入馆内,今天很巧,他们都穿着白色衬衫和深色大衣。两人气质又相近,远看过去,走在一起的姿态像极了一对有质感的高品质情侣。

看完展后,隋唐买来两杯热饮,两人并排坐在长椅上休息。

程安之低头咬吸管的时候,围巾挡在了吸管前,隋唐见状,低头伸手替她拨开。

她笑一下:"谢谢。"

隋唐问她:"跟巴黎那边的机构合作到期后,有什么打算?要不要提前在国内物色一个艺术经纪?"

程安之说她已有人选了。

"那就祝你早日功成名就。"隋唐碰一碰她的杯子。

…………

志趣相投,亦没有阻碍的一对朋友,可以发展成想要的任何一种关系。

纪司北远远看着,始终不想将他们代入到他最不想看到的那种关系。

即便他们已经是那种关系,要秀恩爱,也最好别在他出资修建的美术馆里。

他今天是获骆教授亲自相邀,来参加展览闭幕仪式的。

馆内负责接待的小学妹找到他:"纪学长,那边快开始了,我们过去吧。"

话落,她的目光在不远处的隋唐身上逗留一下,唇角藏不住浅笑。

纪司北转过身的那一刻,程安之和隋唐起身往另一个方向走。

没走多远,纪司北回了一次头,他们已经消失在转角,短暂得不像是真实的一次遇见。

梦神倒是眷顾他,没让他时常梦到程安之,为数不多的几次梦中相遇,也比刚刚要好,起码男主角都是他,而非旁人。

他不经意间问小学妹:"刚刚坐在长椅上的那位男士是我们的校友?"

"不是呢。他叫隋唐,是很有名的画师。我们美术学院的学生都拿他当偶像当目标。"

纪司北拿出手机快速搜索了一下隋唐的资料，首页刚好有一篇通稿涉及他的私生活，称他眼光颇高，这些年未曾有过恋情传出。

那倒是比情场老手徐清宴要靠谱一些。他漠然收起手机，理了理领带，又问："那跟你们同系的程安之学姐，你们都怎么评价她？"

小学妹："学长是问专业层面还是？"

"都想知道。"

"她很厉害啊。"小学妹露出倾慕的眼神，"反正我是很喜欢安之学姐的画风的，一般画师都学不来她的用笔和着色。加上她本人真的好有气质，哈哈，我是颜控。上次学校有同学去采访她，说她性格超级棒，又幽默又有趣。"

纪司北抿唇点点头，隔了半晌，赞她道："你很有眼光。"

幽默……

说明她过得不错。

凑巧赶上画展闭幕仪式，程安之有幸在多年后再次见到骆教授。加上隋唐在场，骆教授喜出望外，基于专业领域，三人进行了好一通深刻探讨。

骆教授连连称赞程安之这一年多来的蜕变："没放弃就好。当初听说你错过毕业展延期毕业，我惋惜了好久，毕业展那可是我们美术学院的学生冒头的好机会，不过不碍事，你有本事在身上，无论何时都照样出头。"

程安之谦虚地笑笑。

骆教授又道："没想到你今天会来，我还特地邀请了你当年那位小男朋友，现在人家也是名头响当当的大人物了，这座美术馆就是他出资建造的，你们俩……"

"没有在一块儿了。"程安之淡然回答道。

瞧她气定神闲，眼里一丝尴尬也无，骆教授暗想他们该是好聚好散。

几人转过身，纪司北正好跟院里几位领导款款往这边走。

程安之的视线短暂地在他身上停留，她落落大方地迎上去，与他隔着几人相对而站，听几位长者友好客套地寒暄。

但他人寒暄之言通通不入耳,她眼里心里装着的,都是刻入骨髓的隽永记忆。

三十岁的纪司北,除了气场更加沉静,并无太多变化,一双眼睛里仍住着她熟悉的疏离和傲气。

纪司北却觉得程安之变化极大。思绪飘得远了些,他莫名觉得眼前的程安之再也不会是从前那个在他耳畔挑逗撒娇的热情姑娘。她的脸越发安静,眼睛里依然有神采,但写满成长的印记。

跟上一次重逢相比,她是一个崭新的自信的程安之了。这样的程安之,注定不会像上一次一样,会示弱般地说"后悔",会鼓足勇气再一次追逐他。

纪司北敛眸沉心,阻断自己的臆想。他们没可能再续写故事,这些假设和幻想根本不切实际。

隋唐侧头看向程安之,猜出对面这位就是骆教授所指,也是她笔下的那位"前男友"。

这个男人的确有着能轻易与普通男人区分开的气质和气场,难怪让她念念不忘,舍得用一年多的时光记录他们曾经的爱情故事。

可她的反应又是这么淡,淡到看上去已经释怀,已经将往事翻了页。

程安之不动声色地将手放进大衣口袋里,没人留意到她想藏住些什么。她的左手自放进去的那一刻,直到她离开美术馆,都不曾取出。

最后是上了车后,隋唐无意中看过去,才留意到她原本戴在无名指上的那枚戒指,不知道在哪一个时刻消失了。

晚上跟徐清宴和辜雨一起吃饭时,程安之把程静之也叫来了。

程静之视徐清宴于无物,每有话题说到他,她都埋头吃喝或者看手机,连一个眼神都吝啬给他。

徐清宴与她有很长一段时间没有"来往"了,期间听说她与某位青年男医生走得很近,但只是听说,不曾证实。

"静之最近在忙些什么?谈恋爱了吗?"他以朋友的语气问出口。

程静之手指飞快地刷着某社交平台,应付式地"嗯"了一声。

"谈了?"程安之替徐清宴追问。

"对。"程静之当真扬起一张明媚的笑脸。

"真的假的？对方是谁啊？"程安之知道有位男医生追她追得紧，但她似乎兴趣不大。

"就之前那个医生。"她一笔带过。

程安之努努嘴，低声嘀咕："不是对人家不感冒的吗？"

"战术性矜持，懂吗？过几天他就上咱们家吃饭了。"话题点到为止就好，程静之说完就跟辜雨聊美甲配色去了。

程安之也看不懂故事走向了，跟徐清宴一对视，这位哥哥虽然有些蒙，但未流露出其他情绪，比如醋意。

"就这样了？"私底下，程安之问他。

徐清宴无言以对。他跟程静之从未有过恋爱关系，谈何这样那样。

程安之叹气摇头："你这样，可别怪我以后不帮你。"

徐清宴想去摸烟盒，意识到这不是可以抽烟的地儿，他局促不安地撤回手，懒声道："帮我什么？你理好自己的事情。"

当天晚上回家，程安之跟辜雨一道，留给那两位一个正式"告别"的机会。

程静之比程安之晚了一个小时到家，一进门，就数落程安之管闲事。

"这是谈得不愉快？"程安之从她脸上焦躁的神情分析道。

谈个鬼。

徐清宴从来都不是个适合交心的男人，跟他动口，除了接吻，程静之尚且没在其他层面讨到好处。

"那你到底喜不喜欢清宴？"程安之又问。

"喜欢个头。"程静之狠狠睨了程安之一眼，"你要是再这样，我真的会翻脸。"

"那你跟医生在一块儿的事情是真的吗？"

"真的。"

程安之静默不言。

程静之冷哼道："你管好你自己的事情。你这一回来，不少场合说不定都能碰见纪司北。"

程安之没所谓地耸肩。

已经见过了，没有想象中那般煎熬。

和平分手，好聚好散。再见亦是朋友。

第二天程安之就又在靳柏杨的办公室里撞见了纪司北。

他一身休闲装扮，半倚在沙发背上点烟的姿态，像电影镜头一般入了程安之的眼。

听见动静，他折颈回头，烟雾散开，他微微眯着眼，如同打量一个不速之客，又带着些许玩味的好奇心，将复杂的眼神往程安之身上落。

程安之抱着米色的外套，身上穿一件主色是青灰色、又掺杂各种高级灰丝线的设计款毛衣，领口不算太高，遮住一半的锁骨。

"早。"程安之先找准状态，将外套放在沙发上，跟两个男人同时打招呼。

纪司北轻轻朝她颔首，却不移开目光，以一种本能的、不想避讳的心态继续看着她的一举一动。

程安之从画筒里拿出作品放置在靳柏杨的桌面上："加上之前的，一共七十二张。"

靳柏杨看画的同时偶尔偷瞟窗边那个虎视眈眈的男人一眼。他记得那人以前不是这样的，明明从来不会这么明目张胆地表达情绪。

这是对自己的前女友又生了歹心？

听闻他们分手很突然，但平静得又像是分手模范样本。

靳柏杨一度费解。

看到这个场面，他懂了。天底下就没有所谓的和平分手，只有克制之下的意难平。

从他们的交谈中，纪司北得知，程安之要出画集了。

她提早实现了自己的梦想。

靳柏杨说："早的话，夏天就可以面世了。"

程安之暗暗期待着，一扭头，纪司北又点燃第二支烟。

现在变成烟鬼了？

还有，他到底在这里干什么？现在这么闲吗？

"那没什么事我就先走了。"程安之走到沙发边上去拿外套。

"要不中午一起吃个饭吧，纪总本来也是来找我谈合作的。"靳柏杨出口留人，看了一眼纪司北，这位从始至终一言不发，当真让人难办。

程安之淡笑一下:"不了,我有约了。"

"谈恋爱了吗?"沉默的男人转过身,终于开了金口。

他脸上看不出多余的情绪,语调也平静。

换作以前,他根本不会问出这种问题。

他永远等着程安之自己先招认。

程安之抬手理了理颈后的头发,回他一个自然到像是默认的微笑:"先走了。"

她步伐轻快,背影消失在门口。玻璃窗上勾勒出她依旧青春的身形,但比起从前,她整个人都脱胎换骨了。

她的眼睛里甚至没有故事感了。

纪司北追出去的一瞬间,脑中涌上一个念头——

过去通通不作数了吗?

相爱不作数,变成眼下的陌路。

分手也不作数,任由冲动蔓延。

如今三十岁了,倒不如十九岁那年理智。

罢了。

没有人可以为他失去的那五年和主动放弃的这五百个日夜买单。

只有他自己。

不管梦里有没有她,长夜都难耐。

程安之被叫住名字的这一刻,轻盈的心悬在半空中。

她回头,看向他深邃的双眼,在里面看见过去的自己。

但她也是真的有约,并无太多时间可叙旧。

她朝纪司北颔首,顺势低头看一眼腕表:"有事?我赶时间。"

纪司北脸上的神色定格几秒,随后偏了头:"去哪儿?我送你一程。"

程安之犹豫半晌:"那走吧。"

纪司北换了车,风格跟从前大相径庭。新车虽也昂贵,但比那辆迈巴赫低调太多。

程安之在车里发现了一个从清安寺请来的平安符。他从前从来不信这些东西,绝不允许车里挂这些跟他本人气质不符的小物件,现在像是一朝转了性。

纪司北没有问她去哪儿，下意识往熟悉的地方开。

过了一个十字路口后，程安之才出声提醒："走错方向了。"

她道出正确地址，是离这里不太远的一间干休所，车程大概一刻钟。

说完，她问："会不会耽误你的时间？"

纪司北自动忽略她话里的客套和疏离："不会。"

程安之不再说话，拿出手机忙自己的事情。她在市郊租下了一栋很酷的小别墅，用来做自己的工作室，现在要跟装修团队谈施工细节。

纪司北从后视镜里看她飞快打字的手指，她左手中指戴了枚狐狸图案的装饰戒指，一点点墨绿色，衬得指节越发白。

他找话题："准备跟'定格'签约了吗？"

程安之微微抬头，但没看他，语气很诚恳："'定格'很好，但我更想自己干。"

纪司北不算意外。倒不是她如今名气有多大，而是她天生是个不喜欢被约束的主儿。

他问："艺术经纪，你有自己的打算？"

"嗯。"程安之露出自信满满的目光。

纪司北抿唇点点头。

接连三四分钟的沉默。程安之专心忙她自己的事情，一秒钟也不浪费。

无所适从的纪司北像借来了一段光阴，在迷茫中纠结这段时间的用途，开口跟不开口都是艰难决定。

他正欲开口问一个无关紧要的问题的瞬间，程安之收起她的手机，先他开口："都还好吗？"

她调整了一下坐姿，拨弄着那枚戒指，一副打算将剩余时间用来叙旧的闲适姿态。

车速在悄无声息中贴近交规范围内的最低。

纪司北单手置于方向盘上，脸浸了一半在日光里，往日锋芒的眼睛镀上一层属性偏冷的柔光。

又浪费了一分钟后，他才缓声开口："不好。"

程安之微微眨一下眼睛，情绪变换得并不明显，随后朝他露出将

215

往事丢在身后的淡然且释怀的笑容:"我还不错,希望你也能转好。"

纪司北偏头嗤笑,没让她看到,暗暗嘲讽自己是个"怪咖"。明明比谁都希望她好,却就是不想听见她自己说她过得好。

真是十足的矫情心态,连发育最迅速的青春期都不曾具备这样的心理特征。

他没接话,拿出手机翻到微信里的黑名单,找到程安之的名字,当着她面,把她从里面放出来,又当着她面,给她发了个她曾经最喜欢发的表情。

发送失败。

程安之在发现自己被拉黑或删除好友后的第二天,就把他删掉了。

就在这时,程安之出声提醒道:"到了,靠边就好。"

他微微蹙眉,将手机扔到一边,却没减速。

"我到了。"程安之又一声提醒。

车错过一次靠边的机会,需要花两分钟的时间绕路掉头。

等红绿灯的时候,纪司北再次拿起手机,申请添加好友。

"你通过一下。"

"嗯?"程安之一时之间没反应过来。

"害怕忍不住找你,所以拉黑。"纪司北坦诚地解释。

他也不是在任何时候都欣赏自己的冷静自持。他点进黑名单的次数多到数不清,没有一次突破心理防线,都是靠痛苦的理智在抉择。

他总是刻意想到她的家人和她这些年的艰难处境,然后将这一切归责于自己。

他便是用这样的极端想法制止了自己的冲动。

有一次他甚至办好了签证,买好了机票,甚至人到了机场。

是在登机口才回头。

整个过程缺任何一环都不足以满足他的冲动心理。

他在这种病态的纠结中,度过了漫长的五百个日夜,他当然要说"不好"。

程安之花了十几秒钟消化他这句话,随后用平静的心态通过他的好友申请。

重新抵达目的地,她要下车了。

"谢谢你送我。"

车却被落了锁,车门打不开。

纪司北同时拉住她的手腕,以一种不容抗拒的姿态。

隋唐出现在干休所大门口,随意瞥了眼刚刚停下的这辆价值不菲的豪车。

他打给程安之,她过了很久才接,说已经到了。

他判断她在这辆车里。

隋唐走过去的同时,程安之拉开车门下了车,眼睛里有残余的一点伤感,但在凛冽的冬日里显得微不足道。

程安之冲隋唐挥挥手,又微微回头看了眼驾驶位上的男人。

"冷吗?"隋唐看她的围巾绕得不对。

程安之自己调整着,摇了摇头。

他们一起往大门里走。

手腕是程安之自己挣脱开的,她说有什么话改天再叙。

改天是哪天……

纪司北还是松了手,一面怀疑这是缓兵之计,一面对自己这么快就打破理智感到些许茫然。

解锁车门时,他又问了一次:"男朋友?"

他指正靠近这辆车的隋唐。

此时他的手机铃声响起,打破了焦灼氛围。程安之没有回答,下了车。

他们穿着同色系的大衣,有着相同的青年艺术家的气质,一起朝前走的模样很是登对。

纪司北从窗户上收回视线,刚想摸烟盒,发现这里禁停。

隋唐的爷爷是国画名家,经隋唐介绍程安之后,隐晦提起同为"程"姓的程允仁,称他是被低估的国画名家。

这些年听得爷爷太多负面评价,少有赞誉。隋老先生一席话让程安之深感慰藉。

但她没提她跟爷爷的关系,只是附和着老先生说话。

隋唐看出大概，私底下问她。她不再遮掩，道出实情。

"我刚学国画的时候临摹过你爷爷的那幅《春鸟归巢》，可是根本学不到精髓。最难的是用色，说起来你的色感真的跟他一脉相承。"

程安之小时候也临摹过爷爷的画，但是爷爷从来不教她画画。

他自称是野路子，请了更有名的老师来家里给程安之上课，她起初也是学国画。

"哪位老师？"隋唐问。

程安之回忆道："一位姓柳的老师，擅长画花鸟胜过画山水。"

隋唐听后淡笑一声："巧了，柳施惠老师是我爷爷的学生。"

"对对对，就是这个名字。"

认识隋唐后，程安之大有一种"高山流水遇知音"的心态。他们有着相同的艺术追求，骨子里都热衷自由和浪漫，每一次交谈都愉悦且满足。

隋老先生嘀咕他们这些后辈都对新绘画材料感兴趣，遗忘了传统绘画的技法，程安之跟隋唐相看一眼，藏起那份锐气，默契地做起乖巧的后辈。

这感觉让程安之想起她跟静之小时候一起接受爷爷训导的场面。

下午他们一起作画，傍晚程安之才离开。

纪司北发来一张违章截图，问她打算怎么善后。

她发了个红包过去。

跟程静之处在关系升级阶段的那位男医生，终于得空上程家吃饭。

林双对他不陌生，两人正是在程文耀住院期间熟识，她对他的人品和专业度都表示极大的认可。

三十四岁的医学博士，副高职称，样貌也不赖，怎么看都是良配。

程安之偶尔会想，徐清宴那家伙，是得吃点苦头才肯逼出点绝技的。

她偷拍了一张程静之跟帅医生的亲密背影发给徐清宴，问：我新姐夫还不错吧？

徐清宴：嗯？

程安之又问静之："这算是定下来了？"

"差不多吧。"程静之有两三年没正经谈恋爱了，今晚的状态很好。

程安之努努嘴，不再发表意见。

感情的事只有当事人自己心里知冷暖。或许静之跟医生就这样定下来了，徐清宴自此成为过客，又或许姐姐还得跟清宴再拉扯诸多个回合才有结论。

可她终究也只能做个看客。

纪司北又发来消息的时候，程安之正被林双外派下楼买东西。

她举着手机刚想回复，一抬头，看见纪司北的车就停在不远处。

她走过去，敲了敲车窗，男人的脸浮现，带着突然被抓包的些许慌张。

程安之蹙眉："你现在不用工作吗？"

纪司北调整了一下坐姿，顺势调整好心态，耸耸肩说："我的工作时间可以自己说了算，自己当老板的好处。"

"哦。"程安之偏过头，绷了绷唇角，"那纪总也应该明白一个道理。"

"你说。"

程安之巧笑一声："谈生意还得几番迂回，各自考量，给足对方余地。"

纪司北没接话，倚在椅背上。他换了衬衣，墨一般的黑色压在身上，气质也铺满厚重的冷感。

可他的眼睛却出戏般地笑着。

程安之背对着他，半靠在车门上，外面像是要下雪，极冷，风刮在额面上，刺得生疼。

"上车。"纪司北唤她。

程安之未动，手机响动，是程静之催她快点折返。

"程安之，上车。"纪司北又叫她一声。

程安之转过身，呵出来的白气融进雾里："我是出来买东西的，一家人等着我。"

"那你就去买，送上楼，再下来。"纪司北隔着白雾看她，眼里透出只在特定时刻会流露出来的不像纪司北的情绪，失控，跟欲望有极大的关联。

他又给她下蛊："我等你。"

第九章 / 涟漪
我的十一年，没有办法忘

◆

1

程安之当场没有拒绝，但买完东西送上楼后，她给纪司北发消息，说要他别等了。

纪司北没回话。车未动，就是他的回答。

他跟这个冬夜杠上了。

程安之一度觉得没有人比他更珍惜时间，可今天他几乎把时间都耗在她身上，效率还十分低，这太不符合他一贯的作风。

送走客人的时候，程安之往楼下看，纪司北的车未曾挪动。去洗澡之前，她又往楼下看，那人依然没有要走的意思。

深蓝色的车被大风摇晃的杉树遮了一半，比树更像是固有的置景。

程安之再次发消息过去：回吧。

纪司北很快回了条：不。

程安之捏了捏自己的后颈，为死乞白赖的某个人感到头疼。

时空扭转，曾经最长的一次记录，是程安之在风荷大厦一楼大厅里等了纪司北七个小时。

那是程安之追他追得最紧的一段时间，她什么也不想要，只要见他一面，跟他说一句话。

"你忙我就等，反正我有的是时间。"当初的程安之头顶着"执着"两个大字，懵懂地傻着，赤诚地展示天真。

纪司北在顶楼的工作室里写程序，起初的四五个小时几乎快要忘了楼下有个痴心的姑娘在等他。

最后的一两个小时,他想起她几回,数据弄错了三回,又花了半小时厘清自己的烦闷情绪,最后用一分钟的时间做出下楼的决定。
　　靠近后,他才发现她在沙发上睡着了,整个人对着空调的风口吹,没有人管她,她时而咳嗽几声,脸颊通红。
　　他一个箭步冲上去,第一时间去摸她的额头试热。
　　还好,不烫。
　　他叹口气,正欲叫醒她,她倏然抓住他的手指:"嘻嘻,我装的。"
　　娇红的面庞透着不合时宜的机灵,矛盾感十足,却真实得可爱。七个小时,从下午四点到现在,也不知道她有没有吃过晚饭,有没有喝一口水。
　　为什么她愿意这样去等他,甚至一丝怨言也无。
　　他带她上楼,她咳了一路。他倒水给她喝,她捧着玻璃杯笑得像个得逞的偷心贼。
　　"纪司北,下回我可不等你了。"所幸,她也不是完全不知疲惫。
　　可只过了两天,她就又在另一个场合以另一种姿态,继续等他。
　　"我就是很想看到你呀,我等得乐意。"她解开他的心中迷惑。
　　他决定不再跟她玩"猫捉老鼠"的游戏,要她把时间放在自己身上,精进学业,找到理想。
　　她一面表示认同,一面浑不懔:"好啦好啦,等我新鲜劲儿过了,我肯定找我的理想去。"
　　没过多久,她送给他一张画,说她找到自己的理想了。
　　他问是什么。
　　她指指画:"喏。"
　　纪司北也不知道她所指的含义,是画上的他还是美术本身?
　　他没工夫跟她耗,称心的是,她倒也少在他眼前晃了。听说她一头扎进画室里,画了几张有关他的画,还被她的老师夸赞了。
　　那天他写完程序后,被刚失恋的梁云暮拖去喝了几杯伤心酒。他酒量不算太好,有些眩晕之际,糊涂地问出口:"程安之是不是好久没出现了?"
　　梁云暮问他:"想她了啊?"
　　他也不知道他当时是什么反应。

第二天梁云暮拿一段视频给他看。

梁云暮："想她了啊？"

他点头："有点。"

为了封梁云暮的口，他让出了自己满级的游戏账号，又替梁云暮给姑娘写了段浪漫的代码。

不刻意保持清醒的纪司北会记得，程安之等他的样子比任何状态下都要安静虔诚。

他想，那时候，她是真的把他置于心尖之上吧。

…………

临近十二点的时候，程安之再一次给纪司北发消息：别等了，我睡了。

纪司北：晚安。

可他还是没走。

两点半，改完工作室装修设计图的程安之换了身衣服下楼。

她没有上车，站在车门外跟纪司北说话。

夜风吹乱她的长发，她拨开，让视线清晰，掷地有声："纪司北，你怎么还越活越回去了呢。"

"你上车。"他并不在意她的评价，俯身推开副驾的门。

程安之坐进去，凉透的衣料乍暖，袭了一身的燥热。她侧脸看他，他只穿衬衣，衬得她像天外之客。

她研究了一会儿后，把车内空调的温度降低。

纪司北只让她上来，却没有后续。他不说话，低头把玩着他的打火机，怠懒中带着一丝颓。

程安之也找不到开场白，空坐了几分钟后，她对他说："我困，想上楼。你明天也应该很忙吧，早点回去休息。"

他有三分钟都没搭腔。三分钟后，他手指触上腕表的边沿，轻嗤一声："终于，我也等了你七个小时。"

程安之略显错愕地偏过头，看向他深情又倦怠的侧脸。

他忽然仰起头，与她对视。在她正要撤离目光时，他问："程安之，你现在比我更厉害，能不能也送我一个时光机？"

程安之看向他的眼睛里没有像过往那般总让人感觉像是溺进了一

场温潮，她依然维持着清醒。

忽然，他倾身吻过来，覆住了她的清醒，在她的理智之上铺满一层霜雾。

程安之尝到薄荷香气，一瞬间的念头是，他需要为这个吻吞下几颗糖，才能消弭香烟带来的苦涩之感。

熟悉的唇瓣和久违的碰撞化开一片旖旎。可惜了，不是以恋人的身份进行，又多了些不能更深入的遗憾。

程安之轻轻推开纪司北的肩膀，玩笑道出"没退步"三个字，又说："我弥补的比那天多，够了吧。"

那天她等了七个小时之后，他带她上楼，喝完他倒的那杯水之后，她小小地占了一下他的便宜，拉了拉他的手。

而他今夜要的是一个吻的补偿，多十倍的贪心。

程安之拉开车门，纪司北没有去拦。

她下车的那一刻，他哑声问："你呢？都还好吗？"

"都好。"程安之的声音在凛风中分解出故事感。

他兀自点点头，说："你应该没跟那个隋唐在一起吧。"

程安之正要接话，他牵起一边唇角看着她："不然你不会隔了几秒钟才推开我。"

程安之露出一个鄙夷的神态："原来我在你心里如此有道德感。"

纪司北耸一下眉毛，绕去另一个话题，告知她："我休了长假。"

"再见。"程安之置若罔闻，转身离去。

纪司北虽休了长假，但每天上午仍要留两个小时的时间处理公司事务。

这日小助理上门送文件，带给他一本他从未关注过的艺术类杂志。

程安之和隋唐拍摄的那组照片占据了杂志的八个版面，除了照片，还有两篇特稿和一篇联合访问。

被问到灵感相关的问题时，程安之说痛苦可以催生创作欲望。至于《我的 90 分前男友》，她说这部作品不是用来怀念前任，更不是用来记录那段恋爱，而是用来纪念过去的程安之。

第一次恋爱时的程安之对人生有着最多的热忱，创作方面也充满激情。

"那你肯定很喜欢过去的程安之。"

"嗯,但我更喜欢现在的自己。"

现在的程安之跟纪司北是离得最远的那种关系。

她却说她更喜欢现在的自己。

所以程安之不喜欢纪司北了吗?

纪司北放下杂志的时候不小心打翻了咖啡杯,深褐色的液体蜿蜒而下,滴落在灰黑色的地板上,深色与深色相接,却不相融,触成黑云一般的压抑情绪。

比文字更刺心的是照片。十几张照片中有八张是双人合照,而最具氛围感的一组合照里,程安之和隋唐是情侣的姿态。

他们在布景浪漫的晨间林雾中靠近,原始天然的背景和自然灵动的造型下,两个人若即若离又相视而笑,眼中都有对对方的青睐。

纪司北从未跟程安之拍过这样的照片。

他记得程安之曾经约到过一次澜城挺有名的网红摄影师,想在他出国前跟他拍一组情侣照,后来因为三方时间凑不到一块儿,此事作罢。

程安之的审美从来没有掉过线,她本身就是个合格的业余摄影师。她的照片表现力极好,懂得如何摆高级的造型,面部表情也生动。

如此会拍照的她,第一次和异性的亲密合影,却不是和他。

纪司北的视线停在一张黑白照片上,没有繁复的背景,也没有绚丽的光影,只有穿白衣的两个人在巨大的画板前合绘。

程安之的眼睛却没有看手中的画笔,而是侧一半的头看向隋唐,眼神中竟有一丝羞怯。

她十七岁时看他都不曾有过这种少女情态,现在二十八岁了,却对另一个男人怀了春?

纪司北把桌面上的残局收拾干净后,将杂志放到离得很远的地方。

小助理揣测一番他的心态后,不要命地又说:"摄影师和编辑策划们挺会的,知道怎么拍可以达到炒作的效果。这几天插画圈都在讨论他们俩的这次合作,还有粉丝给他们弄了个情侣名,叫'橙皮糖'。"

"没事你就可以回公司了,记得给蜥蜴喂食。"纪司北重新去煮咖啡,手中的器皿发出烦躁的声响。

"有。"被赶客的小助理乖巧地举了一下手,"今天是周五,还有一些例行汇报的事情。"

"说。"

明明是一个字,小助理却从老板的口吻里听出了"说完快滚"的意味。

他没所谓地耸耸肩膀,从工作包里翻出几份文件,一一说道:"这一周,程文耀先生的身体状况趋于平稳,苏城的耿女士及女儿一切安好,经你暗地引荐,耿末已经在知名音乐家宋老师的培训机构里上了两回小提琴课……"

"小提琴?"纪司北略感疑惑。

小助理挑眉:"是的,不是长笛也不是古筝,小丫头最后选了小提琴。"

"嗯。"纪司北又觉得正常,毕竟耿末的亲姐姐程安之小姐也曾是个没定性的少女。

除了书法和绘画,程安之少时学过京戏,也学过民乐,但都只能算是学过。她在十八岁那年当众弹琵琶时,弹最简单的曲子,却被在场懂行的老师指出弹错了七八个地方。好在她脸皮厚,无所谓。

小助理继续说:"程家原本的那栋房子位于市区最后一块老城区,计划明年拆迁,所以……"

所以买下来也没用了。

"安之学姐家曾经的那栋别墅,房东没有出售的意思。"小助理瞟了眼纪司北的脸,"不过她现在租的这套市郊别墅,你有做房东的可能,可能性几乎是百分之百吧……"

冷酷老板的面色稍稍转了晴。

"谁让你有钱呢。"小助理又"哈哈"笑了一声。

纪司北嫌弃地扫了他一眼。

助理走后,纪司北沉默地喝完新煮好的咖啡,又把杂志从遥远的角落里翻出来。

然后他做了件毁人设的幼稚事情。

他把照片里隋唐的脸,通通用去年程安之遗忘在这里的插画贴纸遮挡住。

2

程安之冒着严寒,一天去一趟郊区别墅盯工作室的装修进度。

今日路上,隋唐发消息问她,她选中的艺术经纪到底是谁。

程安之回国后,有不少资本向她抛出橄榄枝,她急需一个商务能力极强的人帮她应付这些跟甲方的对垒。隋唐的关心也不是多余。

程安之其实只是有意向,但是还没跟当事人细致沟通过,不过眼下隋唐多次询问,她不好再卖关子,便坦诚道出程静之的名字。

"亲戚?"隋唐从字面猜测她跟这个人的关系。

"我姐姐。"

隋唐沉默了好一阵子后,说:"祝顺利。"

对于程安之没有倚靠国内几家大艺术经纪公司的行为,隋唐持保留意见。

这边程安之忙完装修图纸的设计后,抽空请程静之吃了个正式到夸张的饭。

姐妹俩有八九年的光景没来这间餐厅,上回来,是程静之的二十岁生日,那是记忆中爷爷最后一次陪她们在外面吃饭。

坐在曾经一家人聚齐庆祝的小包间里,两姐妹各自伤怀。

程安之举杯跟程静之说"重返荣耀"四个字的时候,程静之的眼底划过一片温情的水痕,她是比程安之更不矫情的女孩,但此刻百感交集。

"姐,只要有你陪着我,我就敢去闯。我要功成名就。"程安之饮尽此杯,"靠你了。"

毕业于国内知名财经大学的程静之,前些年求稳,待在体制内的银行机构。回到澜城后,为了给父亲治病,她又去了待遇丰厚的私企从事金融相关的工作。三十岁的她正开始面临职场晋升难的压力。

她没想到安之会邀请她入伙,冥冥之中又觉得这是最好的安排。

程静之也没想到自己"跳槽"后接到的第一个工作,会是跟来之科技的品牌部经理洽谈商务合作。

来之科技想邀请程安之绘制他们今年的新年礼盒设计。他们的新年礼一向是年关的重头戏，因为团队总能别出心裁，贡献给合作方、客户以及用户最具诚意和创意的新年祝福。通过这份礼物，就能看到来之科技蓬勃向上的朝气和对未来的野心及美好期许。

品牌部的经理换了人，并不知道曾经程安之狮子大开口一个授权便要三百万的事情。

程静之套他的话，想知道此事纪司北在背后干预多少。但从谈判过程来看，不忘旧情的纪总倒是维持了往日风格，丝毫没体现出想讨好前女友的谄媚态度。

除了来之科技，找程安之的其他公司还有很多，现状是，她完全可以做到由她来挑选甲方，而不是甲方来挑她。

程静之也格外有底气。

纪司北通过助理的汇报了解此事进度，听闻最终以超过预算百分之八的价格谈妥后，皱眉打电话给品牌部经理。

可是电话拨通后，他却不知道是该先问责超预算，还是试探对方是否因为知道程安之跟他的关系而私下提高了预算……

这件事上，他依然还是那个恪守信条的理智管理者，可生出的私人情感又让他产生些许偏离的心态——

如果没谈妥，会不会显得他这个前男友过于小气？整体合作金额并不庞大，让百分之八的利又如何？

纪司北挂了电话。

罢了，权当是弥补前年冬天没促成的那次合作吧，况且这报价也属于市场价格的合理范畴。

程安之接到房东通知，说她租赁的别墅将要更换房东。

卖了？程安之觉得很是蹊跷，现在不是房市景气的时候，房东也不像是缺钱的主儿。但只要没有违约，她身为租客也只能接受这个事实。

"新房东素质很高的，是个成功人士，不缺钱。所以小程你千万别担心涨租之类的事情，转移合同里我会写清楚的。"房东给她吃定心丸。

"那好。"

站在即将修葺完毕的小院子里，程安之忍不住畅想未来在这里创作的景象。忽然，一辆深蓝色的车缓行停在门口，她抬眼，穿深色大衣的纪司北下车朝她走来。

视线里骤然出现这个男人，像是平静的故事涌入一个扣人心弦的情节，打破常规，却不突兀。

男人的脸在冬日的阳光里镀上柔色，清冷的眉眼和微红的薄唇潜藏一份不易察觉的志在必得的野心。

程安之忽然觉得他变了，变化藏在细节里，又浮于他不同于寻常男人的不凡气质之上。她此时看他，终于能够跳脱出局内人的心态。

她正以一个二十八岁成熟女性的姿态，来面对一个曾有过深刻旧情，但未来不知情深情浅的同样成熟的男人。

纪司北走到她身侧，跟她并肩而站，一起凝视不远处的风景。

有湖有山，云烟四起。

他偏头，看她微微抬起来的下颌骨和颜色高级的嘴唇，于静谧之处淡然开口："以后我可以常来吗？"

程安之清浅地笑笑："来做什么？收租吗？"

纪司北没想到她这么快就猜到，他抬起手，轻轻地拍了一下她的后脑勺："按时交租，不要逾期，我不涨租，但也不会轻易给你降租。"

程安之偏过头，拧着眉头看了这个男人几秒钟，随后别过脸，双手插进大衣口袋里："你从前才不会这么无聊。"

纪司北淡淡地"嗯"了一声："但我从前很无趣，以后想拓宽一下人设，程小姐有兴趣深入了解一下吗？"

山雾浓密起来，坠在湖泊的边沿，凭空制造了一幕人间仙境。

仙境对岸是俗世烟火，并肩站立的两个人被千丝万缕的牵绊缠绕，割舍与交融都成了难事，沉重的姿态远不如湖水里的倒影松弛。

程安之目光所及，除了山湖，并不只剩下身旁的男人。

"为什么？"她举重若轻地开口。无赘述，只有简简单单的三个字。

她不想拖泥带水，或者藕断丝连。

为什么？

因为放弃从来都是缓兵之计，因为纪司北不曾真正放下过程安之。

从小到大，纪司北都活在理智克制的人生信条中。

他没有见过父亲，十岁那年偶然从外公口中听闻父亲是一个恃才傲物的狂妄之徒，小半生都在冒险，最终丧命于一次不理智的决策中。

从那时起，他告诫自己，要学会审时度势，要学会权衡利弊。而纪家特殊的家庭氛围又不断刺激他形成比同龄人更强的自尊心。

程安之苦心追逐他的那三年，他并不是不为所动。他冷漠，是他不想让自己那么早陷入感情，他害怕分神，更害怕误了理想。

程家当时何其风光，如果他成为程安之的男朋友，那他的标签就只剩下"程安之的男朋友"，他不想让纪家有理由攀附程家。

后来程安之跟他分手，从小就懂得清算时间成本和感情成本的他变得别扭又计较。他没想过再去爱别人，程安之此举无疑是打乱他的人生计划。同时，他的自尊心受到重创。

他开始带着恨意去遗忘，却没做到，爱反而在恨意里翻涌。

程安之让他体会了物极必反，也感受到被命运扼住喉咙的无力。

他承认他最终是输家。

他送程安之的那枚钻戒，买于决定跟她和好的那一天。那一天，他清晰地认知到，他这辈子不会再有别的女人。

后来种种，他漠然去想，两家长辈之间的恩怨纠葛干他何事，可程安之在逆境中最核心的痛苦是因他而起，他知道她爱他，也知道她为难。

他无法带着赎罪的心态继续这段感情，更不想让她夹在他跟亲人之间，反复伤怀过去。

她每每想起父亲时黯然神伤的样子都让他心碎，她尚且不能与他交心，又谈何释怀更大的仇怨。

可是忘不掉，情难自抑。

一见到她，他就开始后悔，根本不受控制。

程安之去欧洲的这一年，是他觉得活着最没劲的一年。他时常在黎明时分对着心里的这座空城发呆，他抽掉许多烟，饮尽无数杯酒，却没能放下一个人。

纪司北没想过有一天，他会打破自己的克制。他总是想起那个肆意的程安之，现在也会暗自模仿她的一腔热情和勇气。

不再管什么人间清醒，他只想拥她入怀，做一场不再孤独的梦。

但说出口的都是矫情,纪司北自认还没到卖惨的地步。

他垂下眼眸,同样举重若轻地回答程安之的问题:"当初程安之为什么要那样,如今纪司北就为什么要这样。"

程安之下意识地笑了,她呵出一口白气,找不到应对之言。

这一年多,她何尝没有完成重塑。却不想跟他角色互换,重蹈一次覆辙。

即便再爱一次,她也不会是从前的程安之了。她更学不会做从前的纪司北。

程静之以艺术经纪的身份参加了一个资方酒会,意外遇见了徐清宴。

两人明明是和平结束的关系,见面氛围却像极分手后的情侣。

徐清宴带着个女伴,说是助理,程静之不太信,但也不上心。

她认定这家伙不会空窗,猜测他们不再见面的第二周,他枕侧就会有新人相伴。

徐清宴隔着人群打量穿礼服裙的程静之,她自父亲来澜城看病后就又瘦回二十五岁之前的身型。但其实他更喜欢她丰腴一点的样子,外表带着一种伪装的娇憨,可以短暂藏匿起她内里的坚硬。

程静之发现徐清宴在看自己,装作不知道,掠过他时,把他当陌生人。

她跟医生男友刚刚确定关系,但"有主"两个字已被她刻在脑门上,她绝不做那种三心二意的女人。

徐清宴也没跟她打照面,他的女伴对他形影不离。

中途,程静之被资方的人叫走,去谈跟程安之的意向合作。再回来时,徐清宴已经离席。

她去到地下车库开车,接到一通商务电话,坐进车里接完电话后才发动引擎,这时徐清宴敲响她的车窗。

"谈谈?"男人的声线透着若有若无的诚意。

程静之没开窗,俏皮地歪了一下头:"没得谈。"说完驱车离开。

徐清宴做了件他倍感荒谬的事——他开车追了出去。

程静之一路驾驶到市郊的工作室,徐清宴也就跟她到了这里。

他们双双下车,被傍晚的夕阳晃着眼睛,沿着湖边小路快步前行。一前一后,一人被另一人穷追不舍。

"静之。"徐清宴的语气无奈又急。

两个投影在草地上重合,程静之的胳膊被拉住。

她回头甩开这只手:"徐清宴,我有男朋友了。"

"我知道。"徐清宴又抓住她的手腕。

程静之烦躁地皱眉:"所以你想怎么样?"

"如果你只是想要一个男朋友,我觉得我比他更合适。"

程静之短暂惊诧后,平静地道出:"谁给你的自信?晚了。"

程安之远远听见程静之的声音,绕到前院一看,徐清宴跟在后头,姿态竟有两分丧家犬的意味。

"怎么了?"程安之低声问询。

程静之的视线停在纪司北的脸上,反问:"你们这是?"

"叙旧。"纪司北抢答。

屋内在装修,四个人根本没有落脚的地儿,程安之干脆送客。

她送的是纪司北,程静之顺势就请不速之客徐清宴一并离去。

两个男人却都不打算走。

纪司北从徐清宴和程静之身上看出端倪,提议时看向徐清宴:"不如在附近找个地方一起吃晚饭?"

"好啊。"徐清宴心领神会,迅速接了话。

"静之?"纪司北又温和看向程静之。

这位毕竟是甲方大佬……

程静之思忖三秒钟之后,点点头:"好。"

这种局面之下,程安之成了那只被赶着上架的鸭子。

四个人开三辆车,别别扭扭地往山里的一间餐厅开。

路是纪司北指的,他的车在最前面,程静之开车载着程安之紧随其后,徐清宴在末尾。

冬日晚阳并不长久,出发不到一刻钟,夜幕就露了半张脸,在山间压下一片灰黑。没有路灯的山路,车灯透出来的光亮成了唯一的指路星。

程静之喜欢听摇滚，车内的喧闹音乐与车窗外的山林静谧呈鲜明对比。程安之从后视镜里看徐清宴的车，又问了程静之一次："他真的没机会了吗？"

"是的。"程静之也再一次表态。

"那他呢？"程静之指指前方那辆车，问程安之。

程安之偏头看向窗外，不吱声。纪司北的机会不该是她给，得看她的命运是否愿意馈赠。

"我听说隋唐有个交往八年的前女友……"程静之点到为止。

"平白无故提他做什么？"程安之回了头。

"他没追你？"

程安之笑道："你哪儿看到他追我了？"

"最近你们俩总是在一块儿。"程静之说，"换换口味也不错啦，还能数十年都只有一个纪司北吗？"

程静之换过不少男朋友，谈不上专情，却也不滥情。细算起来，跟她纠缠时间最长的徐清宴，却不是她的男朋友。

每每想到这一点，她都很唏嘘。

她曾偷偷摸摸去找算命先生算过姻缘，大师说她良人到得晚，且有得等呢。她问是陌生人还是旧人，大师说"天机不可泄露"。

听到这六个字，她觉得自己被骗了。

"我跟隋唐只是比较投契罢了。"程安之顺嘴解释道，提到纪司北，她又说，"暂时不太想谈感情，认真搞钱比较开心。"

"其实……你要是搞到纪司北，也等同于搞到很多钱……"

"喂！"程安之被气笑，干脆开起了玩笑，"现在就看我想不想搞他，不存在搞不搞得到，OK？"

程静之比了个"OK"："总之你自己权衡吧。长辈们那边的心结总会有解开的一天，关键是你们俩得对一些事情和解。"

"早着呢。"程安之打了个哈欠，"我还是先愁赶稿的事情吧。"

餐厅坐落在半山腰，设计如一间茶社，质感清朗。

今晚宾客稀少，他们占了赏山景的最优位置。光鲜亮丽的四个人，看似成双成对，实则客气疏离。

本就是一个奇怪的硬凑和出来的饭局,所以无人对诡谲的氛围产生过多的尴尬情绪。

"驾照带了吗?"这话是席间纪司北问程安之的。

他怎么知道她自己考了驾照?

"没带。"程安之撒谎。

"有就行。"纪司北喝掉桌上"误上"的红酒。

这是纪司北在这里的存酒,是他事先跟老板说好的,根本不是误上。

"徐先生要喝点儿吗?"他客气地问徐清宴。

徐清宴决定也喝几杯:"叫我名字就好。"

程安之和程静之相视一眼,彼此眼里都有些理不清的烦闷。

山中夜晚深沉幽静,一只黑猫跳上窗沿,高傲地打量临窗而坐的四个人。它没见过这么奇怪的四个人,不熟的样子像拼桌客,深情的目光又入戏。

程静之去洗手间之际,徐清宴去到院子里抽烟。

"你不去?"程安之问纪司北。

她知道他如今是个烟鬼。

"怕你不喜欢。"男人静静道。

程安之努努嘴:"我也去洗手间。"

待她回来,无人在席。

一偏头,纪司北手指捻烟立于窗外,眼中却只有她一人。

她怔了一瞬,移开目光,告诉自己真正心动只有一次。

所以必然不是这一次。

回市区的绕城高速一路冷寂。

程安之车技一般,不敢开快,没过多久就被载着徐清宴的程静之甩远。

她开得聚精会神,让身旁的男人全然成摆设。

纪司北半倚在靠背上,酒后有些倦,但仍想着为程安之看路,眼神是清亮的。

看着看着,他的目光落在她紧绷的指节上,一念悬心,伸手触了过去,刮了下程安之的中指顶端,那儿有一个长期握笔造成的茧。

233

只是一丁点突出,并不影响这双手的美感,又有几分可爱。

"做什么?"程安之专注开车,反应很慢,微乎其微地将手指缩回两寸。

纪司北目光灼灼地看着她笑:"也是开过德国高速的人,至于这么战战兢兢的吗?"

他怎知她到过德国,还在德国开过车……

"能一样吗?"程安之蹙眉淡淡瞥他,"雾这么大,我能安全把你送到就算是我有本事了,你就别激我了。"

"那我睡会儿?"纪司北半闭上眼睛。

"嗯。"

安静了三分钟后,程安之静声道:"也没见你喝几杯,这就醉了。"

"我醒着你嫌我碍事,我睡了你自个儿又无聊。"纪司北低笑出声,坐直身体,摸了盒提神的糖,吞下一颗。

程安之朝他摊开手掌,讨了一颗。

她昨夜画画到黎明,今天白天又没有补觉的机会,此时的倦怠并不比他少。

但糖含进嘴里,她便后悔了,薄荷味道直冲脑门。

她是排斥薄荷的人。

她皱着眉头抽了张纸巾吐掉,胡乱地往衣服口袋里一塞,责怪他:"你是忘了我不吃薄荷味儿的糖吗?"

他没忘,只是今天在车上,他没准备别的糖给她。

纪司北忽然想起大衣口袋里似乎还有一块黑巧来着,急忙翻找,最终没找到,但像神来之笔,竟被他摸到个小铁盒,里头是青柠味的小糖粒,他甚至忘了是哪天去便利店鬼使神差地付了款买的。

像是赔罪般,他急急拆了铁盒,把糖送到她嘴边。

谦卑之态,让他全程像个做错事的孩子。

程安之"扑哧"一声:"真喝醉了?"

纪司北痴痴看她,笑意爬上眼梢和唇角,也不知怎的,这一刻他忽然觉得生活可爱,有梦可待。

不过是一件小得不能再小的事情,全因程安之笑了。

"真傻。"以为他醉了,程安之送出二字评价。

"是傻。"他低语，手指将糖果盒开了又关，兀自说道，"是你喜欢的牌子吧，便利店货架上一共有三个口味，甜橙、黑加仑和青柠。"

程安之咬住下唇，从后视镜里看他。

纪司北在后视镜里抓住她的目光，赶在氛围最浓的一刻，"唆使"她："待会儿去2706坐坐？"

"太晚了，改天吧。"程安之淡然撤回视线，不想细想他的目的。

车在雾气散尽时分下了高速。

过了好一会儿，纪司北的声音透着巨大的失落似的，低沉地飘荡在车厢里："不去我那儿，那就先送你，我叫代驾在你家楼下等着。"

程安之微微张了张嘴，却没找到恰当的说辞。

他又问："你现在住哪儿来着？"

说罢嗤笑一声，他竟然都不知道她回来后的住处。

程安之最终按他说的做。事实上，她先回家，再请代驾送他，不绕路。而先送他再折返，会绕路。

她一路认真开车，没看手机。熄了火，她正欲下车时，拿出手机看到三条微信消息和一条未接语音通话。

隋唐：估计你在赶稿，我顺路给你送点宵夜。

隋唐：不在家？

隋唐：有点担心你。

"再见。"程安之客气地跟纪司北道别，下了车，拨通隋唐的语音。

刚解释完没回消息的事情，一声"程安之"从身后的车里传来。

她回头，纪司北清醒地坐在副驾上，车外寒风涌进去，吹着他薄薄的衣衫，他脸上哪有半分醉意。

"还有事吗？"她按着听筒问似醉未醉的男人。

纪司北垂了垂脖颈，哑声说道："你这什么地儿啊，我都没叫到代驾。"

示弱撒娇的语气，配上一双醉意清浅的眼睛，程安之立在寒风中端视这个男人的脸，短暂心软。

电话那一端隋唐在催促："有朋友在？那我……"

她抽回神，没急着做选择，只是委婉地对隋唐说："挺晚的了。"

"是挺晚，不过我已经在你家楼下了。"

一声喇叭响起,伴随刺眼车灯,程安之回头,隋唐的车就停在五米开外的地方。

两辆车,两个男人,都是蛰伏在暗处的兽。身为"猎物"的程安之站在亮光之地,只有一个选择。

没过分犹豫,程安之快步走过去跟隋唐打招呼,隋唐称外面冷,要她上车。

程安之看了眼纪司北的车后,绕进副驾。

接过隋唐递过来的吃食后,她坦诚地同他说:"我朋友跟我一起回来,他喝了酒,这儿又叫不到代驾……"

"叫不到代驾吗?"隋唐当即打开手机软件,捣鼓了一分钟,然后递到程安之面前。

程安之一看能叫到,下了车,去跟纪司北"交涉"。

纪司北沉静地打量程安之的脸:"你就这么急着跟别的男人约会?"

程安之被他激着了,在他渐渐聚拢的怒色中点点头:"是啊。"

谁规定单身女青年不能大晚上跟异性相会?前男友更是管不着。

她替纪司北叫好代驾后,折回去知会隋唐下车,随后两人往楼栋里走。

纪司北的眼神在对面熄灭的车灯之中黯淡下来,他是被抉择之后的弃子。

程安之就这么不要他了。

今冬竟比去年更凛冽。明明她回来了,却更加遥不可及。

3

隋唐带了他爷爷那儿的私厨做的几样点心。上回程安之去,爱吃,他便留心记下了。

程安之今晚的确没吃饱,她吃掉两块酥饼,又喝了一小碗桂花酒酿后,大呼过瘾。

"你要是喜欢吃,以后我天天给你送。"这话过于暧昧,隋唐的声线却稳,眼神也坚定。

程安之避开他的视线,去吧台煮花茶给他喝,茶包刚放进壶中,门口传来敲门声。

纪司北也不知道搁过去，今晚这样的情形他会是什么表现。

程安之曾经不乏追求者，但没有哪个让他感受到过威胁。

一方面是他过于自信，另一方面，程安之从来没给过别的男孩机会。

隋唐不一样。

程安之跟隋唐志同道合，甚至惺惺相惜。

这是他第一次看见程安之跟另一个异性有超越普通朋友的相处。

决定上楼的时候，他预感今夜会很漫长，但他不想败兴而归。

程安之开门时的神情出卖了她的心境，她看上去很为难，下意识地看了屋里的隋唐一眼，投给纪司北一个"你来得很不是时候"的眼神。

"你怎么知道我家的门牌号？"她换了居家的衣服，风格和发髻一样松软，透着一股温婉。

已经信任到这种程度了？

纪司北打量她及膝的裙摆，白皙的小腿会让任何一个异性动或深或浅的歪心思，除非对方是个圣僧。

他不知道她家的门牌号。只是从她跟隋唐离开的那一刻开始，他的目光就追随她，直到看到哪一层的哪一户亮起了灯。

纪司北闻到食物的香味，是她喜欢的点心味道。

嗬……当真会投其所好。

"晚上没吃饱？"他知道自己在明知故问。晚上她动筷子动得很少，他都看在眼里。

"代驾师傅呢？"程安之想找手机看看订单详情，却发现手机不在口袋里。

隋唐恰如其分地把手机递到她面前，正式跟纪司北打了个照面。

两个男人，一个在里，一个在外，跟女主人的关系亲疏摆在台面上。

纪司北从未扮演过任何一个场合里多余的那个角色，过去他的骄傲不允许他让自己落入这步田地，现在他别无他法。

"程安之，不请我进去坐坐吗？"他说这话时没看程安之，低着眉眼，眼梢又带笑，一股子消沉的傲慢，藏不住心思，又极力维持体面。

程安之不曾见过这样的纪司北。

她侧身，不想让自己显得那么小气。她看了眼隋唐，跟他一起迎纪司北进来。

看他做什么？

纪司北心中的躁气就这么翻涌而出，难不成她已经拿这家伙当男主人？

他进了门，看见满屋的烟火气，甚至不太像一个青年艺术家的住所。

他们上来不过四十分钟，却像寻常情侣般做了这么多事情。

餐桌上摆满了食物，有他从来都不碰的速食、小零食、碳酸饮料，还有隋唐带来的食盒。客厅里的投影仪闪着亮光，正在播放一部爱情电影。沙发上随意搭着薄毯，和隋唐的围巾搅和在一起，偏偏两个物件儿颜色还相称，和谐得要命。

纪司北的目光最终定格在茶几上的一个小礼盒上，正方形，丝绒质感⋯⋯

程安之顺着他的目光看过去，敛了敛眼皮，问这位"检察官"一般的朋友："喝茶吗？"

纪司北落了座，唯他一人坐着，另外两位并肩而站，亲密的、一致对外的姿态让他生出许多许多的烦闷和反感。

他不仅是多余的，还是让主人们头疼的意外来客。

如果他不来，他们会是怎样的氛围？

会拥抱吗？会接吻吗？甚至会⋯⋯

嫉妒发疯一般滋生，他意识到他或许将要失态。

程安之的茶煮得比想象中慢。隋唐跟她一起守着茶壶，明明身处同一间房子里，却像是把纪司北隔在了另一个空间。

隋唐没有跟程安之说话，但帮忙的姿态就足以显示他的用心。

今晚他就是占着上风。

程安之趁机跟隋唐低声交心："你应该知道他是谁。"

"知道。"

程安之抿唇："我不擅长处理现在这样的场面。"

"这么实诚吗？"隋唐轻声笑道，"我懂，我不让你为难，我待会儿就走。"

程安之露出感谢的眼神。能遇到这样一位知己，她心里生出暖意。

被她定义为"知己"的这个男人下一秒却说:"那待会儿你得送我下楼,我有话跟你说。"

茶煮好,送到纪司北的面前,程安之顺便对他说:"我送朋友下楼。"

话落,她跟隋唐双双离去。

外头好像下雪了。

纪司北给自己找了个窥视的理由,开了半扇窗,眼光紧紧跟随楼下那对男女。

他们没有在外面逗留,径直去到车里。男士绅士地为女士打开车门,随着车门关上,偷窥的人就这样断了线索。

程安之上车之前预想过隋唐会说什么,连"表白"这样的大事情都猜过一遍。

但隋唐的开场白却是:"你们在一起多少年?"

这实在是个难解的题。

真心面前,程安之是个实心眼,她拿爱着纪司北的时间来计算,说道:"十一年了。"

隋唐鼓着脸点点头:"我以为我的八年足够漫长,你更绝。"

程安之失笑:"干什么要问这个?"

"因为……想跟你表白啊。"

程安之心口像爬过一只小蜥蜴,明明有所预料,情绪却在隋唐淡定又不失浪漫的语调神色里激荡起来。

比起青春期时莽撞的男孩子的一句"程安之我喜欢你",隋唐这句特定情境之下的"想跟你表白"实在太含蓄。

却有力度。

隋唐不掩饰他曾经爱了一个女孩八年的事实,也不介怀程安之对另一个男人的长情。他格外洒脱地对她说:"想再爱一次,也是真的动了心,就是不知道你心里有没有我?"

一句情话抑扬顿挫,拆解成滋味不同的小短句,句句如银珠落银盘,掷地有声。

程安之不可避免地被戳中。她忽然发现,关于"爱情"这两个字,

239

男主角不一定只能是纪司北。

无论是否心动,她都为隋唐的这句话动容。

纪司北没说过这样的话。那句撤回的"程安之,我爱你"因为没留下痕迹,成了过去的一场海市蜃楼。

确认外面是真的下雪之后,纪司北出门,下楼,从窥视者变成堂而皇之的跟踪者。

他又不想逼得太紧,当是醒酒,坐在暗处的长椅上看雪吹冷风。

他记得程安之说过,她最喜欢冬天,不是因为冬天有雪,而是因为冬天有理由跟爱的人靠得更近。

她总是那么浪漫,情话信手拈来,又很真诚,像一坛陈年酒,淹醉他不够浪漫的一颗心。

他后来独自度过很多个冬天,没有她在身边,冷暖都不明显。

她到底什么时候才能从另一个男人的车上下来?

因为他的出现,他们的约会计划被打乱了,所以转移阵地去车上了?

寒风拂面,纪司北却不觉得冷,因为心底铺满了霜,肉身之寒变得不重要。

程安之下车后,安静地站在原地,目送隋唐的车离开。

车灯消失在夜色中,她转过身,走到最近的一张长椅上坐下。

她与纪司北之间隔了十五米的距离,她毫无觉察,打算在这里冷静一会儿。

纪司北的手指在跟长椅的缝隙较劲。

他迷惑,她这么怕冷的一个人,为什么不上楼?

又反应过来,她必定是跟隋唐谈到了什么深刻话题。

纪司北试着给她发消息:还不回来?

她看都不看手机。

片刻后,纪司北起身走到她面前。

面前突然出现一个人,正沉思的程安之吓得一激灵:"你什么时候下来的?吓死我了!"

纪司北没吱声，坐在她身侧，手肘撑住膝盖。

程安之回了回神，说："他走了，你也走吧。"

纪司北蹙眉："你觉得我不走是因为他？"

"不然呢？"

纪司北嗤笑："不管他在不在、走不走，我今晚都是要在这里的。"

"哦。"程安之接过话，起身要走。

就这副态度？

纪司北跟着她起身。

程安之踏进楼栋的时候，觉得这夜没完没了。一回头，纪司北跟小怨妇似的垂着头跟在后面，十分好笑。

"笑什么？"纪司北烦躁地瞥她一眼。

程安之耸肩："笑你拿了男二的剧本。"

纪司北气结，赶上程安之的脚步："你的漫画我每一期都追，我是不是男主，我心里清楚。"

"唔。"程安之鼓了鼓脸。

"程安之，他是不是跟你表白了？"纪司北从她的状态里猜出。

程安之停下脚步，认真地看着纪司北："你怎么知道？"

"那你……怎么想？"纪司北有些慌，语气却不突出。

程安之稀松平常地说："我觉得他挺好的，跟他在一起很轻松。"

"你已经答应了吗？"纪司北沉声道，某样东西随话音一起沉下去。

程安之眨眨眼，没有出声。

纪司北没再跟着她往前走。

"不上去了？"程安之问他。

"你先上去。"他淡淡道。

他转了身，大步回到自己车上，摸到烟盒，续命般地点燃，融进口腔里的却都是苦涩。

他这一晚上明里暗里的"横插一脚"根本不起任何作用。

她的心好像已经飞走了。她送走那个男人之后，为他发呆的模样，纪司北觉得自己会记得很久。

没有哪一个冬夜比今晚更漫长。

外出求学的这一年多,程安之学会的最强大的本领是"有的放矢"。她不再执着于在很短的时间里,渴求某件事情的结果,也懂得松掉心中的弦,任由故事自然发展。

她曾经追得太累了,得到的太短暂,失去的太惨烈。跟纪司北重逢后,是一次重蹈覆辙,但最终结局又匆匆。

她质疑自己是否有再来一回的勇气,这时隋唐出现,给了她新选项。

程安之坐进纪司北的车,找他要了一支烟。

纪司北却不给她打火机,让她拿着烟玩。

她想了许久,挖出心里那个抹不平的疙瘩,问纪司北:"你有没有觉得,我们分开成长得更迅速。"

纪司北不想听,他不是宿命论者,也认为成长不是玄学。

程安之又说:"上帝总是嫉妒我们在一起,所以才设置很多障碍。你说我要不要跟别人试试,看看会不会能顺利一点儿。"

"你要是真喜欢上隋唐了,就直说。"纪司北忽然一阵咳嗽,有些猛,胸口此起彼伏。

"我送你回家吧。"程安之提议。

"把话说完。"纪司北近乎命令道。

程安之等着他开口。

他便开口,声音羸弱:"程安之,你真的不喜欢我了吗?"

程安之没有给他答案。

而程安之回复隋唐的是:"我不知道你的八年有没有忘,但是我的十一年,我没办法忘。"

纪司北的眼光就此黯淡。

他误以为他即将失去什么,心里如此难受,却开不了口,无法向任何人诉说。

程安之送纪司北回去再打车回来时,已经是下半夜了。她干脆不睡了,铺了张宣纸练习写毛笔字,一写就到了黎明。

清晨收拾东西准备睡觉的时候,她发现茶几上的小盒子不见了。

找了好一圈,想起纪司北那家伙的奇怪行径,她发微信跟他问询。

纪司北回得很快:*在我这儿。*

程安之大舒一口气：*那就好。*

随后她问：*你拿这个做什么？*

他拿这个做什么？

找一个跟她继续拉扯的理由。纵然是以小偷的名义，他也认。

程安之是发完几条消息后才意识到这家伙很可能一夜没睡。

真被伤了心？

没过多久，纪司北竟主动买惨：*程安之，我发烧了。你要是不来看我，我会死。*

程安之问：*多少度？*

他答非所问：*别喜欢别人好不好？求求你了。*

"你要是不来看我，我会死"是模仿程安之曾经的语气，而这句"求求你了"，是纪司北高烧之下的糊涂撒娇。

程安之打了个电话过去，这家伙隔了好久才接听。

一开口就是淡淡烟嗓，失了他清亮的声音。

程安之确认，他即便没发烧，也在重感冒的边缘。

发文字消息时是那般"娇软"，听筒传来的声音却冷静又自持。

程安之："量体温了吗？"

纪司北："嗯。"

程安之："多少度？"

纪司北："38.5℃。"

程安之："家里有退烧药吗？"

纪司北："没有。"

程安之："那你能自己去医院吗？"

纪司北不作声了。

"好好休息。"程安之在他的迟疑中挂断电话。

她懂了，那些话打字可以说出来，真动口，他还是示不了弱。活脱脱一个别扭的孩子。

纪司北浑身燥热，睡不着，静静地坐在书房的贵妃榻上看日出。他很少发烧，不太当回事，连药也没吃。

卖惨只是手段罢了，学一学过去娇柔的程安之，偶尔撒撒娇也挺好的。只是她不理睬。

他忽然也想体验一次被她探病，甚至是被她喂药的感觉。

一轮新日从林立的高楼中跳出来时，他等到了门铃响。

他走过去开门，带着五分满足感，三分得意，一开门，小助理的脸涌入视野，剩余的两分躁意骤然吞掉满足感和得意。

"你来做什么？"他顶着烧红的面颊问。

"当然是来照顾你啊老板。"小助理晃了晃手里的小医药箱，"马上就是我的工作时间了。"

"谁让你来的？"纪司北明知故问。

小助理从纪司北和门框之间这个很小的缝隙轻盈地闪了进来："我掐指一算，我的老板今天会生病。"

纪司北懒懒地靠在沙发上，侧脸看朝阳，脸颊镀上一层温柔的橙色。他突然意识到，昨夜的雪好像就只下了那么一阵子。

他问小助理："雪是什么时候停的？"

小助理拿出手机查了一下，说："凌晨两点左右吧。"

这场雪果真下在热闹的故事里。一抽身，它就停。像道具一般，好像就为了让他生病。

纪司北从来不吃药，哪怕最新测量的体温已经到了39℃，他还是拒绝吃小助理送到面前的退烧药。

"是甜的，不苦。"小助理哄他。

再甜他也不吃。

脑子昏昏沉沉，四肢酸痛感越来越明显。他起身，想去冲个澡降降温，然后睡觉。

小助理趁他不备，在他脑门上贴了个带卡通图案的退烧贴，然后快速拍照一张。

纪司北眼底聚起烦躁，但想到小助理拍照的目的，又减了几分怒气值。

"你回公司吧。我睡一会儿，十点钟视频会议。"他起身去浴室，交代好。

"那我等外卖到了就走。"小助理继续相劝，"老板，你睡觉前最好喝点药，这样好得快。"

"知道了。"

从浴室里出来时，偌大的客厅里空无一人。纪司北呆站一会儿，溺在病态里，觉得眼下的孤单情形还不如小助理在的时候。

他体会到了人在病中的高敏和脆弱。

餐桌上放着清淡的早餐，白粥散发出食物香气。他走过去坐在餐椅上，手指掀了掀包装袋，用餐的兴致顷刻间消散。

他什么也吃不下去。

他回到卧室，关紧窗帘，定了九点五十分的闹钟，坐在床沿上，疲惫感席卷全身。

有一丝微光从窗帘缝隙里透进来，有些像那日在清安寺，纪风荷说的圣光。

他想起程安之每次换季都会感冒，冬季基本上都在隐隐的感冒中度过，他忽然想，也跟神佛换一件事情吧。

既然他都发烧了，那不如让他病得再重些吧，把她或许会出现的病痛都加之在他身上，先保她一个无虞的冬天。

他如此不信神佛的人，此刻虔诚地祈着愿。

而后他又大度地想，其实只要她开心，他开不开心好像都不重要了。

高烧之中的脆弱和苦涩，在这个冬日暖阳的清晨，被他体验得淋漓尽致。

程安之看了会儿小助理发来的这张照片，纪司北贴退烧贴的样子比她想象中的可爱。

男人仓皇的眼神中带着招牌的疏冷，他何时用过这东西，他一定认为这是小孩才会用到的东西。

她没再发消息问他状态如何。她打算忙完今日手头的工作，傍晚再去看他。

程静之快中午时来找程安之，带了林双做的两道菜，又从小冰箱里翻出一些食材，做了个汤。

姐妹俩坐在餐桌上吃午饭，程安之这才问姐姐："昨晚上你把清宴送回去之后就回家了？"

"那不然呢。"程静之咬着汤勺，思绪飘远。

"路上没说什么?"程安之还是有些好奇的。

"能说什么……"程静之语气淡淡的。

程安之见她不想聊,收了话题。

程静之忽然眼光微动,看向程安之:"清安寺,去不去?"

"去清安寺干什么?"

"散心。"

吃完午饭,姐妹俩开车出发。四十分钟过后,她们坐在上山的索道里,一个打工作电话,另一个看山看水真散心。

程安之听着程静之专业度极高地跟对方聊一个美术展,拿出手机拍了她一张侧影,发了个朋友圈。

她们的侧影真的很像,很多朋友第一反应都认错,纷纷留言,说她俩跟双胞胎似的。

徐清宴也在这条下面留言了,他说:哪像快三十岁的人。

程安之没有拿给程静之看,他们还是微信好友,她自己能看见。

下了缆车,没走几步便是吊桥。程静之看着挂满半个吊桥的红锁,很煞风景地问了句:"挂这么多锁,也不怕桥塌了。"

"会剪的。"一旁的游客提示道。

程静之不好意思地回了头。

会剪的……

程静之聆听庙里的师父说她的因缘际会时,程安之脑中一直反复出现这三个字。

"我先出去一下。"她找了个机会离开。

回到吊桥上,程安之急忙去寻找她曾经挂的那个铜锁,可是怎么也找不到了。

她又担心是记忆出现了偏差,又去到另一个地方找,忽然,一个日期不同,但同样写着他们俩名字的锁映入眼帘——

程安之 & 纪司北

期待相见

日期是他三十岁生日那一年。

他从前，从来都不喜欢弄这些玩意儿的。

下山时，程安之才问程静之庙里的师父跟她说了些什么。

师父说医生不是程静之的终点，程静之却没开口，打了个马虎眼，说这些话当真不得。

"那你去问什么。"程安之笑。

"我无聊呗。"程静之又说，"不过师父说你未来不可限量。"

"你都说了，当真不得。"程安之笑得更盛了。

"姻缘这种事情，不一定算得准，但是这个师父算前途还是很准的。"

"那我就信了吧。"

程静之别过脸，兀自走了会儿神。手机响了一下，她拿出来看，看完点进朋友圈，看见程安之发的那张照片，以及徐清宴的那句评论。

她皱着眉头，把徐清宴关进了黑名单。

几分钟后，她接到刚刚发消息的那个策展人的语音通话。

接完这通电话后，她通知程安之去参加澜城年终的青年艺术家展览。

"隋唐也被邀请了。"程静之又提醒道。

程安之耸一下肩膀。

昨晚之后，她不知道隋唐再面对她会是什么心境。

傍晚时分，程安之独自开车去看纪司北。

她想到他生病，八成在家里休养，就没有事先联络他。

结果扑了个空。

她打给小助理，小助理说他也不知道纪司北去哪儿了。

"你离开的时候他烧到多少度？"

"39℃。"

"后来呢？"

"后来我就走了……"

程安之给纪司北发了条消息后，在小区外边找了家咖啡店，等他回复。

她带了iPad，随手画了张速写。半个小时过去，纪司北没有回复。

iPad没有电了，她刚找到一个带充电接口的位置，纪风荷打来电话，说纪司北人在医院。

"不严重，不必担心。"纪风荷说。

既然是这样，程安之贸然前去会很奇怪，毕竟他们早就不是情侣的身份，甚至连朋友都做得尴尬。

"祝他早日康复。"程安之如是说。

遥想当年，纪司北也如她现在一般处理他们之间的关系，亲密和疏离，他总是按照他心里的分寸感走，以至于总让她觉得他不近人情。

那时候的她，觉得喜欢是映照在冲动里的，他对她从无冲动，连她做手术那次，他都没露面，她便认定，他没那么喜欢她。

可她也忘了，是她交代耿慧洁千万不要说她的病因。

第二天一早，程安之还是去了趟医院。她借小助理的口侧面打听到纪司北所在的医院。

小助理不明细节，也说无碍。程安之便带着轻松心情，秉持最基本的关心，问了下护士站里的值班护士。

"纪司北？急性肺炎，送走了。"

"送走了？"程安之心跳漏了一拍。

"是的，转院了。"

"很严重吗？"程安之蹙眉。

"您是他什么人？"

情急之下，程安之脱口而出："妹妹。"

护士狐疑地看了她一眼，耐心解释道："成人急性肺炎，按理说，一般不会有什么大问题。不过患者同时查出心肺功能不太好，家属不放心，就转走了。"

"心肺功能不太好？"

护士耸耸肩，表示接下来的就无可奉告了。

回到车上，程安之一边发动引擎，一边打给纪风荷。

无人接听。

一刻钟后，纪风荷回电，语气平顺，言辞温和，将纪司北的基本情况如实告知,又说:"安之,等他好些了你再来看他吧。"

"好。"

车停在路边,程安之从大衣口袋里摸到纪司北昨天塞给她的那盒糖。

想起那日他在山间茶社,静对林中晚雾点烟的冷寂样子,他是何时将这副消沉的做派习得如此娴熟的?

她决定去看看他。

第十章 / 靠岸
你是这个世界上最可爱的姑娘

◆

1

翌日,程安之买了鲜花和果篮,按照梁云暮提供的地址,找到纪司北的病房。

人走到门口,听见里面传来软糯的孩童稚音,她猜测是陈夕纯去年早产生下的那个性急的小崽子。

程安之出国后没再见过小崽子,但和去欧洲出差的陈夕纯有过短暂的一面之约。

那天她们在巴黎的一家小酒馆小聚,没有半句是聊感情。

陈夕纯也没将此事告知纪司北,她赞成既然要断,就断干净。

敲门而入,陈夕纯端坐靠墙的沙发上,梁云暮临窗而站,小崽子在他们之间"哒啦哒啦"地跑来跑去。

一家三口的鲜活美好衬得病床上的这一位羸弱孤寂。

纪司北唇色微白,往日深邃的眼眸浮上一层病弱之中的倦怠。可他整个人的身形依然是紧致且挺拔的,将蓝白相间的宽大条纹病号服穿出了常服衬衣的气质。

程安之觉得他下颌骨的线条越发锋利了,难不成一天不见就瘦了?

赶在几位老友寒暄之前,小崽子先"哒哒哒"跑到程安之面前,二十个月的男童正进入语言爆发期,一句发音不算特别标准的"姐姐"叫得热情又洪亮。

陈夕纯笑着摇头:"也不知道这见了漂亮姑娘就心花怒放的德行是随了谁。"

梁云暮早年是个不安分的主儿，在座的都知道。他自己打马虎眼，对程安之解释道："这小子能辨别谁是阿姨谁是姐姐，他是觉得你年轻呢。"

"是吗？"程安之摸摸小崽子的小脸，蹲下去，从大衣口袋里摸出糖盒递给他。

"他不能吃。"开口的是纪司北。

程安之鄙夷地看向他，他眸色平静，说完眼角略有低垂。

"我们还没给他吃过糖。"陈夕纯轻柔解释。

程安之收起糖盒，拍拍小崽子的头："阿姨下次给你买你能吃的好不好？"

"好——"小崽子拉长着音调，又甜笑一声，"姐姐！"

"嚯，差辈儿了啊。"梁云暮笑说。

陈夕纯也笑："实在不行，就各论各的。"

主治医师这时来查房。

他跟纪风荷是老友，待纪司北如自家小辈，进门见着程安之，便打趣病号："你这刚入院一天，朋友就一茬接一茬地来，往后还得了。"

梁云暮接了话："这位可不是普通朋友。"

"哦？"

"妹妹。"纪司北脱口而出。

这是知道了她昨天跟小护士说的话？

医生勾勾唇角，揶揄他："你妹妹倒多。"

"我哥哥情况怎么样啊？"程安之笑着问医生。

"梁陈"夫妇忍不住笑，纷纷看向纪司北。

纪司北微蹙眉心，先医生回答程安之："你哥哥很好。"

医生瞧这两人有意思，若有所思地看了眼程安之，玩笑道："你哥哥不太好，要动个手术。"

程安之当即变了脸色。

"唬你的，别当真。"纪司北见不得她被骗。

"噫——""梁陈"夫妇不约而同发出鄙夷的嘘声。

"医生，请问他情况到底怎么样啊？"程安之没看纪司北，诚恳地看向主治医师。

医生笑笑:"不碍事,先戒烟,再规律作息,只要生活健康,这病治得好。"

程安之是自己看病历才知道纪司北肺部有结节。

他们都走后,她略坐了一会儿,临走时对纪司北说:"三十岁了,不年轻了,听医生的话吧。"

"是不年轻了。"纪司北感叹,抬眸看她,"这是你头一回见我生病吧?"

程安之说:"希望也是最后一次。"

"那你呢?这一年多身体怎么样?"

程安之对他比了个健身的动作,又指了指自己的小腹:"我爱上运动后,腹肌都练出来了。"

"有机会见见吗?"

"走了,你安心养病。"程安之溜之大吉。

之后一周,程安之没再去过医院,她去了南方一座城市参加一个漫展,顺便采风几日。

每隔一天,她都会通过小助理了解纪司北的治疗情况,偶尔也发一条微信问他恢复得怎么样。

纪司北总是回她:死不了。

好像赌气似的。

回程前一晚,程安之买了两个漫展纪念玩偶,打算一个送给陈夕纯的小崽子,另一个送给纪司北的小助理。

她一手抱着一个玩偶往酒店里走,一道颀长的身影映入眼帘。

隋唐站在南方的冬夜里,杉树一般的气质却与湿冷的气候融合得很好,他看上去沉静又自在。

"程安之。"他跟纪司北一样,也是叫程安之的全名。

程安之"嗯"了一声,瞧他有话,把"你怎么来了"往肚子里咽。

隋唐往程安之的方向走,地上的枯叶与他背道而驰。

"十一年也不是不能忘。除非你告诉我,我没有胜算,那我现在就回头。"

程安之今日穿了件羊羔绒外套,她觉得自己成了走崖边的山羊。

她以为隋唐对待感情，也会像对待艺术那般吹毛求疵，以及心高气傲。

她完全没想到他会二次告白。

只是胜算从来不是她给的。因为她自己也不清晰她未来的感情将在哪里停靠。

"好冷吧，进去说。"她想给自己一点组织措辞的时间。

隋唐跟在她身后进了酒店大堂。室内外冷热交替，他薄薄的镜片蒙上了一层雾气，如他的心一般走进迷雾森林。

程安之在咖啡区给隋唐点了拿铁，点完才想起来他从来都只喝美式，又不好意思地让咖啡师和点单小姐更换。

隋唐玩笑道："你能想起来我的嗜好，我很荣幸了。"

他暗自又想，关于纪司北的一切，她大概从来都不会弄错。

十一年可以产生很多很多的惯性，甚至自己的习惯会跟着对方产生变化。他从新闻中窥探到的纪司北，跟程安之有特性重合的部分，只是谁向谁倾斜，他不得而知。

程安之自己喝加三泵糖的焦糖拿铁，溺在极甜的口感里，她才觉得冬日是暖的。

隋唐说她这样不健康。

"偶尔放肆，偶尔纵容自己。"她笑。

扯了些偏离主旨的话后，程安之放弃了给隋唐发"好人卡"，她直抒胸臆："我以前觉得爱情特别重要，但命运好像就是很离谱，你越想要的东西，它越是要偏移。现在我觉得自我比较重要，我享受单身的感觉，不被感情扼住喉咙，命运就再也没什么理由能拿捏住我。"

程安之变得认命，是第二次分手导致的，她没想到和好之后竟然还会有更狗血的原因来阻止他们在一起。

又离谱又好笑又唏嘘。

纪司北说他们就到这里的时候，她真的有一种小时候从学校毕业时，听学校校长结语的既视感。

那是一次很真实的告别。

那不如就让荒唐的爱情淹没在命运的流沙中。

就如爸爸所说的那样，爱情并不是最重要的事情，自我才是。

现在的程安之很快乐，哪怕没有爱情。

隋唐能理解程安之的心境，却不因她的回答而暗自窃喜，他宁愿她还对爱情痴迷。

最后隋唐什么也没说。

他走到吧台前找服务员小姐要了几个糖包，回到位置上，他当着程安之的面，把糖都倒进他这杯苦涩的美式咖啡里。

"偶尔放肆，偶尔尝试新事物。"他饮了一小口，皱起了眉头，做他的结语，"不会再有偶尔了。"

程安之并非他的乍见之欢，而是他偶然幸得的一朵玫瑰。

玫瑰花期短，她却隽永，她是永生玫瑰。

遇见她，是他所幸。得不到，是他的宿命。

纪司北偷偷搞到了程安之的航班号。

她返程这一天，他出院去机场接她。赶在她落地的前十分钟给她发消息，报出自己在机场的位置。

程安之落地并没有开手机，她跟隋唐聊着一位同行的个人展，跟随其他旅客一起走下飞机。

纪司北在出口处等待的时候，往里望，一组领取行李的传送带正好映入他的眼帘，旁边还有一位熟悉的女士和另一位半熟的男士笑容灿烂地说着话，看着很登对。

他隔空看着，打给程安之，对方关机。

等两人并肩走出出口的那一刻，纪司北淹没进人海，转身离去。

他回到车上，惯性地想去摸烟盒，想起自己的CT、医生的叮嘱，和这一周的治疗，最后只拿了一支出来捻着玩了一会儿，但没抽。

赶在夜幕降临之前，他回到"2706"。

没开灯，在沙发上坐了一会儿，随后给助理和秘书分别发消息，通知他们自己明日收假，明天一早，他会回公司开会。

繁忙的工作可以让他无暇有发呆的时刻。

他不想反复提醒自己，程安之或许已经成了他手里的流沙。

程安之和隋唐在排队乘车时告别。

他们一人上了一辆出租车，车子在下机场高速后分道扬镳。

三天后的青年艺术展他们又会相遇，以后诸多个场合他们也会相逢。

但隋唐心里清楚，他跟程安之可以是知己，是密友，但很难再演变成其他关系。

程安之在车上接到靳柏杨的电话，说画集的书号下来了，这几天就可以下印厂了，要她明天来"定格"一趟，商量随书赠品及签售会的事情。

程静之也打来电话，称工作室的装修进入尾声，年后就可以搬进去了。

一切都越来越好了，程安之又感受到自己在被上帝眷顾。

停止思考工作后，程安之想起来接自己又并未出现的纪司北，心绪微微起了波澜。

看到那条消息时，她人已经在出租车上了，她发消息给他，他没回。

于是她决定不再纠结他的情绪，又发了一条：*好好养病。*

纪司北的面前放着纪氏这一季度的财务报表，他目光深邃地看向窗边的蜥蜴，不知人间愁苦的小家伙永远不必做困兽之斗。

纪泽安现在是那只困兽，他败北后，被命运擒获，之后的人生似乎只剩下唯一的一条路——

只要他不再折腾，老爷子和老太太留下的东西够他们一家享毕生清福，他始终有比普通人更优渥的人生。

这样的他，根本不值得同情。

纪司北做得狠绝，全然没有顾及纪家的烂摊子，冷漠的姿态甚至被外界诟病。

他没有什么家族荣誉感，他的家族早在老太太走的那一刻分崩离析。这楼是纪泽安父子一手弄塌的，他何苦携清白身家去重修。

他走到现在这一步，靠的是他自己的努力，他绝不会带着"来之"去冒险。

秘书又道："姜茉女士已经提出了离婚申请，但夫妻俩因财产分割问题僵持不下。您的小侄女暂时由外公外婆照顾。"

"知道了。"纪司北又问，"这两天我的行程安排是什么？"

"下午股东大会,晚上有一场晚宴需要您出席,明天一整天都在公司处理事务,后天一早,您飞南城去参加今年的互联网年末峰会。"

"什么晚宴?"

"《慕心》杂志的慈善晚宴。"

纪司北前年冬天参加《慕心》杂志的晚宴,是被梁云暮拖去的,那一天,他意外看见程安之穿着她二十岁的生日礼服裙。

这竟然已经是前年的事情了。

"不去了。"他淡淡道。

"好。"

"那周五晚上'定格'的年终展,您出席吗?"秘书顺势打探他对出席其他公开活动的态度。

"也不去。"他安静道。

秘书点头中,他问:"新年礼的设计出来了吗?"

"程安之小姐已经在三天前交稿了。"

"我看看。"

秘书让品牌部发来插画设计图,拿到纪司北面前。

程安之没有延用"蜥蜴"的元素,而是画了工笔的中国古代神兽。

"是和品牌部沟通之后的灵感吗?"纪司北在查阅隋唐的资料时,知道他最喜欢绘制这些玩意儿。

隋唐也是国内首屈一指的古风画师。

"我问一下。"秘书打给品牌部的经理。

"不必了,就用这个吧。"纪司北淡声道。

他在一瞬间收起了想要为难程安之的"坏心思",说完"不必"又觉得了然无趣。待秘书走后,他发消息给梁云暮,约对方晚上打球。

靳柏杨收到纪司北秘书的回复时,程安之就坐在他办公室里。

靳柏杨本来还想着他俩一起来参加年终展该是很符合纪总心意的事情,现在他人却不来了。

"你跟……"靳柏杨话出了口,又收回。

他也不是八卦之人,只是偶尔有一颗看热闹的心。

"跟什么?纪司北吗?"程安之听见了他跟纪司北秘书的对话,

猜测他是想问什么。

"你们俩怎么样了？"靳柏杨不再遮掩。

程安之耸耸肩膀，略过此问题。

"行吧，那我们还是商量签售的事情吧。"

"我不太乐观唉，要不就先在澜城办一场吧。别到时候没人来，那就太尴尬了。"程安之并不觉得她已经跻身超人气画师的行列。

在广大粉丝心里，她最出圈的作品还是在"定格"漫画APP上连载的《我的90分前男友》，而她更贴近传统美术的作品，热度其实并没有同类画师高。

因此她还在尝试将去欧洲所学的东西与市场青睐的画风做融合，她不排斥往商业画师的路线转型。

她早已过了只为梦想买单的年纪。

靳柏杨认同程安之的话："那就先在澜城办一场，地点定在T大美术馆。"

"好。"程安之心里又紧张起来，"妈呀，真要是没人来，怎么办？我自己请点亲朋好友来充数吗？"

"不会的。"靳柏杨安慰她。

"定格"年终展今年定在澜城新修建的城市美术馆内进行。场馆本身就有"定格"的股东来之科技出资，因此借用场馆时，"定格"工作人员的底气也越发足。

程安之是到达馆内之后，才得知来之科技为建造场馆出了一份力。

她想起纪司北说她"不必功成名就"的言论，私心又想，他暗自做了这么多跟美术相关的事情，其实还是盼望着她可以实现自我。

这场展览，有程安之的五幅作品，达到她迄今参展数量的最多。她现在也是一位名副其实的野心家，不放过任何一个展示自我的机会。

五幅作品是同一个主题——腐朽的生命和灿烂的生机。

她用蝴蝶做主要元素，以或颓败或辉煌的城市景色做背景，表达了人类在多种境遇里的生命力。

这次展览非商业性质，不出售画家作品，盈利形式只在售卖入场券。后续营收如何，全靠展会第一天的口碑来决定。

为期一周的展,第三天的时候,网络上对这场展会的评价达到最高热度。

"定格"最耀眼的几位画师依然是网友们争相讨论的重点对象。程静之一页页翻过去,在里面摘出大家对程安之的评价,还算不错。

有网友说看出她转型的痕迹了,称希望她保持过去的灵气。还有一些懂行的人,说她在颜彩的领域算是走出了自己的路,她的风格太鲜明,短期之内都不会被市场和资本抛弃。

程安之也不知道这是不是自己想听到的言论。

展会闭幕的这一天,她又去到城市美术馆,一张张赏析其他画师的作品后,最终在自己的作品前驻足。

她画的"蝴蝶",穿梭在钢铁森林里,却没有烟火气,徒然生出悲凉的宿命感。

她忽然觉得,这不是她想要表达的主旨。她过于点题,反而跑题。

腐朽的生命怎会流于表面,灿烂的生机亦不是城市复苏就能体现。她的作品离普罗大众太远了,只有匠气。

心中叹息时,她一回头,纪司北手持一张入场券,往她的画作前走。

他穿着深灰色的大衣,精英气质并不浓烈,反倒有几分书卷气。她还看到他戴上了很少会戴的眼镜。

他们没有交流,安静地站在她的作品前。

十分钟后,纪司北侧头对她说:"程安之,你退步了。"

他是除了她自己,唯一一个认为她退步的人。

程安之邀请纪司北一起吃晚餐。

纪司北坐进程安之的副驾,第一件事是将座椅往后调,用来安放他的大长腿。

他打量着她车里的摆设,有从清安寺求来的平安符,跟他车里那个颜色不一样。车是新买的,平安符必定也是新的。

他问:"最近你去清安寺了?"

程安之:"静之去的。"

"你没去?这符得自己求了才灵。"

"你车里那个是你自己去求的?"

"当然。"

程安之睐眼看他:"你什么时候信这些了?"

纪司北抿唇静默了一会儿,说:"觉得命运不够优待我的时候,试着捣鼓了一下歪门邪道。"

"那结论是什么?"

"我不该怪命不好。"纪司北抬眼看她,"事在人为。你觉得呢?"

论绕弯子说话,十个程安之也不是他的对手。

程安之点点头:"你说得对。"

"真没去过?"纪司北反复跟她确认。

程安之耸肩,打马虎眼。

"那有空一起去转转?"他邀请她。

"再说吧。"

程安之不知道,十一月,他生日那天,他看见了去年他们去露营,她偷偷折返吊桥挂的那个锁。她以为被剪了。

纪司北也不知道她去过清安寺,也已经在吊桥上看见了他后来挂的那个锁。他觉得只要他不说,她可能这辈子都不会知道。

该宣之于口,让对方看见,才彰显浪漫,这是热恋小情侣的浪漫把戏。

而他们,是分手两次的旧情人,遮遮掩掩,小心翼翼,把爱意都沉到水底。

路上程安之同他商量吃什么,问了一圈后,纪司北说:"去我家,我做给你吃。"

程安之迷惑地看向这个男人:"你学会做饭了?"

"嗯。"

…………

车往一家蔬果生鲜超市开去。

这里地下停车场的设置有些不合理,侧方位停车时难倒了菜鸟司机。

程安之试了几次后,泄了气,往后背一靠:"你来吧。"

纪司北坐进驾驶位,一次停稳,车身标准卡在白线内。

车熄了火,他随口说道:"去我那儿选一辆好开点的车吧。"

程安之在心里翻了个白眼:"是我技术不好。"

"你这车难开。"他强调。

程安之懒得继续这个话题,径直往电梯口走。换作以前,哪怕他不给她车开,她也要软磨硬泡从他那儿弄一辆过来。

今非昔比。

纪司北跟上去,冷不丁地问她:"你跟那个谁……现在到什么阶段了?"

"什么?"程安之一时之间没听懂。

纪司北揉了下鼻子:"我就是确认一下,你跟我约会,需不需要跟他报备。"

程安之怔住一瞬,打量男人脸上似高中生吃醋的表情,平静地逗他:"要的。"

说完她拿出手机装作发消息。

纪司北长腿一迈,先往前走。

程安之收起手机,漫不经心地跟在后面。

她又不是来跟他偷情的,她是来找他聊艺术的。

这位,除了是她的前男友,她刻骨铭心的旧情人,也是她的灵感缪斯。

为了她的创作能回到正轨,她不介意跟他共进晚餐。当然,也不需要跟任何人报备。

两人在超市买的都是程安之喜欢吃的东西,也不全是因为纪司北足够宠爱她,而是,这位别扭的"高中生"全程气鼓鼓的样子,好像晚上吃什么都无所谓。

纪司北现在就是这般将情绪挂在脸上。

他放开心态了,随便她怎么想。

总不能还让肺部憋屈地再长几个结节。

他已经决定戒烟了,所以失去了消愁的依托。

排队付款时,程安之想起他还算半个病号,问他有没有什么要忌口的。

纪司北不应,往货架前伸手,程安之呼吸一滞……就看到他手指停在了计生用品旁边的那一栏，上面有她喜欢的糖果。

他拿出几盒，丢进购物篮，偏头抓住她看自己的不安分眼神："想什么呢。"

笑意虚浮在纪司北唇角。

程安之转过身，去冰柜里拿了盒八喜。

回停车场的这段路大概有四五分钟，纪司北提着购物袋，程安之专心吃冰激凌，默契的姿态仿佛回到热恋时。

听见程安之咳嗽一声，纪司北蹙眉："说了让你不要吃……"

"我每天都锻炼，现在身体很好，不会因为冬天吃一盒冰激凌就怎么样。"程安之咬着木勺，又嘟囔一句，"换季的时候，我也不会感冒了。"

纪司北静静地"嗯"了一声，他一早就看出来了，她的气色比从前要好。

这发生在他们分手后，于他而言就不太合理，显得过去的他很不会照顾自己的女朋友。但细想，现在她学会重视自己的身体素质，这是好事。

忽然间，他觉得自己跟上帝做交易的那个瞬间矫情且怪诞。

但是他这场病不能白生。

他在自认为恰当的时候说："我是为你病的。"

程安之猛咳了起来。

完全平复后，她已经坐在副驾上了，冷着一张脸的男人嫌弃地开着她的车。

霓虹初上，城市涌动着冬日特定的孤冷感。没有家的人都害怕黄昏过后的黑暗，害怕到家就与热闹隔绝，徒留一个人。

程安之以前也怕，但这一年多她慢慢克服了这个障碍。

她看看身边人，算起来，他也独居多年，亲人甚少。

那他可曾有过孤独到无法自拔的状态？

应该是有的吧，否则不会迷恋上烟酒。

他要真说是为她病的，她倒也信。

她是他顺遂人生里唯一的一场逆旅。

回到熟悉的"2706"，纪司北从鞋柜里取出程安之之前的拖鞋，上面一尘不染。

这里不仅留着她的拖鞋，其余她当初搬走时忽略掉的生活用品，小到一根皮筋，都被他精心保管。

程安之走进客厅，看见去年夏天她参展的一幅画，画的是破旧的不再营业的游乐园和迷路的孩童，是她为数不多的带有童趣的作品。

纪司北跟她说："很长一段时间，我觉得我自己就是画上的那个小孩。"

于孩童而言，最珍贵的便是童年时光，每个小孩心里都有一座灯火通明的游乐园。

优秀的美术作品都在输出人类的沉重和新生，让观画之人能从里面看见生活，看见自己。

纪司北很喜欢这幅画。

无奈的是，这幅画绘制于他们第二次分手后，诞生于程安之最难熬的时刻。

纪司北何尝不是她心中打了烊的那座游乐园。

反之，她也曾是他的乐园。

说她退步，是看见了她画里的拖泥带水，她在平衡自我和迎合市场上犹豫不决，最终两头讨好，失了初衷。

纪司北直言，资本的审美或许会迎合普罗大众，但永远不会迎合艺术家，真正伟大的艺术都是小众的，不被理解的，这是亘古不变的道理。

艺术家都是痛苦的。

"程安之，你到底想成为一个什么样的画者？"

纪司北执意自己一个人做这顿饭，程安之便去了书房。

书房里的摆设丝毫未变，她的画架仍置于窗边，她放绘本和漫画的小书柜也安稳地挨在他的大书柜旁边。

他的书桌上放着他的工作资料，略微有些凌乱，最下层压了张宣纸，她掀起来一看，上面是她在去年春天的某个夜晚，跟他调情时用毛笔写下的一句情话。

写完她还要求他当场临摹。

他当然没有照做，墨迹还未干，他就将她压在上面，害得她肩胛骨还被墨汁弄出一小块文身一般的印迹。

程安之回想起来，除了一起去南方城市散心的那几天，他们恋爱最肆意的瞬间都发生在这间书房里。

第一次恋爱是懵懂和装懂，第二次才是真正以成年人的心态去爱。

但好可惜，两段都很短暂。她的这十一年，怀念、想念远比热恋要漫长许多。

程安之走到画架旁，拨弄了一下她的画夹，在木料上看见一行刻字——程安之专属。

她"扑哧"一笑，这儿又不是画室，不需要做记号，他何来的这种兴致。可想起他也曾坐在画室里虔诚地为她刻字，她忽然鼻头一酸。

她以为的，她能放下的，其实才是内心深处的滚烫所在。

他不该是她迷失自我的借口，他分明就是她的初心和热忱。

那年盛夏，纪司北对程文卿说："安之很有天赋，让她考T大美院吧。"

这句话程安之记了很久。但她不知道的是，私底下，他又找到她爸爸，胸有成竹地对她爸爸说："我不会让她的文化课不过线，您放心吧。"

得知程安之考上T大，真的成为自己的学妹时，他表面云淡风轻，其实在无人察觉时，他暗舒了一口气——

好在考上了，否则做不了画家，她是要哭鼻子的。

2

程安之也没想到，曾经十指不沾阳春水的纪司北，如今厨艺能这么好。

酒杯相撞时，她反应过来："我还要开车呢。"

"不想找代驾，就叫你男朋友来接。"纪司北喝了口红酒，不看她。

"也是。"她就喜欢看他醋意盎然。

纪司北又给她盛了碗汤，问："他会做饭吗？"

他把汤碗放在她面前，抬眸看她："他知不知道，程安之是这个世界上最难伺候的女朋友。"

"我……"程安之蹙眉，"有吗？"

纪司北努努嘴："改天我送他一本我自己写的书，书名就叫《要像养女儿那样养程安之》，怎么样？"

程安之忍不住笑起来："你现在怎么这么贫啊。"

或许是被自己的前男友逗得还算开心，菜色又都是偏爱的食材，程安之这顿饭胃口极好，吃到肚皮撑起来才肯罢休，酒足饭饱后还不忘点评一下："你在烹饪方面真的很有天赋。"

其实不是有天赋，而是想做的事情，他都会用心研习。从小到大，纪司北一直是个只要用心就能成事的人。

程安之总是很羡慕他这一点。好像他不费吹灰之力就能获得成功，即便用了力，看上去也举重若轻。

人们把这样的人称作天才。

当然，天才身上的缺陷也很明显。他们在年轻时往往因为太专注自我，而忽略了情商的养成。他们在专业领域能言善辩，在处理私人关系时却做不到巧舌如簧。

纪司北正在极力补足这一短板，今晚的他正往"能说会道"上发展。

"觉得好吃，下次再来。这门上的密码我没改过。"

程安之摸了摸眉毛："纪总日理万机，我可不敢耽误你的时间。"

"再忙也是为了生活。只要程小姐有需求，我都乐意效劳。"纪司北顺便跟她约了下一顿饭，"下周五是小年，要不要一起过？甜品我也会做一点，我还挺想跟你展示一下的。"

"再说。"程安之端视这个男人，"展示"从他口中流出，违和感如此明显。

但又新鲜。

吃完饭，程安之执意在露台上吹风看夜景。

这套房子占据澜城最好的观景角度，车水马龙被霓虹灯包裹，像钻石带子似的铺在脚下，让往下看的人大有一种"危楼高百尺"的凌驾感。

纪司北煮了奶茶给她，说是材料不齐全，这奶茶没有甜度，但不会胖。

程安之喝了一口，果真不觉得甜，茶的涩感和奶的醇香融合得很好。

她私心想，他这一系列操作，换作之前，一定可以做一个一百分男友。

作为回报，程安之拿出手机，给他看自己在欧洲的一些旅拍，从头开始翻，是她游学的全部记录。

翻到她公寓楼下的那间咖啡店时，纪司北坦诚道："我去过这里，以及你的学校。"

"我知道。"

纪司北错愕地看向她。

程安之说看到了他在咖啡店里留的那几句中文。

他抿唇点点头："你知道就好。"

"你是不是经常偷看我的社交平台，否则应该不知道我在德国开过车。"

"嗯，天天都看。"就像初中追连载漫画时，每日都要去回家路上的报刊亭问老板，这个月的杂志有没有到货，有没有增刊。

如果问到了有，当下的心情会比考试考满分还要开心。

如果刷到了她的状态更新，甚至还有九宫格，那他那一天，可以少抽好几支烟。

程安之在呼啸而过的夜风中跟他对视，对面高楼闪过的光落进他眸中，他的眼神丝毫没有闪烁。

他坚定的、平和的、隽永的爱意，映进她的眼底。

"早知道你会看，我会好好修图。"程安之眼中的笑意自眼角蔓延而出，她没有回避。

"我有个请求，不知道你愿不愿意答应。"

"你说。"

"去年我们出去玩，拍下的那些照片，你可不可以发我一份。"

"好啊。"程安之大方道。

"谢了。"

"客气干什么？"

"也没什么资格不客气。"

…………

感觉到冷之后,他们进入室内,程安之往书房里走。

她从她的小书柜里拿了本她喜欢的画师的画集,盘腿坐在地板上看。

"你以前追的那个漫画,刊登的那本刊物,总是这个画师绘制封面图。她是我那时候的偶像。"她说给纪司北听。

纪司北听后,起身去杂物间搬来一个纸箱:"都在这里了。"

程安之没想到他是如此念旧的人,他留下了这本杂志那几年所有的期刊,包括增刊和赠刊。

"所以你也曾对漫画产生过执念。"

"很多青春期男生都会有吧。"他笑。

"那你怎么评价我的漫画?"

"挺特别,很少有人会用水彩画长篇连载。"纪司北顿了顿,又说,"不过内容太主观了。"

"拜托,那是我的视角,当然主观。"

"画的时候,为什么不打探一下男主角的潜台词和隐藏动机呢。"他靠在墙壁上,姿态慵懒。

程安之白他一眼:"因为是前男友啊。"

"前男友怎么了?你现在不也正跟前男友共度美好的夜晚吗?"

一晚上没听见她的手机响,纪司北忽然俯身靠近她,说:"真恋爱了?"

"不对啊纪司北,是你先拉黑我的!"她反应过来,顺势将他推远。

纪司北抓住她的手腕:"那我跟你道歉,你想要什么补偿?"

程安之挣脱不开,口不择言:"你这是什么意思?想色诱我?"

"也不是不行。"纪司北松了力度。

程安之趁机缩回手,把他拉回正题:"为什么说我退步?"

"因为你最近没有用感情画画,技巧太多了。"他直言。

程安之耸耸眉毛:"年底稿件太多。"她不想在他面前承认自己的灵感快要耗尽。

"那就别接这么多商稿。"

"我喜欢听见钱落入我口袋的声音。"她坦白。

"那就别谈理想。"他更直白。

程安之摊一下手："我也想知道我的理想去哪儿了。"

她从欧洲回国时还信誓旦旦,希望自己早日跻身头部画师的行列,实现口碑和市场的双重认可。

"节奏放慢一点,我跟你一起找。"纪司北的语气变得柔缓。

"我不可能什么都握在手上的,对不对?"程安之问他。

纪司北坦言:"名利双收,也有运气的成分在。"

"我好羡慕你啊纪司北,很年轻就获得成功,名和利,多得怕是你这几年都看厌了。"怕他误会,程安之又急急补充一句,"当然,我知道你背后付出了多少。"

这一切都是他应得的。

纪司北沉默良久,说:"人的确不可能把什么都握在手上。程安之,过去你情思丰富,会干扰你往前走的节奏,可那时候的你能画出连骆教授都赞不绝口的作品。而过去的纪司北,只专注自身发展,冷漠、缺乏同理心,更别谈懂得什么是爱,所以他在获得成功的同时,失去了……"

他顿了顿,接着说道:"失去了这个世界上最好的程安之。"

涩感在程安之的心里蔓延,纪司北这样沉重的总结发言,实在是辜负了一个还算浪漫的夜晚。

纪司北顺便把最后一层窗户纸捅破:"第二次跟你分手,是我意识到我没有资格再站在你身边。除了我外公愧对你们程家,我最大的心理障碍,是我知道你最痛的事情跟我有关,也会有人不断拿这件事来刺激你,我几乎快成为你的一个污点。而且,我总是在想,肯定是我做得太差,所以一向很明智的程叔叔才会想要替你做选择,认定我不是你的良配。"

"那现在……"程安之平静地笑笑,欲言又止。

"但我发现,没有程安之的纪司北,在再大的名利面前都只是一具躯壳。程安之,也许你不会再给我机会,你家里人也很难同意我们在一起,但是我不想再放手,我也想跟着自己的心走一次。我宁愿再一次成为你的弃子,也不想没有声色地活着。"

程安之偏着头，藏住自己的眼睛。她看着他们俩照在落地窗上的影子，三十岁的男人和二十八岁的女人，在相识相知并相爱的第十一个年头，才把爱这件事情的本质理顺清楚。

沉默了一会儿后，她轻声叹了口气，说：“想做什么，就去做吧。有秩序地活着不如有声色地活着。我也想看你开心。”

"那你？"纪司北想问，又不敢问。

那你还喜欢我吗？

可你明明已经有男朋友了。

"嗯。"程安之点了一下头，随后看向窗外遥远的天边。

只是一个"嗯"，纪司北却自信自己听见了正确答案。他问：“所以你跟隋唐……你是骗我的，对吧？”

"我哪儿骗你了？"程安之笑，"一直都是你内心戏太多，脑补太过。我都是顺着你的意思说。"

纪司北认栽般点点头：“行，我不跟你计较。但没有下回了程安之，这个苦我再也不想吃了。”

"哎哟，你好矜贵哦，吃一点点醋都要上升到吃苦。"

"徐清宴、隋唐……"纪司北摇摇头，"这两个人，我哪个都不想再见。你没有吃过醋，不会理解这种后怕的感觉。"

就像是小偷误入他的玫瑰园，拔掉了他最心爱的那一枝玫瑰。

小年这天，程安之独自回了苏城。

上午，她陪放寒假的耿未去上小提琴课，耿未冷不丁告诉她：“妈妈说，我的小提琴老师很有名的，他收的学生很少。”

"是吧，那一定是你很优秀，老师才会收你。"

耿未摇摇头："不是的，妈妈说是司北哥哥帮我推荐的。"

"纪司北？"程安之细算一番，耿未上这门课已经有段时日了。

"姐姐，我知道你们分手了，所以就一直没有告诉你，去年过年的时候，司北哥哥在我们家楼下待了一个晚上。妈妈认出了他的车。不过你没有回来过年。"

后来，耿慧洁没有在程安之面前提过纪司北的名字，程文耀和林双也没有。

程安之知道长辈们心中迈不过去的事情是什么，她也陷入过怪圈，觉得纪司北是再也没可能的人。

今后，路要怎么走，她没有底气说全然凭她的心意决定。

不过，她想要先成为一个让爷爷和爸爸骄傲的人。

不管前路如何，她得先找到她的底气。

程安之和耿未进门时，徐家父子正上门做客。

徐清宴给耿未带了礼物，小姑娘高兴得合不拢嘴，又大声嚷嚷让徐清宴给她做姐夫。

"姐夫怕是做不成了，做哥哥怎么样？"徐清宴笑道。

耿未说："你本来就是我哥哥啊。"

他这话耿未听不懂，程安之却听懂了，她偷瞄了一眼徐医生和耿慧洁之间的状态，心下了然。

徐家父子走后，程安之探听耿慧洁的心意。

耿慧洁拿耿未的琴杆敲程安之的头："你这是哪门子拉郎配。你又不是不知道当初徐医生对你爸爸很关照的，现在我跟他处对象，算怎么回事。"

"那有什么，爸爸都走四五年了，你还年轻，应该为自己打算。我觉得徐医生人挺好的，他也单身这么多年了。而且他明显对你有意，否则不会年年过小年都上咱们家来。"程安之又开玩笑，"再说白捡徐清宴这么一个能干的大儿子，不好吗？"

"你这丫头，魔怔了吧。"耿慧洁极力掩饰慌张，摆摆手，"我过得挺好的，有两个闺女足矣，不需要男朋友，更不需要什么大儿子。"

"那去年冬天徐医生生病，你每天冒着风雪给他送哪门子汤。"

"未未跟你说的？"耿慧洁面露凶相，准备立刻去收拾小女儿。

"清宴跟我说的。"程安之保了耿未一条小命。

"徐医生对我们家有恩，我报恩也是应该的。"耿慧洁表态，"你跟静之年纪都不小了，婚事尚未着落，我这边倒是急着找对象，岂不是让人家看笑话。"

"你就说你喜不喜欢徐医生。"

耿慧洁不回答。

程安之的手机铃声在此时响起,她按下接听,是纪司北。

纪司北:"下楼。"

"现在?"程安之边说边看了一眼耿慧洁,她正一副想探听是谁来电的样子。

"对,现在。"

挂断电话后,程安之对耿慧洁坦诚道:"是纪司北,他来找我。"

耿慧洁抿唇转过身,没说话。

"慧姨,如果你不同意,我就不下楼。"

耿慧洁轻轻地叹了口气:"去吧。"

"姐姐要去哪儿?"耿未闻声跑过来。

"姐姐的男朋友来了,她要出去约会。"耿慧洁替程安之解释道。

"还不是男朋友。"程安之轻声纠正。

耿慧洁看向程安之:"他每个月都来我们家楼下。从澜城开车过来挺远的,他也明知道你不在国内,我弄不懂他到底图什么,可能就是放不下吧。他托人送过未未一把很贵的新琴,我没收,他……"

顿了顿,她接着说:"安之,其实你爸爸的话说得不一定都对。在我看来,女孩子找对象,不一定要找百分百宠你的,但一定要找一个能引领你向上的。从你上高中开始,他就知道怎么鞭策你进步。你喜欢他,或许就是喜欢他比别的男人更有抱负,如果你只是想要一个每天围着你转,把你捧在手心的人,你当初就不会喜欢他了。"

"慧姨……"

"去吧,你开心幸福是最重要的。上一辈的仇怨不该让你们来买单。要是你爸爸看到你现在这么出色,会收回当初的偏见,真心祝福你的。天底下没有不希望自己女儿遇到良人的父亲。你跟司北的事情,我替他做主了。"

程安之很久不掉眼泪了,她走过去,紧紧抱住耿慧洁。

纪司北等了一刻钟,程安之也没有下楼,他意识到自己可能让她为难了。

他正要发消息给她,楼栋口跑出来一个扎双丸子头的小姑娘。

一年多未见,耿未又长大了。

"嗨！"耿未挥挥手跟纪司北打招呼。

纪司北拉开车门，还未开口，耿未从口袋里拿了颗热烘烘的香橙塞进他手心。

"我妈让我给你的。"小姑娘笑着。

一颗橙子，一句话，让纪司北的一颗心从高悬的苦海坠落，浸入一汪清澈温泉。

"谢谢。"

"姐姐马上就下来，她爱美呢，说要化个妆。我能先去车上吗？"

纪司北邀请耿未上了车。

"你是忘了我吗？之前我们有一起吃过饭的。"坐稳后，耿未跟"未来姐夫"搭讪。

纪司北勾勾唇角："我哪能忘了你。"

他就没见过比耿未更伶牙俐齿的小姑娘，或许十岁的程安之都没有她这么能说会道。

他又说："你刚出生的时候，我就抱过你。"

"我知道呢，我们以前是邻居。"耿未手里抛接一颗冰糖橘玩，努了努嘴，"可是姐姐说你不喜欢小婴儿，你那时候是不是看到我就烦？"

"别听你姐姐瞎说。"纪司北微微蹙眉。程安之怎么回事，她怎么什么实话都跟当事人说。

"没所谓啦，反正我现在长大了，不是幼崽了。"

纪司北温柔地笑笑。

"可是我很担心哎，姐姐以后生小孩了怎么办？"

纪司北着实没思考过关于生孩子的问题，但要是连自己的孩子都不喜欢的话，那他就可以去看心理科了。

"未未，你姐姐还没答应做我女朋友。"

耿未鄙夷地"噫"了一声："那你们俩约什么会？"

纪司北问："看不出来吗？"

耿未绞尽脑汁地想了一会儿后，拍了下手掌："你在追我姐啊？"

"嗯。"

"天啊，那你真的是太惨了。我都十岁了，你竟然还在追我姐姐。

以前的恋爱都白谈了吗？"

纪司北哭笑不得。

"司北哥哥，那你加油啊。"

"好。"

纪司北原以为今天的约会，势必要带着一个喋喋不休的"小电灯泡"了。没想到程安之的身影出现在后视镜里后，耿未就乖巧地下了车。

"未未这是做什么？"纪司北问上了车的程安之。

他看过去，程安之的脸素净得跟前几天澜城的雪似的，没有半分"女为悦己者容"的样子。

她真的化妆了？还是她皮肤太好，他看不出来她化妆了？

"她在家待着无聊，下楼找你练口才呢。"程安之说着话，把润唇膏拿出来涂了涂。

不是唇膏，是润唇膏，没有颜色的。这下纪司北确认，她没有化妆，心里还怪失落。

"耿未说你在家化妆，我看你也没化啊，那怎么还是下来得这么慢？"他装作不经意地询问。

程安之哭过了，担心有泪痕，被纪司北看出来，认认真真地去洗了个脸。

"我懒得化。怎么，觉得我年纪大了，脸不好看了吗？"她眼尾一挑，盯着纪司北的眼睛。

"你哪儿年纪大了？我看你还跟二十出头的小姑娘似的。"纪司北揉了揉鼻尖，"只是想起来你以前见我，总是要化妆的……"

这就开始提需求了？

程安之清了清嗓子："纪先生搞搞清楚，从前是我追你，而今时，不同往日了。"

"行，回头我来找你，肯定好好拾掇拾掇，你喜欢什么风格，我就按什么风格穿。"纪司北跟她开玩笑。

"真的假的？"程安之才不信他做得到。

"假的。"

程安之对着镜子看自己的眼角："纪司北，我眼角有细纹了。"

"有吗？"

"有。"

"我没看到。"纪司北说,"我没看到,就不算。程安之,在我心里,你不会变老,即便你变老,我只会比你更老,所以你在我眼里永远年轻。"

程安之理了理他话里的逻辑,将信将疑地看他:"姑且信你吧。"

程安之没想到纪司北会带她来放烟花。城市里禁放烟花后,她有很多年没感受过烟火的浪漫了。

车停在苏城相邻的某个小镇上,纪司北挑了个允许燃放的地方,从后备厢里搬出两大纸箱的烟花。

烟火升空时,程安之的心脏跟着震动、燃烧。她想起十九岁那年除夕,也是眼前这个男人,带着她在纪家的露台上,偷偷点燃十九根冷焰火。

当时他说:"过一年长一岁,程安之,你已经算是二十岁了。"

她问:"那为什么烟花只有十九根?"

"因为今天不是你正式过生日。"

"那等我正式过二十岁生日的时候,你还会为我放烟花吗?"

他弯腰拾起燃烧殆尽的烟火,说:"放烟花这种事情,有过一次印象深刻的就够了。"

…………

纪司北按下打火机的那一刻,程安之问他:"你之前不是说,再也不带我放烟花吗?"

男人停下手里的动作,认真地凝视她:"少年纪司北的话,你都忘了吧。"

话落,璀璨烟火升空,点亮程安之眼中的世界。

纪司北偏头看她,她这双眼睛又注满了往日的灵气。

"程同学,除夕之前,可以找回自己的灵感吗?"他问她。

程安之回过神来,郑重其事地点一下头:"谢谢学长。"

3

除夕前一天,程安之跟"定格"负责画集出版的编辑前往澜城市郊的印刷厂,检查第一批书籍质量。

摸到纸质书的那一刻，程安之有一种得偿所愿的满足感，她忽然没那么焦虑销量了。

她带了一本样书回市区，程静之来回翻看数十遍，比她还要高兴，当即决定今晚去工作室庆祝一下。

一周前，工作室装修正式竣工，她们计划在元宵节之后搬过去。晚上去的时候，程安之拖来一些最近这段时间采购的软装。

程安之喜欢复古琉璃灯，程静之钟爱按摩沙发椅，她们像装扮自己的新家似的，精心布置，想让这里有家的样子。

她们是土生土长的澜城人，活到三十岁，命运捉弄，如今在澜城却没有自己的家，所以她们格外珍视工作室这个小天地。

偷偷买下这栋别墅当主人的纪司北承诺会永远做程安之的"房东"，程安之却更有志气，她想，早晚有一天她能从资本家手中把这栋房子买下来，不必担心"房东"变卦。

收拾到一半的时候，院门前传来停车的声音。

一身黑衣的徐清宴冒着风雪从市区赶过来，先进门打了声招呼，然后连续搬进来四五个大纸箱。

里头都是他的贺礼。

"年初五我就要回伦敦了，提前恭贺二位乔迁新居。"

徐清宴买了他认为新工作室能用到的东西，例如加湿器、空气净化器和扫地机器人之类的。

很是贴心。

程安之早就知道他回英国的计划，程静之却不知情。程安之去看姐姐的脸，她平和的眼中闪过一丝微弱的愕然。

"太冷了，我打电话问问暖气什么时候能通。"程安之找了个理由避到一边去了。

徐清宴站在落地灯后，光线朝前的灯只照亮了他的鞋尖。

他见程静之不说话，静了好一会儿，随后带着释然的笑容开口："后来想想，其实你找个医生男友也挺好的。"

程静之的侧脸在暖黄灯光下无比柔和，她轻声嗤笑，淡淡回了一句"是的"。

徐清宴无话了，他转了身，半倚在沙发背上，跟程静之成背对着的胶着姿势。

"很快就不是男朋友了。"半晌之后,程静之坦然告诉他。

徐清宴微微愣了愣,转过头,看着程静之弧度美好的脖颈,听见她又说:"我要订婚了。"

一瞬间,"订"字被放大。不是"结",是"订"。

那是不是意味着还不算定局。

徐清宴惊愕自己会产生这样的想法。

"恭喜。"徐清宴低下头,视线进入一片暗色。

再抬起头来的时候,程静之走远了。她走到了灯光更明亮的地方,跟他的距离正式拉远。

站在门外点烟的时候,徐清宴觉得这可能是他印象中澜城最冷的一个冬天。

寒风一点情面也不留,吹得人的脑仁和心脏都疼。

程静之蹲在自己办公区的地板上整理她的书籍。

程安之悄声走进来:"这就聊完了?"

"没什么可聊的。"程静之仰头扭了下脖子,"你是不是特别好奇我跟徐清宴到底是怎么回事?"

程安之猜到个大概,但始终不敢问出口。

程静之第一次跟她摊牌,他们之间除了默契的身体交流,没有任何情侣之间会发生的举动。

程静之生平做的最不骄傲,也最卑微的一件事情,就是提醒徐清宴她快三十岁了。

她的意思不是她到了收心的年纪,她不想再玩了。

而是,她想定下来了。

程安之的感情线单一到写成故事都无趣,远没有程静之的精彩纷呈。

她试想了一下如果她是程静之,她会选可以期许她未来的医生男友,还是她偏爱但不愿意陪她过俗世烟火的徐清宴……

她觉得她是选择后者的性子。

但她不能劝程静之跟她做同样的选择。

275

她是爱情里面的理想主义者,程静之不是。

程静之说,程安之跟纪司北是从一而终,哪怕分分合合,却伤不到根本;而她跟徐清宴的这一场露水情缘,是海市蜃楼。

她有过许多男朋友,徐清宴也有过许多女朋友,他们看上去就没有多喜欢对方,所以才会没做成对方的男女朋友。

一道车灯的光芒刺过来,徐清宴眯起眼睛,烟雾散开。他回了神,看见纪司北从车上下来。

两人简短打过招呼后,纪司北问他:"进去吗?"

徐清宴灭了烟头:"不了,你进去吧。"

纪司北再一回头,这人下了台阶,融进了寒冬黑夜。

程安之的视线从徐清宴离去的车上收回来,抿唇看向进门的纪司北:"你怎么来了?"

纪司北带来一瓶红酒,说提前为她们庆祝。

"你们俩喝,我当司机。"

程静之喝掉三杯后,跟纪司北提起自己对他的初印象。

"当时我只是希望你不要正眼看顾斯宜,可没想到你也太冷了,哪个女生都不理。"

"有吗?我记得我跟程安之说了三句话。"纪司北回忆程老爷子生日宴那天,他竟然记得所有的细枝末节。

程安之也记得。

第一句是——"嗯。"

第二句是——"好。"

第三句是——"不知道。"

她翻了个大大的白眼。

"司北,你的初恋是谁啊?"程静之忽然又问。

纪司北觉得这问题好笑,他看了一眼身旁的程安之,这还用问吗?

"你青春期没对其他女孩动过心?"程静之很难相信。

没有。

直到遇到程安之。

"真好。"程静之静静地说。

回程风雪漫天,程安之倚在副驾上打瞌睡。

趁着后座的程静之酒醉熟睡,纪司北试探程安之的心思:"我换了张床,应该比之前好睡。"

"那你今晚就做个好梦。"程安之打了个哈欠。

"送完静之,你跟我回去。"他又用命令口吻。

"你是我的谁啊,我才不跟你回去。"程安之又打了个哈欠。

所以他还没有名分……

等红灯的时候,纪司北下意识想摸烟盒。他已经戒了,只是眼下的氛围让他有点焦躁。

但没摸到,他又抓住程安之的手,略带了些力气地捏了她一下。

"干什么呀。"程安之抽回手,低声道。

纪司北懒声道:"我有时候觉得自己过于纯情了。"

…………

那晚,程安之要照顾醉酒的程静之,最终还是没跟纪司北回去。没有恢复情侣关系的他们,各自跟自己家人过年。

除夕深夜,纪司北拍了张他在纪家的院子里堆砌雪人的照片发给程安之,说希望这是最后一个孤独年。

纪家分崩离析后,年夜饭便形同虚设。今年纪风荷考虑到纪司北有程安之陪,就跟她的朋友一起去澳洲过年了。

纪司北体谅她不忍过一个只有母子俩的年,却没告诉她,自己是一个人吃的年夜饭。

他守着偌大的房子,除了自己的呼吸,听不见第二种声音。

程安之看到"孤独"两个字后,想到他可能是一个人过年。当天晚上,她画了张两个小孩一起堆雪人的画发在了社交平台上。

是一个小女孩和一个小男孩,一个是程安之,另一个是纪司北。

有粉丝留言:谈恋爱了吗?

纪司北刷到她这条,看到她回复这位网友的是:对。

与此同时,程安之也看到了年前纪司北的最后一篇专访。

"请问纪先生如今还是单身吗?"

277

"不是了。"
"您是有女朋友了吗？"
"嗯。"
"请问您女朋友从事哪个领域？"
"她的新画集年后就要上市了。"

春晚主持人开始倒计时的时候，家中门铃声响起。

纪司北神色迷茫地去开门，门外的程安之裹紧毛线帽和围巾，手上提着大堆吃食，身上还有落雪化开的水渍。

"新年快乐。"程安之闪了进来。

纪司北倚在客厅与露台之间的落地窗上，定定地看着她将带来的东西往餐桌和茶几上放，无需冷冻的食材放餐桌，零食放茶几，手脚十分麻利。

他甚至怀疑她现在学会了煮饭。

"其实我会做饭。"程安之又成了他肚子里的蛔虫，拿起一盒食材在他面前晃了晃，"不信明天早上的早餐我来做。"

这是要留宿的意思了。

可她整理到最后，她带来的袋子里也没出现今夜最重要的必需品。

纪司北下意识地扯了扯衣领，问她："你睡主卧还是次卧？"

程安之怔了一瞬，说："客随主便。"

"那你睡主卧吧。"

"行。"

"洗漱用品都带了吗？"

"带了。"程安之一抬头，纪司北的眼睛里飘过一丝纯情。

他坐进沙发里，眼睛盯着电视里的热闹："怎么想起这时候来？"

"因为某人用'孤独'这种词绑架我。"

纪司北摸了摸鼻尖，侧头看向程安之。她这才想起来脱掉大衣，厚重的外套一剥落，里面穿的是一件修身的薄绒毛衣，领口有一圈小小的毛绒装饰，领口下藏着他前年送的戒指。

纪司北收回视线，匆匆瞥了眼窗外的雪，问："能喝凉的吗？"

如果不能，就不用去光顾小区门口的便利店了。

程安之一下子就听出来这是一句试探，但是装作没听懂。

她问："大半夜还要请我喝酒？"

"如果你方便的话，也不是不可以。"

程安之看着男人深邃的眼睛，盈盈一笑，也不说话。

"所以你到底方不方便。"纪司北回视她。

春晚喜庆的背景音乐营造出一个喜庆的氛围，程安之的眉梢眼梢都透着顽皮的笑意，答案昭然若揭。

几秒钟之后，纪司北拿起桌上的手机，走到衣帽架前去取大衣，脑中一闪而过便利店小哥那张喜欢开玩笑的脸，徒增几分懊恼。

怎么就没提前准备好呢。

"走了。"纪司北穿好大衣。

"那个……"程安之一个箭步冲上来，拉住他的手腕，音色低缓，"我有。"

室内暖气太足，刚穿上大衣的纪司北浑身都是燥热。

眼神堪堪撞上，谁也没有逃避真心。程安之被抱起来的一瞬间，心颤得像回到二十岁那年在纪家阁楼上时。

那晚窗外的月光如何在他送的礼服裙上摇晃，今夜的雪色就如何在她胸口处他的名字上荡漾。

剥落一地的枷锁，从门口蔓延到客厅，再到书房。

这女孩是他的初恋，他初尝她的味道时，譬如小时候第一次吃到糖，滋味很明显地区别于其他食物的甜度。

如今再尝，又觉得她像夜晚的一杯佳酿，今朝有酒便今朝醉，任由雪夜枕着酒，带着巨大的满足感从他心头碾过。

这夜多少有些漫长了。

程安之觉得自己碎成了拼图，遗落在他身体的每个角落。她曾贪恋的，今夜一并收获，她是满载而归的寻宝人。

没有真正平息的那一刻，直到酒饮尽，宝箱装满，他们也不愿抽身这一场酣畅淋漓的失而复得。

程安之做了个醒不来的梦，反复挣扎无果，最后坠入梦境的深渊。

醒来时天光大亮，她以为最早也到了中午，可纪司北床头柜上的闹钟却显示,这不过是上午九点。

餐厅有轻微动静传来,是摆放餐具的声响。她起身,走出房门,想跟勤劳的"小蜜蜂"打一声招呼,一张嘴,意识到根本发不出声音。

纪司北神清气爽地递过来一杯温水。

"你不累吗?"程安之迷茫地看他。

"累什么。"

"三十岁的男人不能输,对吧?"程安之觑他。

纪司北弹了下她脑门:"去洗漱吧,然后过来吃早餐。"

"说好我要一展厨艺的。"程安之觉得有些遗憾。

"以后有的是机会。"

"新年的第一餐,意义不一样。"

"那你等会儿来做,我等着。"

纪司北却没能等到程安之的早餐,她被程静之的一通电话给叫走了。

程安之上车后才意识到一件事情,她该带纪司北一起回程家的。不管伯父伯母态度如何,他们都该试着朝前走,可她走的时候压根没想到这茬。

路上,手机邮箱提醒有新邮件,直到车停在目的地,程安之才打开查看。

是陌生好友发来的一段音频。

程安之匪夷所思地点开,做好了是什么整蛊或者广告的心理准备。

可是从听筒里传来的,却是爸爸的声音——

"安之,新年快乐。"

程安之大脑"嗡嗡"作响,几乎快要不能呼吸,眼泪大颗地往下掉,手抓着安全带像抓住求生的浮木。

她有多久没有听到过这个声音了,她也知道,这根本不会是爸爸从天国发来的邮件。

但这却是她最想要的新年礼物。

"爸爸,也祝你,新年快乐。"

…………

那是纪司北去外地出差的一天,在某个峰会的外场候场时,他耳边响起一个熟悉的男声。

他一回头，一位儒雅的男士风度翩翩地朝他点头。

后来进入会场，坐在台下的纪司北记住了这位音色特别的男主持人。

结交半年后，两人成为可以谈心的朋友。纪司北第一次开口跟他提起程安之，是在T大美术馆与程安之重逢之后。

前天晚上，纪司北打电话问他："可以帮个忙吗？"

男人在电话那头轻笑："我猜，我的声音派上用场了。"

饭桌上，程安之提起她跟纪司北和好的事情，程文耀和林双沉默不语。

耿未童言无忌，说："静之姐姐和医生哥哥明年就要结婚了，姐姐和司北哥哥也快点定下来吧，到时候你们一起办婚礼，一起生宝宝，我来陪小宝宝玩。"

耿未又问："妈妈，姐姐生的小宝宝是叫我小姨吗？"

耿慧洁夹了一只虾放在程安之的餐碟里，对耿未点点头："对。"

林双扫了眼耿慧洁，落了筷子，静等丈夫程文耀的态度。程文耀食不知味，坐了一会儿后，起身离开。

收拾碗筷的时候，程静之安慰程安之说："给他们一点时间吧，不着急。"

程安之"嗯"了一声，庆幸没贸然把纪司北带回来。一偏头，看见程静之左手的无名指上多了枚钻戒。

"跟你求婚了？"她惊声道。

程静之点点头："对。昨晚他值班，我去给他送一口吃的。临走的时候，他就把戒指拿出来套我手上了。"

程安之试想了一下那个画面，即便没有精心的设计，但也足够浪漫。

戴上戒指，就代表答应了。

程安之想，一向比她理智的姐姐是真的放下那个人了。

大年初五早上，程安之在电话里跟不从澜城出发的徐清宴践行。

她第一次觉得跟徐清宴交流不够顺畅，磕磕巴巴的那个点，全在程静之身上。

那家伙在电话里戏称，说订婚宴他就不来参加了，明年的婚礼他一准来。

程安之问他来干什么。

他说："爱过的人，值得亲自送上祝福。"

他在程静之面前都未必将"爱"说出口过，如此一通插科打诨的电话，倒能轻松脱口。

程安之被"爱过"两个字刺得有些心酸，挂了电话，她扭头看向正在打领带准备出门的纪司北，一时之间，觉得这一幕有些奇异。

他们是不是也差一点就成了"爱过"。

纪司北也做了回她肚子里的蛔虫，笑着对她说："比起正要起飞的这一位，我觉得我的处境好多了。难，总比得不到要好。"

程安之回过神，努努嘴："那你加油。"

随着纪司北那篇采访稿热度的不断提升，他口中的画师女朋友也在网友们的"显微镜"下浮出水面。

来之科技的员工们也是热心网友的一部分，某茶水间，几人开始争相讨论——

"那'90分前男友'就是纪总咯？"

"何以见得？"

"前几年，这位程小姐还没有名气的时候，纪总就要品牌部买她的作品授权了。"

"那还真是拉扯很多年了啊。"

"不对头啊，漫画我看过，他们第一次分手是七年前了。"

"可是……"

"啧啧，我忽然觉得90分这个分数很有意思，纪总这个人那么吹毛求疵，他做情人肯定也是想得满分的吧。"

"嘻，谁都有年轻气盛的时候，没有哪个人在少年时期就很完美。"

"所以当初被甩的是纪总？"

…………

就连程安之本人，也觉得她跟纪司北的故事无法用具体的文字来概括。有网友在社交平台的评论里跟她求证,问纪司北和她漫画的主人公究竟是不是同一个人。

她用一条新的更新来回复。

她发了她第一次给纪司北画的那张素描,画纸上的时间显示是十年前。

网友们集体疯狂了,尤其是知道"纪来之,则安之"这个梗之后,各种评论总结下来就是一句话——

这到底是什么曲折心酸又浪漫的爱情啊。

纪司北是程安之青春里最耀眼的那个标识,程安之也是纪司北心中抹不掉的一片月光。

看到程安之的高调晒图后,纪司北心中无限得意,他甚至说,这是程安之对他规格最高的一次表白。

"表白?"

想得美。

程安之说她这辈子再也不会跟纪司北表白了。

想起他们的二次分手,纪司北心中忐忑地问她:"如果青春可以重来,你还会喜欢上十九岁的纪司北吗?"

他说这话时,手里还拿着程安之的铅笔。

程安之从他手里接过铅笔和小刀,利落地削了起来,语气温温柔柔,用词却笃定,她说:"我不想再重来了。"

纪司北抿唇看她,空掉的手悬在腿侧,心中的焦躁感像极了刚认识她的那个夏天。

"不想重来,是因为我知道,我还是会喜欢上纪司北。"

那一点躁感又像暖冬融雪,化成温泉滴在心间。纪司北接过程安之递过来的铅笔,评价道:"没有我削得好,以后都让我来削。"

"那你呢?会想要重来吗?"程安之又问他。

"我想重来。"

"为什么?"

纪司北抬眸:"因为我需要重修做程安之男朋友的这门课程,如果可以回到过去,我希望我是满分。"

如果我是满分,你是不是就不会在最艰难的时刻抛下我,你会对我多一点信任，会爱我爱得更坦荡，你不会觉得累，不会觉得喜欢纪司北是一件费力的事情……

如果我是满分，我们是不是就不会错失这么多年可以共度的时光。

程安之新画集的销量比预期要好，靳柏杨遵从她的想法，没有为此进行铺天盖地的营销，把仅有的一场签售会定在了T大美术馆。

签售这天，澜城初见春天端倪，T大校园陷入一场暖春的明媚。

程静之偷偷记录下程安之在签售会现场的点点滴滴，回头把视频整理剪辑出来，给家中几位长辈看。

程文耀很是欣慰，说父亲在世时就说过，要是安之可以把美术这条路走好，就算是弥补他的遗憾了。

程安之并没有妄想做大艺术家，只是有很多表达的欲望，渴望做一个可以触动他人观感的画师。

她很感激年少时爷爷教她画画，授予她独特色感。她总是盼着，再碰到去苗寨写生时偶遇的那位长者，再找到爷爷的知音。

她也不知道如今的她，算不算得上是让爸爸骄傲的人。

她有好几年没再梦见爸爸了。

一日，纪司北陪程安之回苏城给程文卿扫墓。看着墓碑上爸爸还很年轻的照片，程安之笑着跟他说："爸爸，如果你看到我的进步了，晚上就让我梦到你吧，梦不到你，我心里会没底。"

她跟爸爸说话的时候，纪司北避开到一边去了。

远远地，他看见她蹲在地上，那么认真又惶恐地说着一些话，纪司北忽然觉得，他跟她，也跟自己较劲的那些年的时光，变成了一片世间最轻的羽毛。

那些遗憾和痛苦在消弭的过程中，成为见证他们变成更好的大人的印记。

少女程安之和少年纪司北在错位的空间里找到了最好的自己。

人生还有很多的期许，他们拥有的不只是现在，还有未来。

这个春天，程安之进入一个新的创作灵感高峰期。

某天黎明，纪司北在书房看见她画画的背影，她那样专注地坐着，在画纸上描绘一对亲密的父女。

她听见纪司北的动静,扭头对他说:"我梦见我爸了。"

纪司北走近她,轻声问:"那他跟你说话了吗?"

程安之点点头,垂下眼睛笑着:"他说,他从来没有怪过我,他只希望我幸福。"

"我还能听见他的声音吗?"她指的是那个很像爸爸的声音。

纪司北打开自己的电脑,找到那位朋友帮忙录的音。

原来他录了这么多。

"安之,晚安,做个好梦。"

"安之,生日快乐。"

"安之,爸爸早就不生你的气了。"

"安之,要记得吃早餐,少熬夜。"

"安之,去做你认为对的事情,爸爸相信你的能力足以匹配你的选择。"

…………

"安之,新婚快乐,爸爸希望你幸福。"

"安之,做妈妈一定很辛苦,爱孩子的同时,不要忘了继续爱自己……"

听到后面这几条,程安之破涕为笑:"纪司北,过分了哦。这才哪儿到哪儿啊。"

纪司北替她擦擦眼泪:"没办法,这位朋友时间很难约,我索性就一口气让他录完……"

"谢谢,口吻真的很像我爸。"顿了顿,程安之又说,"我看到你挂的那把锁了。"

"嗯?"纪司北一时之间没反应过来。

"事不过三。"

"什么意思?"

"纪司北,我们再也不会分手。"

"说到做到?"

"说到做到。"

没过多久,征得双方长辈同意之后,程安之和纪司北成功领证。

摸到结婚证的那一刻，纪司北有种不切实际的虚幻感。

"在想什么？"程安之问他。

他其实什么也没想，但被她问的这一刻，他忽然想起当年出国前送出去的那枚戒指。

早在那个时刻，他就说过要娶她这种话。

"从前你一直觉得我不够喜欢你，可明明我早就想跟你结婚的。"纪司北拧眉，"我送你的第一枚戒指呢？"

程安之定定地看了他一会儿后，取出项链上悬着的戒指，它和另一枚戒指挂在一起。

另外一枚戒指，送于前年春天，纪司北真正产生跟她结婚这个念头的那一天。可之后却又是分离。

"看到没？我会收集你送的每一枚戒指。"

纪司北没想到她一直戴在脖子上，努努嘴："以后不送了。"

"哈？"

"每次送你戒指，下场都不怎么好。"

"也是。"程安之后知后觉。

"程安之。"他叫了声她的名字。

"你说。"

纪司北牵住她的手："我们回T大看看吧。"

他们赶上晚樱时节，春日校园正浪漫。

又回到熟悉的操场，纪司北想起两年前的春夜，说后悔的程安之依然赤诚地表达她的爱意，问他愿不愿意再牵一次她的手。

可那天他却说，不愿意。

"我这个人总是很难搞对不对？"纪司北轻声嗤笑。

程安之点头，随后又摇头："可是再难搞我也搞定了。"

"以后别惯着我。"他交代。

"那往死里虐可以吗？"她问。

"可以，只要你开心就好。"

程安之"哈哈"大笑一番后，神情严肃起来："喂，我为什么要嫁给一个受虐狂，再说，我又不是个傻子。"

纪司北噎住。

"傻子才喜欢不喜欢自己的人。"

你说过的,十九岁的纪司北也喜欢程安之。

你从来不撒谎。

"纪司北,你好像还欠我一个评价。你说过我考上T大就会告诉我的。"

"现在还想听?"潜台词,还重要吗?

"想听啊。"这对我来说很重要。

纪司北攥紧程安之的手往前走。

"程安之,你是这个世界上最可爱的姑娘。"欠你的这一句表白,终究还是迟到了。

可爱,在我这里,是值得爱的意思。

"程安之,我早就爱上你。"

他们依偎在一起的身影,永恒地刻在这一年的春日。

他们轻快地往前走,姿态像极了当年在学校谈恋爱时的亲密模样。

在他们相识的第十一个年头,在经历过漫长的分离之后,他们又重新牵回彼此的手。

他们找到初心,把十一年的爱与别离,写成一生一世和一心一意。

程安之忽然好喜欢"十一"这个数字。

番外一
她不知道的事

重新在一起之后,纪司北每年都会带程安之来一场长途旅行。这一年,他们去了美国,因为程安之说想看看纪司北曾经生活过的地方。

白天在普林斯顿的校园转了大半日。程安之虽然不曾来过,但是在纪司北刚到美国的时候,她通过照片跟视频早已观赏过这座校园。对这里,她并不感到陌生。

但身临其境,感触又不相同,她仿佛能看到二十二岁的纪司北穿梭在这里的每一道身影。

他热爱他的专业,又有着宏远的理想,他势必将自己的学业生活安排得异常忙碌。除了上课,他会把大量的时间用来泡在图书馆,当然,他每天也会抽出一个小时的时间去打球……

程安之问纪司北:"我说得对吗?"

纪司北摇头。

留学生活的开端的确如程安之所设想的这样,他沉迷于学业,唯一的消遣就是跟异国的女朋友视频通话。可当他们分手之后,他放空了好一段时间,那段岁月,是纪司北人生中最不像他的时刻。

他一开始会失眠,白天会不受控制地发呆,会怀疑人生,会怨恨,甚至会觉得往后的人生因为程安之的缺席,不再令他期待。

后来他慢慢把生活拉回正轨,他依旧怨恨、困惑,但不再迷茫、消沉。他比从前更刻苦、更拼命。他把自己逼进了死角,比过去更渴望成功。

他幻想着未来某一天,当程安之再次出现在他的眼前时,他会像看过眼云烟一样,不屑地扫过她的脸庞。他会从里到外都变成一个坚硬的、再也不为情困的人。

可是后来,当他真的与她重逢,他好不容易筑起的心墙在看见她的第一眼就破防。

晚上,纪司北带程安之去了他过去最爱的那家餐厅。老板是一位极有格调的男士,跟纪司北相熟。

见到程安之,老板惊叫出声,又拥抱纪司北:"是那个女孩?天啊,你们竟然又在一起了!"

纪司北点点头,用英语跟他攀谈了几句。

程安之都听得懂,听见老板说"当时看你那么难过,我还以为你自此错过她了"时,她鼻头一酸。

"嘿,你根本不知道他有多爱你……"老板说到动情的地方,险些热泪盈眶,他拍着程安之的肩膀,"未来一定要珍惜他,好吗?"

纪司北在一旁劝阻,又用眼神知会程安之,这老板是个性情中人,请她理解。

程安之能理解,但莫名地,她觉得纪司北是故意带她来这个地方,故意让她见识到这一幕,从而自责当年为什么要抛弃他。

看啊,小纪当年被甩得多么惨啊,连餐厅老板都知道他的悲伤,程安之,要好好弥补小纪,知道吗?

…………

吃完晚餐,两人牵着手漫无目的地走着。

程安之发现前面一栋建筑物有些熟悉,问纪司北:"那是你之前住的公寓?"

"记性这么好?"纪司北又征求她的意见,"想去看看吗?"

"当然。"

公寓的外墙这几年翻修过了,但整体建筑风格没有改变,所以程安之还是一眼就认了出来。

他们走到纪司北租住的这一栋门口,里面亮着灯,依稀传来房东太太训斥小孙子的声音。

纪司北感叹道:"如今房东太太都当奶奶了。"

是啊,好多年了。

程安之问:"要不要进去打个招呼?我记得你说房东太太对你很好的。"

她话音刚落,门被打开,一张可爱的小脸蛋露了半截出来,用软萌的英语问她:"你是中国人?"

纪司北蹲下去,抚摸小家伙的头,说自己曾经是这里的租客。小家伙一听,大声叫他祖母的名字。

半分钟后,看上去并没有什么变化的房东太太抱着一只脏兮兮的小狗来到门前,见到纪司北,她一惊,怀里的小狗跳到了地毯上。

"是你?"

纪司北上前拥抱她。

房东太太说顽皮的小孙子打翻了颜料,弄脏了家里的狗,一边说着不好意思,一边邀请两人进了门。

程安之正想帮房东太太处理一下小狗身上的污垢,房东太太拿了二楼的钥匙给她:"去吧姑娘,跟他一起上去看看他曾经住的地方。"

房间里的格局几乎没变,家里添了丁,后来这间房子房东太太就不再出租,准备留给小孙子长大后做书房用。

程安之走到书桌边,推开窗户,正好一轮新月被框住。那时他们分离,她总是喜欢在晚上看月亮,因为他们看的是同一轮月亮。

过了会儿,房东太太敲门进来,在书桌上放下一张照片。

程安之低头一看,是那年她二十岁生日时跟纪司北的合照。

房东太太说:"姑娘,刚刚看你的第一眼我就认出你来了,因为这张照片在我这里放了好多年。"

程安之诧异地看了眼纪司北。

房东太太又说:"有一回,他喝得烂醉回来,我问他怎么了,他说他失恋了,然后从钱夹里取出你们的照片……"

纪司北醉意上头,想把照片撕毁,房东太太却说这么珍贵的合影毁掉太可惜了,让她来保存,等纪司北什么时候放下了,她就什么时候再把照片还给他。

"他是个很理性的人,性格也特别好,我从没见过他那么失态。那天费城下雪了,下得很大,我们门前积了几尺高的雪,他就坐在上面,像个孩子似的发脾气,不肯回家。最后我没收了这张照片,让他看不到你的脸了,他才慢慢好起来……"

程安之心口一片酸涩。

纪司北好几次想阻止房东太太讲述这件往事,但出于礼貌,他克制住了。那晚的很多细节他都不记得了,因为这样伤心的时刻并不是只有这一次。

回酒店的路上,程安之始终沉默着。纪司北也不主动说话,只是在过马路的时候会牵住她的手。

走到酒店门口时,程安之实在忍不住了,她问纪司北:"今晚这一切是不是都是你安排好的?"

纪司北坦诚:"餐厅是我故意带你去的,但房东太太真不是我安排的。"

"啧啧,现在越来越有心机了。让我知道你当初那么惨,是为了让我有负罪心理?"

"不然呢?"纪司北笑,"程安之,你不仅要有负罪心理,你还必须对我弥补到底。"

"怎么弥补?"

纪司北握紧她的手:"再也别抛下我了。"

风雪中,程安之坚定地点点头:"好,纪司北,这辈子我再也不会放开你的手。"

分离那么痛,他再也不想经历了。

程安之曾经把他看成全世界,曾经的程安之又何尝不是他的全世界。

那时候的程安之并不认为年轻骄傲的纪司北会为他们分手这件事难过很久,现在她知道了——

无论是现在,还是过去,纪司北对她的爱,并不比她浅。

番外二
执子之手

♦

三十岁这一年,程安之受邀去米兰开一场画展,展期一周,她需要提前一个月过去筹备。如此算来,她要跟纪司北分开至少一个半月。

彼时来之科技的新项目正在如火如荼地推进,纪司北每月往来于澜城跟西雅图,被各种事务缠身,根本抽不开空去欧洲看程安之的这场画展。

程安之出发的时候,纪司北去机场送她,两人很久没有分开了,都有些不舍。

纪司北沉声:"这次陪不了你了,你好好照顾自己。"

程安之努努嘴:"知道啦,你也是,不要太想我哦。"

分别之前,纪司北把程安之捞进怀里,用力吻她的唇。依依惜别后,他们各自去往自己的领域,继续散发光芒。

画展在米兰某知名艺术展馆举办,程安之下榻的酒店离这里只有一公里的距离。她每天会骑自行车往来两个地方,忙碌的状态让她感觉好像回到了在欧洲游学的时光。

画展开幕的前一天晚上,纪司北打来视频,问程安之心情如何。

程安之是为数不多能在这间艺术展馆开个人画展的中国青年艺术家,她的心情自然很亢奋。

纪司北故意泼她冷水:"不担心无人问津?"

程安之嬉皮笑脸:"我才不怕呢。来之前就做好了心理预期,受冷待的青年艺术家那么多,不管怎么样,我们都会继续坚持创作。何况能被邀请就已经很荣幸了。"

"好心态。"纪司北扬了下下巴,"那我就放心了。"

程安之托腮:"你真的没空来吗?"

纪司北笑道:"走之前不就跟你请过罪了?"他说项目进展到关键点,难以抽开身。

"好吧,那提前预祝纪先生新项目成功。"

"也祝程小姐画展举办顺利,早日让名字闪耀全世界。"

"好嘞!"

国内外几家知名艺术杂志都报道了程安之这次的画展。国内一家媒体指出程安之跟纪司北的关系,含沙射影她是借助资本的力量才走到这一步,暗讽她的艺术成就是靠纪司北的财力跟名气堆砌出来的。

底下更有网友犀利批判,称程安之只会是纪公子的过客,纪公子这段时日爱艺术家,过段时日说不定就爱音乐家了,他们结婚的可能性微乎其微。

程安之忙着办展,忙着跟欧洲的艺术家们交流,根本无暇看这些有的没的报道,当她有空看这些所谓的小道消息时,旧新闻已经被新的新闻覆盖——来之科技新项目命名为"安之"。

不少看客哗然,"来之"的新项目是一项前例稀少的蓝海项目,依托世界前沿的创新科技,未来一旦成功,会引领"来之"走上更广阔的天地。这次拓新是纪司北创业至今走的最重要的一步,可他竟然用一个女人的名字来命名……

程安之又往下看,看见了纪司北接受某相关采访的视频。

记者问纪司北:"您跟程小姐交往时间并不长,却以她的名字命名'来之'的新版图,是一时脑热为爱冲昏头脑,还是……"

纪司北抬起一双波澜不惊的眼睛,直接打断了记者的话:"我十九岁那年认识程小姐,从此一见倾心。我二十岁出头开始跟她恋爱,没有她,我不会是现在的纪司北。"

记者们集体呆住。有一个脑袋清醒的记者追问:"可是您之前接受采访时说您是单身。"

纪司北淡定地笑笑:"那是我跟她闹脾气呢。我这人没有安全感。

我们家程老师漂亮又有才华，我时常惶恐我到底要多努力才能配得上她。我说自己单身，是希望她能回头哄哄我。"

…………

程安之"啪"一声放下手机，好想打电话过去痛斥纪司北一番，他这都是什么油嘴滑舌的回答啊。可气着气着，她又忍不住笑了。

晚上两人视频，程安之冲他翻了个大大的白眼："下次回答之前，能不能跟你的团队商量一下？"

纪司北无辜道："我哪有什么团队，我又不是明星。再说，他们这些媒体想说什么就可以说什么，凭什么我不行？况且我哪句话说错了？"

程安之再无话可说。

几日后，画展闭幕。

这日米兰艳阳高照，程安之早早赶到展馆准备迎接最后一天。

她站在门口拍了张阳光打进展馆的照片发给纪司北，问这是不是象征着她的事业即将迎来新一轮的光芒。

几分钟后，纪司北没回，但门口出现一个金发碧眼的小孩，她举着一个纸牌，上面贴着程安之一岁时的照片，写着这样一句话——今天我们安之一岁啦，看她多可爱啊。

随后又出现另一个小孩，她也举着纸牌，上面贴着程安之两岁时的照片，写着——两岁的安之可以背好多好多唐诗哦。

再然后，是"三岁的程安之""四岁的程安之"……

一直到十七岁的程安之，举牌的是一个美丽的意大利少女，她的纸牌上贴着那年程家家宴，程安之偷看纪司北的一张照片，照片是当初静之偷拍的。照片旁写着——十七岁的安之，遇见了十九岁的纪司北。

…………

——十九岁的安之，成了纪司北的女朋友。

——二十一岁的安之，独自经历着生活的磨难。抱歉，纪司北缺席了，他真的很后悔。

——二十六岁的安之，终于跟纪司北重逢。纪司北确信，自己依然爱她。

　　…………

　　——二十九岁的安之，是最好的安之。纪司北时常自省，自己何德何能才能重新拥有她。

　　——三十岁的安之，自信、出色、依然美丽、依然纯粹。纪司北想跟她携手一生。

　　…………

　　随着最后一张纸牌出现，纪司北逆着光，也出现在程安之的眼前。他西装笔挺，一手拿花，另一只手拿戒指，单膝跪在了程安之的面前。

　　程安之一瞬间就红了眼眶，甚至觉得这是一场梦。

　　纪司北声音有些哽咽："十三年了，自从你闯进我的世界，我就再也没想过自己会爱上别人。曾经我傲慢、偏执、记仇、粗心大意，几次三番错过了你，我一直觉得我可能不配再拥有你的爱……"

　　程安之听到这里，忍不住落泪："纪司北，你这人怎么这样啊。"

　　她话音刚落，耿慧洁、纪风荷、静之一家，以及辜雨、徐清宴，齐齐出现在她面前……

　　后来程安之每每回想起这场求婚，感动的心情都一如当初那个美好的瞬间。十三年了，她跟纪司北爱了十三年，也互相影响了对方十三年。

　　他们彼此独立又紧紧相依。他们在各自的领域拼搏、上进，不断突破自我，也为对方加油打气，成为对方努力往前走的最大动力。

　　曾经的艰难岁月，他们未必常相伴，但往后人生中的风风雨雨，他们势必携手经历。

　　程安之在年少时理解的刻骨铭心，停留在相爱的层面。

　　三十岁的程安之，已成为纪太太的程安之，她所感受到的刻骨铭心，是一场持久温柔的陪伴。她确信，她唯一钟爱的纪司北会陪伴她走到人生的尽头。

　　纪司北也从不怀疑，能陪他走完这一生的人，只可能是程安之。

番外三
三口之家

◆

结婚后的第二年,催生的声音逐渐开始蔓延在程安之跟纪司北的耳边——

"你们俩年纪也不小了,该要个宝宝啦!"

"小孩多可爱啊,正好治一治纪司北的恐孩症!"

"梁家的臭小子都上小学啦,那个谁家的小姑娘也上幼儿园啦,你们俩再不生,孩子们在一起差距太大,都没法一块儿玩了。"

……

催久了,后来演变成了——

"纪司北是不是不行啊?按理说,你们俩在一起这么多年了,就算是意外,也该有了吧……"

"就是啊,怕不是纪司北年纪大了?"

纪司北一头问号。

能力不足?不存在的。

领证之前,纪司北秉着对程安之负责的态度,做了史上最全面的体检,各项结果都是良好。

可这种东西又该怎么跟外人辩驳呢?

两人认真谈论这个话题后,向来理智的纪司北说:"没必要为了证明什么而去生孩子。我们俩要孩子,只有两个前提,一,程安之愿意;二,我们做好了当父母的准备。"

程安之拍手:"同意。"

她果然没有看错纪司北,这个男人从来都不是为了脸面而率性更改人生规划的冲动性格。

他们真正决定要小孩,也不是在什么非常特别的时间节点。

只是那一天深夜,他们俩从电影院里走出来,偶遇在路边等车的一家三口。小孩格外乖巧,她摸摸妈妈的脸,又蹭蹭爸爸的鼻尖,这个画面有如神来之笔落进两人眼中。

程安之跟纪司北几乎是同时开口——

程安之:"其实有个小孩也挺好的。"

纪司北:"要不我们生个孩子玩玩吧?"

话落,他们俩长久地对视,眼神传递出同样的信念。

是的,他们准备好了,他们想当爸爸妈妈了。

大概十四个月后,经历了科学备孕、科学孕育的可爱小姑娘,在一个晨曦,从程安之的肚子里来到了这个奇妙的人世间。从此,她拥有了世界上最懂浪漫的妈妈程安之和全世界最会宠女儿的爸爸纪司北,以及一大堆爱她的亲人和朋友。

纪司北给她取名——程诺。谐音"承诺"。

看见小姑娘的第一眼,纪司北红了眼眶,他觉得生命这玩意儿太神奇了,他的妻子程安之太了不起了。

他哭,还有一个很重要的原因,是他得偿所愿了。他从来没有告诉过程安之,听说程安之怀孕之后,他做的第一件事,就是跑到庙里给菩萨上了一炷香。他本不是迷信的人,可这一回,他虔诚地求观音娘娘可以赐给他一个可爱的小女儿……

梁云暮在得知纪司北生了女儿后,嫉妒得牙根痒痒,可无论他怎么央求妻子陈夕纯,陈夕纯都坚决不生二胎。于是梁云暮计上心头,如果他这辈子注定没有女儿,那他或许可以另辟蹊径,把纪家的小女儿给抢过来。

纪司北得知梁云暮的计划后,叮嘱程安之道:"以后让梁家的臭小子离小诺远一点!"

其实除了梁家的小崽子,任何人接近小诺,纪司北都会有点不高兴,他的占有欲在小诺身上体现得淋漓尽致。

甚至连程安之都觉得,自从生了女儿,自己在他心里的位置就往后移了一格。

不过这一天,她无意中偷听到纪司北跟梁云暮的对话——

梁云暮:"纪司北,你够了啊,瞧你对小诺这样子,啧啧啧,估计在你心里,安之的地位都不如小诺了吧?"

"那倒是不会。"纪司北眼梢一扬,"女儿当然得宠,那是因为她小。要说最爱谁,那肯定还是安之,没有安之,我也不会有小诺。我眼前的幸福跟圆满,都是安之给的。"

两人携手变成三口之家,程安之这一生的幸福跟圆满,也都跟纪司北有关。

十七岁钟爱的少年,是她的初恋,也是她孩子的父亲。纵使岁月曾对她无情,这一场跌跌撞撞之后的美梦,也让她深感,这场命运,上帝终究没有薄待于她。

全文完